Gwenyfer of Midgard

Die Königsbrüder

AF281841

Jennifer Riese

Gwenyfer of

Midgard

Die Königsbrüder

Fantasy Roman

Bibliografische Information der Deutschen Nationalbibliothek:
Die Deutsche Nationalbibliothek verzeichnet diese Publikation
in der Deutschen Nationalbibliografie; detaillierte bibliografische Daten sind im Internet über http://dnb.dnb.de abrufbar.

Verlag: BoD · Books on Demand GmbH, In de Tarpen 42,
22848 Norderstedt

Druck: Libri Plureos GmbH, Friedensallee 273, 22763 Ham-
burg

ISBN: 978-3-7597-8475-9

Für Stefan,

dessen Zuneigung mir das wahre Wesen der Liebe offenbarte, ein Geheimnis, das mir ohne ihn für immer
verborgen geblieben wäre.

1

Mit geschlossenen Augen saß Gwenyfer im Schlossgarten und genoss die ersten kräftigen Sonnenstrahlen in diesem Jahr. In ihren Gedanken versunken, dachte sie lächelnd, endlich habe ich meine Freiheit zurück. Sie war sich noch nicht sicher, was sie mit dieser neuen Unabhängigkeit anfangen wollte. Doch gewiss war ihr nur eines: Sie hatte keine Absicht, an diesem Ort zu verweilen. Ihr Herz verlangte sehnsüchtig nach einem Abschied von diesem für sie schauerlichen Ort. Denn hier, in dem Schloss ihrer Eltern, lagen lange, harte Jahre hinter ihr, in denen sie die Pflichten einer Königin hatte lernen müssen.

Sie wurde als zukünftige Königin von Midgard geboren. Daher musste sie viel über Ihre Heimat Midgard, die Welt Asgard, deren dortige Gebräuche und über die große Prüfung lernen. Ein großer Teil davon umfasste die asgardische Hofetikette. Sie musste lernen, sich tadellos zu benehmen. Bei dem Gedanken an die Anfänge stiegen auch heute noch panische Gefühle der Angst und der Nervosität in ihr auf. Denn damals waren ihr noch viele Fehler passiert und sie wurde jedes Mal hart dafür bestraft. Auch wurde ihr viel über Yggdrasil, dem Weltenbaum erzählt. Sie hatte sogar eine Zeichnung von ihm in ihrem Gemach hängen. Auf dieser waren alle neun Welten abgebildet. Ganz oben das prunkvolle Asgard, die Stadt des Königs, zu seiner rechten Vanaheim, die Heimat der alten Götter und zur linken Alfheim, die Welt der Lichtelfen. In der Mitte von Yggdrasil liegt Midgard, der Ursprung der Menschen und an seiner Seite Jötunheim, auf dem die Kälte regierte. Darunter liegt Svartalfaheimr, die Heimat der Zwerge und der Dunkelheit. Als letztes liegt unten Helheim, das Reich der Toten, daneben erstreckt sich Niflheim, in seinem ewigen Dunst und Muspelheim, die Welt des Feuers.

Doch nun konnte sie endlich aufatmen, denn seit gestern war ihr Unterricht endgültig beendet. Heute war ihr erster Tag in Freiheit und diesen wollte sie mit dem Sonnenaufgang beginnen. Auch war sie glücklich, dass diese, so dachte sie, schlimmste Zeit hinter ihr lag. Und so atmete sie tief die frische Morgenluft ein und konnte den Tau in der Luft auf ihren Lippen spüren.

Nun fehlte nur noch die große Prüfung, die jeder zukünftige Herrscher über Midgard absolvieren musste, dachte sie weiter über ihre Zukunft nach. Wie genau diese Prüfung aussah, wusste sie nicht, denn die genauen Details, wurden dem Prüfling, erst kurz vor dem Beginn mitgeteilt. So jedenfalls hatte es ihr, ihr Vater erzählt, der die Prüfung in seinen Jugendjahren ebenfalls absolvierte. Durch die Aufgaben, in denen es auch um die Menschen auf Midgard ging, würde es wahrscheinlich damit zu tun haben, überlegte Gweny in letzter Zeit öfter. Auch wann es genau losging, war ein gut gehütetes Geheimnis. Aber sie wollte sich nicht schon wieder den Kopf darüber zerbrechen, denn heute gab es noch etwas sehr Erfreuliches. Sie durfte ihre Eltern auf eine Reise begleiten. Das letzte Mal war vor Ihrer Ausbildung gewesen und daran erinnerte sie sich kaum noch. Die Reise führte sie nach Asgard, in die Stadt des Königs der neun Welten. Sie hatte so viel über diese prunkvolle Stadt gelernt und gehört, dass sie sehr aufgeregt war, sie nun wahrhaftig mit eigenen Augen sehen zu können.

Sie freute sich darauf, die asgardische Königsfamilie kennenzulernen. Zu dieser gehörte der König, Odin Allvater und seine Gattin Freya, ihr gemeinsamer Sohn Thor Odinson, der zukünftige König über Asgard und die neun Welten, sowie sein Halbbruder Loki Laufeyson, den Freya mit nach Asgard brachte, wo sie vor ihrem ersten Ehemann floh. Loki ist der Sohn von Laufey, dem König über die Eisriesen, der über Jötunheim herrschte und mit Freya verheiratet war, bis er bei einem Kampf auf Leben und Tod sein Ende durch Odins Schwert fand.

Durch die Heirat seiner Mutter Freya mit Odin, wurde auch Loki zu einem Sohn Odins und wuchs heran als zukünftiger König von Jötunheim. Zudem hatte Gwenyfer gehört, dass die Königin sehr bewandert in der Zauberkunst war, sowie alle Frauen des Hochadels ihrer Gesellschaft. Es war nur nicht jeder, mit so einem Talent gesegnet wie die Königin. Ihre Reise nach Asgard sollte einige Wochen dauern. Ob ich sie um etwas Unterricht bitten dürfte, hing Gweny weiter ihren Gedanken nach und hatte gar nicht gemerkt wie Ismerva, ihre geliebte Zofe neben Sie getreten war.

Ismerva war schon immer ihr Fels in der Brandung. Sie hätte die harten Jahre ihrer Ausbildung nicht ohne sie und ihrer mütterlichen Liebe zu ihr durchstehen können. Sie war ihre Zofe, solange sie denken konnte. Damals war Ismerva erst 20 Jahre alt gewesen und war durch eine schicksalhafte Wendung zu einer Vertrauten ihres Vaters geworden.

Ihr Vater war König Ariald von Midgard. Dieser war zumeist beschäftigt, aber wenn er mal Zeit hatte, verbrachte er diese gerne mit seiner einzigen Tochter. So liebte sie besonders die langen Ausritte mit ihm und freute sich, wenn er sie dazu abholen ließ. Ihre Mutter Königin Adelheid von Midgard, war kalt wie ein Stein. Sie schien nicht viel von

Gwenyfer zu halten und war auch nicht zurückhaltend, dass dies jeder mitbekam. Gweny versuchte, die kühle Distanz ihrer Mutter damit zu erklären, dass sie nur ein einziges Kind geboren hatte, und dazu auch noch ein Mädchen.

„Gweny, es ist Zeit zu gehen" flüsterte Ismerva zärtlich, um sie nicht zu erschrecken. Gwenyfer hatte immer noch die Augen geschlossen. Nun öffnete sie sie langsam und merkte erst jetzt, wie hoch die Sonne schon gewandert war. „Jetzt schon?", fragte sie traurig, mit noch halb geschlossenen Augen. Sie brauchte einen Moment, um sich langsam an das helle Sonnenlicht zu gewöhnen. „Die Kapellenglocke hat schon zum Vormittag geschlagen, mein Liebe, du musst dich beeilen, wenn du dich noch umziehen möchtest." Das musste sie wahrhaftig. Sie hatte heute Morgen nur ein leichtes Kleid ohne Korsett angezogen und dies war, als Reisebekleidung, nicht standesgemäß für die Kronprinzessin von Midgard. Gezwungenermaßen stand sie von der Bank auf und ging mit Ismerva in Ihre Gemächer zurück. Ismerva hatte ihr ein wunderschönes smaragdgrünes Samtkleid zurechtgelegt. Sie zog es mit Freuden an, denn Grün war ihre Lieblingsfarbe. Gerade als sie fertig war, sich zurechtmachen, rief eine ungeduldige Stimme von unten: „Gwenyfer, die Kutsche wartet!" Das war die Stimme Ihrer Mutter. Sie beeilte sich, nach unten in die Eingangshalle zu kommen um eine, ruhige Kutschfahrt zu haben. Denn ihre Mutter war ein sehr ungeduldiger Mensch, was ihre Beziehung nicht unbedingt einfacher machte.

Als sie in den Innenhof des Schlosses trat, stand dort schon die prunkvolle Kutsche ihrer Eltern bereit, mit der sie nach Asgard reisen würden. Dahinter stand noch eine zweite Kutsche für die Bediensteten, sie war einfacher und hatte kein festes Dach. Zudem war sie vollgepackt, mit Kisten und Truhen. Eine der wenigen vorteilhaften Eigenschaften ihrer Mutter war, dass sie sehr auf das Gewohnte bestand und daher auch die eigenen Bediensteten mitnahm. So konnte wenigstens auch Ismerva mit nach Asgard reisen. Gwenyfer stieg nach ihren Eltern in der ersten Kutsche ein.

Die Reise verlief ruhig, vielleicht auch, weil ihre Mutter kurz nach dem Aufbruch eingeschlafen war. Gweny, die talentierter in der Zauberkunst war als Ihre Mutter, hatte heimlich ein wenig nachgeholfen. So wurde die Reise für sie deutlich angenehmer. Leider war, aber auch ihr Vater eingeschlafen. Sie hätte ihn zu gerne darüber befragt, warum sie nach Asgard fuhren. Doch bevor er einschlief, flüsterte er ihr noch geheimnisvoll zu, dass sie sich auf einen königlichen Ball freuen kann, der morgen Abend in Asgard stattfinden sollte.

Ob Sie dort die beiden Söhne treffen würde, fragte sie sich und ging in Gedanken ihre Kleider durch, ob eines dabei war, welches für den Ball des Königs angemessen war. Doch leider hielt sie keines davon, für angebracht genug. Ich muss später noch mit Ismerva schauen, ob sie eines meiner Alten, dafür herrichten kann, überlegte sie noch, bevor das monotone Geschaukel auch sie in einen leichten Schlaf fallen ließ.

Nach einigen Stunden kamen sie vor ein großes Tor, diese war das Portal zum Bifröst. Die Brücke, welche Asgard mit den allen Welten verband. Von dort konnten auch Kutschen über den Bifröst reisen. Von diesen Portalen gab es in jeder Welt nur eines. Sie waren sehr versteckt und nur für die sichtbar, die der königlichen Zauberkunst mächtig waren.

Ihre Eltern erwachten im Moment, als sie das Portal passierten. Sie fuhren direkt durch das Tor hindurch und nach einem kurzen Augenblick standen die beiden Kutschen auf einer langen Brücke, die in bunten Farben erstrahlte. Am Ende der Brücke erhob sich eine riesige prunkvolle Stadt. Sie glänzte, als ob alles in Gold getaucht worden wäre. Sie stiegen aus, um die Schönheit Asgards für ein Moment zu genießen. Gweny war beeindruckt von der Brücke, die zu funkeln schien.

Neben sie trat ein großer Mann mit breiten Schultern, der ein riesiges Schwert in seinen Händen hielt. Seine Augen waren trüb und er hatte eine königliche Rüstung an. „Ich bin Heimdall, der Wächter des Bifröst", stellte er sich mit einer tiefen Stimme vor: „Willkommen in Asgard, königliche Hoheiten. Sie werden im Schloss erwartet." Nach diesen Worten drehte er sich wieder um und ging zurück zu seinem immerwährenden Wachposten am Bifröst.

„Komm, mein Kind. Wir wollen König Odin nicht länger warten lassen", rief ihr, ihr Vater zu. Und sie beeilten sich, wieder in die Kutsche einzusteigen. Sie war beeindruckt von dieser glänzenden Stadt, die je umso mehr sie Richtung Schloss fuhren, immer prachtvoller wurde.

Nachdem sie die Brücke vollständig passiert hatten, tauchten rechts und links Häuser auf, deren Fachwerke zum Teil mit Goldfarbe veredelt waren. „Dies ist das Viertel der Bediensteten des Palastes", erklärte ihr Vater. Dann zeigte er mit seiner Hand nach rechts und erklärte weiter: „Dahinter auf der rechten Seite liegen das Handwerker- und das

Soldatenviertel." Nun drehte er sich zur anderen Seite und machte wieder eine ausladende Handbewegung. „Und auf der linken Seite werden wir gleich durch den Stadtteil der Goldschmiede fahren." Er machte eine Pause, bevor er weitersprach. „Jetzt kommen wir an dem prachtvollen Palastgarten vorbei, in dem die schönsten Rosen der neun Welten wachsen." Er zwinkerte ihr zu. „Und direkt dahinter liegt der Palast." Beendete er seine grobe Stadtführung.

Gweny konnte sich gar nicht sattsehen. Sie war beeindruckt von der Schönheit dieser Stadt. Sie schaute sich die vielen reich verzierten Häuser der Asen an und fragte sich, ob sie die Möglichkeit hatte in der Zeit, in der sie hier verweilte, einen Ausflug durch die Straßen dieser schönen Stadt zu unternehmen. Besonders das Goldschmiedeviertel interessierte sie. Denn dort, so hatte sie gehört, soll die mächtigste Zauberkundige der neun Welten wohnen. Die Zauberkunst war schon immer das Thema, welches am meisten ihr Interesse geweckt hatte.

Als sie nun an den Palastgärten vorbeifuhren, musste sie ihrem Vater recht geben, es waren wirklich die schönsten Rosen der gesamten neun Welten, die hier blühten. Es gab sie hier in allen Farben und sie dufteten bis zu ihr in die Kutsche.

Nach den Gärten fuhren die Kutschen in eine langgezogene Linkskurve und vor ihnen kam der gesamte Palast, von dem sie die Fahrt über schon einige Spitzen sehen konnte, zum Vorschein. Der Palast war beeindruckend. Er sah aus, als bestünde er aus einzelnen golden Türmen. Als sie näherkamen, fuhren sie auf eine große Treppe zu. Die Stufen, die nach oben führten, schienen leicht zu schimmern. Unterhalb der Treppe wartete ein Empfangskomitee. „Steht der König auch dort?", fragte Gweny neugierig. Ihre Mutter reagierte mit einem durchdringenden Blick. „Denkst du etwa ernsthaft, dass sich die königliche Familie unten an der Treppe aufhält und wartet?", fauchte sie und musterte ihre Tochter verächtlich. „Während unseres Aufenthalts hier erwarte ich von dir ein angemessenes Benehmen. Keine unnötigen Fragen. Und du wirst gehorchen, was auch immer befohlen wird, ganz gleich, was es sein mag."

Gweny senkte gehorsam den Blick und versuchte, ihre aufkommende Unruhe zu unterdrücken. Die düsteren Worte ihrer Mutter hallten in ihrem Kopf wider und sie spürte den Druck, sich zu fügen, selbst wenn es gegen ihren eigenen Willen ging. Die Anwesenheit ihrer Mutter war wie ein Schatten, der sie umhüllte und ihre Gedanken einschränkte.

Als die Kutsche anhielt, kam gleich ein Diener, um ihnen herauszuhelfen. Er verbeugte sich. „Willkommen in Asgard, königliche Hoheiten", sagte er hochmütig. „Mein Name ist Henk von Asmarnien. Ich bin der Haus- und Hofmeister, wenn sie irgendwelche Ansinnen haben, zögern sie nicht, nach mir rufen zu lassen." Dann zeigte er auf drei Zofen, die rechts neben ihm standen. „Diese Bediensteten, stehen ihnen, in der Zeit ihres Aufenthalts hier, zur Verfügung." Er verneigte sich noch einmal. „Nun werden ihnen ihre Gemächer gezeigt und heute Abend erwartet sie die königliche Familie zum Abendessen." „Danke, ich freue mich wieder hier zu sein", entgegnete ihr Vater und sah freudig zum Schlossportal. Sie stiegen die Treppe hinauf.

Auch die Eingangshalle schien zu schimmern, sie war größer als im Schloss ihrer Eltern. Gweny drehte sich zu ihren Eltern um. Doch diese, waren schon hinter einer Säule verschwunden. Vor ihr stand nur noch Ismerva und ein junges Mädchen. Als die Prinzessin sie ansah, verbeugte sie sich schnell und sagte: „Königliche Hoheit, wenn ihr bereit seid, führe ich euch zu eurem Gemach." Gweny nickte und folgte, mit Ismerva, dem Mädchen eine Treppe hinauf. Als sie in ihrem neuen Gemach angekommen waren, verneigte sich das junge Mädchen und verschwand wieder durch die Tür, um auch Ismerva ihre Kammer zu zeigen.

2

Als Gwenyfer sich in ihrem ihr zugeteilten Gemach umsah, war sie fasziniert. Es war ein großer Raum mit bodentiefen Fenstern. Das Bett stand quer davor und sah wahrhaft königlich aus. Es war ein Himmelbett mit schweren, weißen Samtvorhängen und an den Säulen waren filigrane Verzierungen aus Gold eingearbeitet. Auch das restliche Mobiliar passte farblich zum Bett.

Sie ging nach rechts, durch eine Tür. Hier ging es in einen gekachelten Raum, in deren Mitte eine große Wanne stand. Diese hatte die Form eines länglichen Troges, nur das sie aus weißem Porzellan zu sein schien.

Sie kam wieder heraus und entdeckte, dass es noch eine Tür auf der linken Seite gab. Durch diese ging es in einen kleinen Salon mit einem wunderschönen Kamin. Auch hier gab es die bodentiefen Fenster, durch die man den Schlossgarten sehen konnte. In der Mitte des Raumes standen Sofas und dazwischen ein kleiner Tisch. Sie fühlte sich vom ersten Moment an wohl hier.

Als sie sich weiter im Raum umsah, konnte sie an der hinteren Wand die Abzeichnung, von einer kleinen kaum sichtbaren Tür erkennen. Doch gerade, als sie sich diese näher anschauen wollte, klopfte es an der Gemachtür.

Gweny öffnete und herein kamen Ismerva und das junge Mädchen. „Dies ist Serina", stellte Ismerva die Zofe vor. Serina verbeugte sich tief und sprach ehrfürchtig: „Willkommen, königliche Hoheit. Ich hoffe ihr hattet eine angenehme Reise nach Asgard? Ich werde in der Zeit, in der ihr hier seid, eure Kammerzofe sein, Prinzessin Gwenyfer." „Vielen Dank, Serina", sagte Gweny und wand sich wieder an Ismerva. „Wo ist deine Kammer?" „Am Ende des Ostflügels, dort liegen die Kammern für die Bediensteten, ich teile mir eine Kammer mit Serina." „Sehr schön", flüsterte Gweny, mehr zu sich selbst. Sie sah zu Serina hinüber und hätte sie gerne noch ein wenig ausgefragt, über den König und seine Familie, aber dafür blieb leider keine Zeit, denn der König erwartet sie zum Abendessen. Dafür wollte sie noch baden und sich umziehen. Auf Ismervas Anweisung hin, verschwand Serina in Richtung Badezimmer, um das Bad zu richten.

Gweny hatte nun etwas Zeit, sich ihr Schlafzimmer noch genauer anzusehen. Sie betrachtete das traumhafte Himmelbett, mit seinen weißen Samtvorhängen und fragte sich gerade, ob es genauso gemütlich ist, wie es aussieht, als

Ismerva einen leisen entzückten Schrei ausstieß. Gweny drehte sich ruckartig zu ihr um. Sie stand an dem geöffneten Kleiderschrank und hielt Gweny eine Karte, aus dickem schwerem Papier, hin. Sie nahm sie in die Hand und betrachtete sie kurz, ohne zu lesen, was auf Ihr geschrieben stand. Das schwere Papier fühlte sich rau an unter ihren Fingern, sie strich über die goldene Borte, die den Rand säumte und oben in der Mitte mit dem Königssiegel abschloss. Dann las sie den Text, der in der Mitte der Karte mit sauberer, zierlicher Handschrift stand:

Liebe Gwenyfer von Midgard,

wir freuen uns, dass du unserer Einladung gefolgt bist und dich mit deinen Eltern auf den langen, beschwerlichen Weg nach Asgard begeben hast. Als Zeichen der Zuneigung möchten wir dir diese Kleider schenken. Wir hoffen, dass sie dir gefallen und du eines davon morgen Abend zum Ball tragen wirst.

In großer Freude über dein Erscheinen

verbleiben wir,

König Odin Allvater und Königin Freya von Asgard

Sie schaute von der Karte, in den Schrank. Dort konnte sie die schönsten Kleider erblicken, die sie in ihrem ganzen Leben gesehen hatte.

Gweny fragte sich was diese Worte zu bedeuten haben. Sie hatte doch nur ihre Eltern hierher begleitet, um die Königsfamilie von Asgard zu besuchen. Sie sah zu Ismerva, die sie ungeduldig ansah. „Was steht dort?", fragte sie nun. Sie las ihr die Karte nochmal vor und das Lächeln in Ismervas Gesicht wurde immer breiter.

„Was bedeutet das?", fragte Gweny verwirrt. Just in diesem Moment kam Serina aus dem Badezimmer, um den vollen Badekübel anzukündigen. „Serina, warum wurden meine Eltern nach Asgard eingeladen?", fragte sie diese, bevor Serina Ihre Ankündigung machen konnte. Serina sah kurz überrascht aus, fing sich aber schnell wieder. „Wieso eure Eltern, Prinzessin? Wisst Ihr gar nicht, warum ihr hier seid?" Das verwirrte Gweny noch mehr und sie sah Ismerva fragend an, aber diese zuckte nur mit den Schultern und sah wieder hinüber zu Serina. „Sprich weiter", forderte Gweny sie auf. Serina sah zu Boden und sprach mit leiser Stimme weiter. „Genaueres weiß ich auch nicht, sondern nur was in der Küche darüber erzählt wird. Ich möchte euch nicht mit dem Hof Gerüchten belästigen." Gweny sah sie aufmunternd an und gebot ihr, weiterzusprechen.

„Ich hörte nur", sagte sie schüchtern. „Wie Ihr die nächste Königin genannt wurdet und es wird darüber gesprochen, für wen Ihr euch wohl entscheiden werdet." Gerade als Gweny fragen wollte, für wen entscheiden, klopfte es an der Tür. „Seid ihr fertig, Prinzessin?", rief eine Männerstimme von vor der Tür her, „bald werdet ihr zum Fest abgeholt."

Erschrocken fuhr sie zusammen. Sie sah zu Ismerva. Diese behielt, aber wie immer einen kühlen Kopf. „Für ein Bad, ist jetzt wohl keine Zeit mehr!" Ismerva wies Serina an, dass diese etwas Wasser in eine Schüssel füllte, damit sich Gweny wenigstens etwas waschen konnte. Zu Gweny gewandt, sagte sie mit sanfter Stimme, sie solle sich ein Kleid aussuchen.

So ging sie zum Kleiderschrank und überflog die vielen verschieden Kleider. Ihr stach sofort ein hellgrünes ins Auge, das mit vielen glitzernden Steinen besetzt war. Sie holte es heraus und hielt es in die Höhe, um es komplett in Augenschein zu nehmen.

„Es ist perfekt", rief sie begeistert und gab es Ismerva. Diese band die Samtbänder, mit denen es am Rücken geschnürt wurde, mit geschickten Fingern auf und zog das Unterkleid und das Korsett heraus. Nachdem sich Gweny kurz frisch gemacht hatte zog sie mit Ismervas Hilfe, zuerst das Unterkleid, dann das Korsett und zum Schluss das hellgrüne Kleid an.

Serina, die dies beobachtete, wünschte sich nichts sehnlicher, als der Prinzessin irgendwann auch so dienen zu können. Im Anschluss betrachtete sich Gweny im Spiegel und war sehr zufrieden. Das Kleid passte wie angegossen und sah wirklich königlich aus.

Mit ein paar geschickten Handgriffen steckte Serina, ihr die weißblonden Haare zu einer prachtvollen Hochsteckfrisur zusammen.

Sie betrachtete sich im Spiegel und war sehr genügsam. Gweny wollte sich gerade zu Serina umdrehen, um sie nochmal zu fragen, was sie vorhin damit gemeint hatte, für wen sie sich entscheiden sollte? Als es erneut an der Tür klopfte.

„Prinzessin, ihr werdet erwartet". Gweny spürte die Aufregung in sich aufsteigen. Ihr Herz begann deutlich zu pochen, als wäre es ein Trommelschlag in ihrer Brust. Was mich wohl erwarten wird, überlegte sie, als sie zur Tür ging.

Ismerva öffnete sie, sodass Gweny in den Gang treten konnte. „Viel Glück und ich warte hier auf dich", flüsterte sie ihr noch zu, bevor Gweny loslief.

Draußen warteten zwei Männer in Soldatenuniformen. Sie hatten jeder einen langen Speer in der Hand. „Prinzessin Gwenyfer, wir geleiten euch zur großen Halle", sagte der Größere von ihnen. Der andere ging voraus und sie beeilte sich, hinterherzukommen.

Die Gänge waren sehr prunkvoll, überall gab es große Säulen, die mit vielen handgemalten Szenen verziert waren. Jede Säule erzählt ihre eigene Geschichte. So war auf der einen Säule, zwei Kinder zu sehen, die gemeinsam spielten und auf einer anderen, waren wieder die Kinder nun aber älter und auf Pferden abgebildet. Sie fragte sich, ob dies die beiden Söhne des Königs waren. Und während sie die Bilder betrachtete und überlegte, machte schlagartig alles einen Sinn. Dass sie nach Asgard gereist waren, die Karte des Königspaares und die Ermahnungen ihrer Mutter, sich ja alles zu tun, was von ihr verlangt wurde.

Sie sollte einen der Söhne heiraten.

Wut stieg in ihr auf. Wie konnte man so über ihren Kopf hinweg über ihr Leben entscheiden. Gerade jetzt, wo sie ihre Freiheit wieder besaß und diese erst mal genießen wollte. Sie kannte die beiden doch noch nicht einmal. Der Zorn über diese, von anderen getroffene Entscheidung, brodelte noch in ihr als sie wenige Augenblicke später an der großen Halle ankam.

Die Soldaten stellten sich neben die große, beschlagene Eichentür. „Hoheit, wenn Ihr so weit seid, kündigen wir euch an." Sie war immer noch wütend. Wusste aber, dass sie dieses Gefühl nun unterdrücken musste. Sie atmete noch einmal tief durch und strich ihr Kleid glatt. Dann gab sie den Soldaten ein Handzeichen, das sie bereit war.

3

Die beiden Soldaten öffneten gemeinsam die große Eichentür. Der Größere von ihnen trat vor Gweny in den Raum, um sie anzukündigen.

Die Halle war sehr groß und hoch, aber mehr konnte Gweny, von Ihrer Position hinter dem Soldaten, nicht erkennen. Er klopfte dreimal mit seinem Speer auf den Boden, wartete noch einige Augenblicke, bis die Gespräche verstummt waren, dann verkündete er mit lauter Stimme „Ihre Königliche Hoheit, Prinzessin Gwenyfer von Midgard". Während er dies sagte, trat er ein Schritt zur Seite. Sie trat hinter ihm hervor und konnte zwei sehr lange festliche Tafeln mit vielen Menschen sehen. Am oberen Ende waren sie mit einem weiteren Tisch verbunden, der quer zu den anderen beiden stand. Alle Augen waren auf sie gerichtet.

Einer der Soldaten deutete auf einen Platz, der hinten an der Tafel war und signalisierte ihr in diese Richtung zu gehen.

Als sie durch die Mitte schritt, folgten ihr alle Blicke. Umso weiter sie nach vorne kam, konnte sie immer deutlicher erkennen, wer am Tischende saß. Es war ein Mann mit langem grauem Bart und einer goldenen Rüstung.

Das musste der König sein, dachte sie sich und ihr Blick glitt zu seiner rechten Seite, wo eine wunderschöne Frau in einem langen dunkelblauen Kleid saß und ihr freundlich zu lächelte. Zu seiner linken Seite saßen ihre Eltern. Ihr Vater nickte ihr aufmunternd zu und ihre Mutter hatte ein recht zufriedener Gesichtsausdruck. Aber bevor sie darüber nachdenken konnte, warum ihre Mutter so friedlich schaute, ertönte die gebieterische Stimme des Königs. Er sprach fast zärtlich, aber nicht weniger einschüchternd. Gweny zuckte kaum merklich zusammen und ihr stellten sich die Nackenhaare auf.

„Meine liebe Gwenyfer, ich freue mich sehr, dass ihr den weiten Weg aus Midgard auf euch genommen habt, um meiner Einladung zu folgen. Wir sind sehr glücklich, euch in unseren Reihen begrüßen zu dürfen."

Er machte eine Pause, damit die übrigen Gäste klatschten konnten. Nachdem sie wieder verstummt waren, fuhr er fort: „Darf ich euch meine Frau vorstellen, Königin Freya, Herrscherin über Asgard und die neun Welten."

Gweny blieb kurz stehen und verbeugte sich tief in ihre Richtung. Die Königin nickte ihr zu und lächelte sie aufmunternd an. Gweny lächelte dankbar zurück und setzte sich, auf den ihr zugewiesenen Platz, zwischen zwei junge Männer, die rein vom äußerlichen nicht unterschiedlicher hätten sein können.

Der Mann zu ihrer Rechten sah sie kurz selbstsicher und arrogant an und drehte sich dann gleich wieder zu seiner anderen Tischnachbarin, die er anscheinend interessanter zu finden schien. Er hatte schulterlanges goldenes Haar und man konnte unter seiner goldenen Rüstung einen sehr muskulösen Körper erahnen. Er hatte ein sehr markantes Gesicht und seine Haut war sonnengebräunt. Er sah sehr gut aus und das wusste er.

Der andere zu ihrer Linken, war auch von hochgewachsener Statur, aber nicht so muskulös wie der Erste. Er hatte weiche Gesichtszüge und auch er hatte schulterlanges Haar, aber in schwarz. Außerdem leuchteten seine Augen in dem schönsten Grün, das sie jemals gesehen hatte. Doch als er wenige Minuten später anfing zu sprechen, waren ihre Gedanken schon weitergewandert.

Er lächelte sie an und stellte sich vor: „Prinzessin Gwenyfer, ich bin Loki Laufeyson von Jötunheim und neben euch, sitzt mein schlecht erzogener Bruder Thor Odinson von Asgard."

Doch Gweny war so mit der Pracht des Raumes und der Gäste beschäftigt, dass sie ihm nicht richtig zuhörte, deshalb nickte sie ihm, nur mit einem nichtssagenden Lächeln zu und drehte sich wieder nach vorne, um für diesen Moment nicht weiter mit ihm sprechen zu müssen.

Sie wollte sich lieber noch ein wenig weiter umgucken. Sie sah zu ihren Eltern hinüber. Ihr Vater sprach angeregt mit dem König, sie hätte zu gerne gewusst, über was die beiden sich unterhielten, aber da es am Tisch, durch die vielen Gespräche, ziemlich laut war, konnte sie nicht verstehen, um was es ging. Danach glitt ihr Blick zu ihrer Mutter, diese taxierte sie und gab ihr mit einer Mundbewegung zu verstehen, sich zu benehmen.

Denn ihre Mutter wusste natürlich, zwischen wem genau ihre Tochter dort saß, auch wenn Gweny diese Bekanntschaft, zum jetzigen Zeitpunkt, noch nicht gänzlich bewusst war.

Sie schaute sie böse an, sodass Gweny zugleich ihren Blick senkte und auf ihren noch leeren Teller starrte. Nach einer Weile siegte aber doch die Neugier in ihr und sie wagte sich noch einmal nach links zu schauen. Sie wollte ihn sich nochmal genauer anschauen. Er hatte vorhin in seinem Blick etwas Geheimnisvolles gehabt, dass einem unbekannten Drang in ihr geweckt hatte. Sie konnte diesen Drang nicht einordnen, hatte aber das Gefühl, ihn sich noch einmal etwas genauer. Seine langen, schwarzen Haare lagen in leichten Wellen auf den Schultern. Er hatte sich zu seiner Sitznachbarin umgedreht und diskutierte mit ihr gerade den Einsatz von Magie auf dem Schlachtfeld. Er trug keine Eisenrüstung, sondern eine Art Lederanzug, der sich perfekt, um seinen schlanken, muskulösen Körper schmiegte. Seine Gesprächspartnerin fing leise an zu kichern, erst jetzt bemerkte Gweny, dass sie ihn geradezu anstarrte. Schnell senkte sie verschämt ihren Blick in Richtung Teller.

Just in diesem Moment, stand der König von seinem Stuhl auf und brachte die Menge mit einer leichten Handbewegung zum Schweigen.

„Liebe Gäste, liebe Asen! Wir haben uns heute hier versammelt, um ganz besondere Gäste in Asgard zu begrüßen!" Er schaute zu Ihrem Vater und prostet ihm zu

„Mein lieber Ariald, wir freuen uns sehr, dass du und deine bezaubernde Gattin die Einladung für eure wunderschöne Tochter angenommen habt und heute mit ihr hier seid." Er nahm ein großzügiger Schluck aus seinem Weinkelch. Danach dreht er sich zu Gweny um und sah ihr direkt in die Augen. Er schwieg ein Moment und bewunderte ihr wunderschönes Erscheinungsbild. Er war frohgemut, über die bevorstehenden Geschehnisse und wusste, nicht zuletzt durch das exzellente Einschätzungsvermögen seiner Frau Freya, dass dies die Frau war, die alle neun Welten vereinen würde.

„Liebe Gefolgschaft, ich freue mich euch Prinzessin Gwenyfer von Midgard vorzustellen, die zukünftige Königin von Asgard, Midgard und der neun Welten!"

Gweny wurde kreidebleich. Sie brauchte einen kurzen Moment sich zu fangen. Besann sich, aber schnell auf Ihre gute Erziehung und korrigierte ihren Gesichtsausdruck zu einem geehrten Lächeln. Innerlich dauerte die Bewältigung des Schocks, über das gerade gehörte, ein wenig länger. Ihr kam schon wieder die Frage von vorhin in den Sinn. Wen genau sollte Sie wählen? Ihr war schon bewusst, dass sie irgendwann heiraten musste, als einziges Kind ihrer Eltern, aber warum jetzt schon. Sie hatte gehofft, noch etwas reisen zu dürfen. Und ihre große Prüfung stand auch noch an. Ihr brummte der Kopf und sie wäre gerne auf der Stelle zu

Ihrer Kammer gelaufen, um Ismerva alles zu erzählen. Aber nun musste Sie erst einmal hier durch.

Der König sah sie immer noch glücklich an und mit ihm auch alle anderen. Gweny errötete leicht, bei so viel Aufmerksamkeit. „Sie wirkt noch sehr schüchtern", flüsterte Freya ihrem Gemahl zu und dachte lächelnd, wie bei mir damals. Odin sah seine Frau liebevoll an und sagte: „Wie bei dir!", als ob er Ihre Gedanken lesen könnte.

Gweny wagte ein Blick nach oben zu Ihren Eltern. Sie machten beide ein sehr zufriedener Eindruck. So, als ob sie froh waren, dass sie die Tochter hatten, die einen der beiden Söhne Odins heiraten sollte, um somit die Zukunft der neun Welten zu sichern.

Einen Moment später sah Gweny den Allvater, wie er seine Hand hob um den Dienern signalisierte, das Essen aufzutragen. Sie atmete erleichtert auf, weil nun die Aufmerksamkeit nicht mehr auf Ihr, sondern auf dem Essen, welches hereingetragen wurde, lag.

Nach einiger Zeit hatten sich auch alle anderen Gäste von ihr abgewandt und waren wieder mit ihren Tischnachbarn in Gespräche vertieft. Erst jetzt fiel ihr wieder ein, dass der junge Mann neben Ihr sich ja vorgestellt hatte. Sie überlegte fieberhaft, was er gesagt hatte. Hatte er sich nicht mit Loki vorgestellt? Kann es sein, dass er einer der beiden Prinzen von Asgard war? Was hatte er nochmal gesagt, wie hieß sein Bruder, dachte Sie angestrengt nach. Sie hatte vorhin vor lauter Aufregung nicht richtig zugehört. War es Thor gewesen?

Sie drehte sich nach rechts, zu dem blonden Mann, um ihn genauer betrachten zu können. Er unterhielt sich wieder mit seiner Sitznachbarin, eine große, schlanke Frau in silberner Rüstung und langen braunen Haaren. Sie hatte ein sehr markantes Gesicht, sah aber in keiner Weise männlich aus, sondern eher wie eine anmutige Walküre, die Ihr Leben auf dem Schlachtfeld verbrachte.

Das war also Thor, dachte sie und ließ ihren Blick über seine Gestalt wandern. Er machte einen sehr heldenhaften Eindruck auf sie, wie er so da saß in seiner goldenen Rüstung. Er hatte etwas Anziehendes und sah wirklich gut aus. Genau in diesem Moment drehte er sich zu ihr um und musterte sie nun genauer als beim ersten Mal. „Es ist wohl annehmbar", murmelte er verdrossen, eher für sich selbst als für sie. Sein Blick ruhte auf ihr, während er nun unmittelbar mit ihr sprach: „Ich bin kein Mann, den man bändigen kann. Mein Leben ist von stetigen Kämpfen gezeichnet und ich werde mich keiner solch arrangierten Bindung beugen. Doch so oder so werden unsere Wege sich selten kreuzen und du wirst genug Raum haben, deinen weiblichen Angelegenheiten nachzugehen." Er lachte gereizt und drehte sich wieder zu seiner anderen Nachbarin um, welche mit ihm lachte.

Gweny war entsetzt, solch ein eingebildeten Prinzen sollte sie heiraten? Noch nie war jemand so unfreundlich zu ihr gewesen. Sie befürchtete, wenn sie diesen Sohn heiraten musste, würde ihr Leben nicht besser werden als in den vergangenen Jahren. Immer noch schockiert, über diese Frechheit, blickte sie wieder auf ihren Teller.

Mittlerweile lag dort ein Stück Braten, ein paar Kartoffeln und Gemüse. Sie fing an, appetitlos in ihrem Essen zu stochern. „Kein Appetit, Prinzessin?", die Stimme kam von ihrem anderen Sitznachbarn. Sie schaute nach links und sah in das Gesicht mit den leuchtenden grünen Augen. Seine Züge waren sanft und er lächelte sie an. Er hatte sich komplett zu ihr umgedreht und sie schloss, von der Art, wie sie von seiner vorherigen Gesprächspartnerin angeguckt wurde, dass er sich nun dazu entschlossen hatte, sich gänzlich mit ihr zu unterhalten. Da sie ihm noch eine Antwort schuldig war, schüttelte sie leicht den Kopf.

„Ihr seht heute Abend sehr hübsch aus", stellte er mit seiner melodischen Stimme fest. „Grün ist meine Lieblingsfarbe." Gweny wurde leicht rot und das kribbelnde Glücksgefühl von vorhin, hatte sich wieder in Ihrem Magen ausgebreitet.

„Danke," sagte sie mit leiser, schüchterner Stimme. „Ich mag die Farbe auch sehr gerne. Sie erinnert mich an Koboldsteine und ihre magischen Fähigkeiten." Sie sah, dass seine grünen Augen, anfingen zu leuchten und er sagte mit leicht erregter Stimme: „Mögt ihr Magie?" „

Ja, es war immer meine liebste Lektion. Mögt ihr es auch?" Das Leuchten in seinen Augen wurde stärker und er flüsterte mit sanfter Stimme und einem geheimnisvollen Grinsen: „Wir werden noch viel Spaß haben." Dann drehte er sich nach vorne, um weiter zu essen. Sie war unsicher, was er mit dem letzten Satz gemeint hatte, wollte aber jetzt nicht darüber nachdenken. Auch sie wandte sich wieder ihrem Teller zu und sah noch, wie der König seinem anderen Sohn einen aufmunternden Blick zuwarf.

Im nächsten Moment spürte sie, dass sich eine Hand fest um Ihren Arm legte. Sie drehte sich, mit einem leicht genervten Gesichtsausdruck nach rechts und hatte nicht wirklich Lust, sich nochmal mit diesem unfreundlichen Prinzen zu unterhalten. Aber die jetzigen Umstände ließen keinen Entscheidungsfreiraum für sie übrig und so setzte sie ein bezauberndes Lächeln auf und wappnete sich der Dinge, die nun kamen.

„Prinzessin Gwenyfer," sagte Thor betont langsam mit tiefer dunkler Stimme, welche perfekt zu seinem äußeren Erscheinungsbild passte. „Verzeiht mir mein ungehobeltes Verhalten." Seine Sätze klangen mechanisch, als ob er sie ablesen würde. „Natürlich möchte ich, dass wir uns vor der Hochzeit besser kennenlernen, deshalb wäre es mir eine Freude, euch am morgigen Tag zu einer Kutschfahrt einzuladen, um euch unsere Stadt Asgard zu zeigen."

Gweny war sprachlos, auch wenn seine Worte dieses Mal deutlich freundlicher und angemessener waren als zuvor, war er noch genauso eingebildet und von sich selbst überzeugt, wie vorher. Sie kannten sich erst so kurze Zeit und er sprach über ihre Hochzeit, als wäre es etwas, was er jeden Tag tun würde.

Als Antwort nickte sie nur kurz, woraufhin er seine Hand, welche deutliche rote Spuren zurückließ, von ihrem Arm zurückzog und sich wieder zu der Walküre umdrehte. Gweny strich sich über die roten Stellen auf ihrem Arm und sah, dass ihre Mutter sie warnend ansah. Daraufhin fuhr sie nochmal mit der Hand über den Arm und die Quetschmale waren verschwunden.

Nach dem Essen neigte sich der Abend langsam dem Ende zu. Mittlerweile standen alle Gäste in der Großen Halle in Grüppchen zusammen und unterhielten sich angeregt. Gweny hatte sich in einer Ecke, auf eine Bank niedergelassen und verfolgte das Geschehen in der Halle mit Neugier. Sie war noch nie, auf so einer großen Gesellschaft gewesen. Es war faszinierend und ermüdend zugleich, deshalb hoffte sie, sich bald zur Nacht verabschieden zu können.

Als Gweny ihren Blick durch die große Halle schweifen ließ, sah sie, dass ihre Eltern und das Königspaar auf sie zu kamen. Sie stand schnell auf und verbeugte sich als das Königspaar vor ihr stehen bleib.

„Gwenyfer, meine Liebe", sprach die Königin sie freundlich an. „Warum steht ihr hier so allein?" „Ich beobachte gerne, mir macht es nichts aus", gab Gweny zurück und lächelte. „Aber wo sind denn meine Söhne?", sagte der Allvater leicht verärgert und sah sich suchend im Raum um. Als er sie in einem Pulk von vielen weiblichen Bewunderinnen erblickte, runzelte er die Stirn.

„Sie sollten sich doch etwas um sie kümmern, damit sie sich näher kennenlernen. Die Hochzeit soll schon in sechs Monaten gefeiert werden und sie muss noch entscheiden, wer der Erste sein soll", sagte er halb zu sich und halb zu seiner Frau.

Er drehte sich um und sah Gweny nun direkt in die Augen, sie zuckte kurz zusammen, sein Blick war stechend, aber dann lächelte er und sagte: „Wir freuen uns sehr, dass ihr hier seid und sind überglücklich nun jemand zu haben, der den beiden Benehmen beibringen kann!" Er zwinkerte ihr zu. Gweny lächelte freundlich zurück, aber in ihrem Kopf wirbelten, die gerade gesagten Worte noch wie kleine Wirbelstürme durcheinander. Hochzeit in sechs Monaten? Der Erste? Benehmen beibringen? Was hatte das alles zu bedeuten? Ihr Kopf schmerzte von der Grübelei und sie musste dringend mit Ismerva sprechen.

„Mein König", fing Gweny mutig an. „euer Sohn Thor hat mich morgen auf eine Kutschfahrt eingeladen." „Oh, darüber sind wir höchst erfreut", er lächelte zufrieden. „Wenn ihr erlaubt, würde ich mich jetzt zurückziehen?" „Natürlich dürft ihr euch entschuldigen, meine Liebe." Gweny war erleichtert. Sie verbeugte sich kurz und nickte ihren Eltern zu.

Dann verschwand sie durch die große Saaltür, durch die sie vor wenigen Stunden eingetreten war.

4

Als sie in ihrem Gemach ankam, wartet dort schon Ismerva auf sie. Gweny freute sich, sie zu sehen und konnte es gar nicht abwarten, ihr alle Neuigkeiten zu berichten.

„Eine Hochzeit", Ismerva lächelte verträumt. „Du wirst die schönste Braut sein, die Asgard je gesehen hat."

Da war sich Gweny noch nicht so sicher, bis jetzt fand sie keinen der beiden Brüder liebenswert genug, um sich mit ihm zu vermählen. „Abwarten", meinte sie deshalb skeptisch.

Später an diesem ereignisreichen Abend lag sie im Bett. Ihre Gedanken kreisten um den heutigen Tag. Und ließen sie, obwohl sie das Gefühl hatte, ihr würden gleich die Augen zufallen, nicht einschlafen. Sie konnte sich immer noch kein Reim auf die Worte von Odin machen. Der Erste? Was meinte er damit? Und eine Hochzeit in sechs Monaten? So lange würden sie also hierbleiben und was kam danach? Ihre große Prüfung stand auch noch an. In ihrem Kopf drehte sich alles. Durch die vielen Gedanken, die in ihr umherirrten, begann ihr Kopf zu schmerzen. Es dauerte noch lange, bis sie in den Schlaf fand.

Als sie am nächsten Morgen aufwachte, hatte Ismerva schon die Vorhänge beiseite gezogen und ein breiter Sonnenstrahl streifte ihr Gesicht. Sie ließ ihre Augen noch geschlossen und genoss die warmen Strahlen auf ihrer Haut.

„Guten Morgen, Prinzessin", sang Ismerva mehr, als das sie sprach: „Ich hoffe du hast gut geschlafen? Es kam schon ein Bote mit der Nachricht, dass du am späten Vormittag zu der Kutschfahrt abgeholt wirst."

Gweny blinzelte verschlafen. „Ach ja, die Kutschfahrt", fiel ihr wieder ein, besonders viel Lust hatte sie nicht darauf. Und auch geschlafen hatte sie nicht besonders gut, aber wenigstens waren die Kopfschmerzen weg.

„Wieviel Zeit habe ich noch, bis ich abgeholt werde?" „Es reicht, um etwas zu essen und um dich anzukleiden", antwortet Ismerva liebevoll, bevor sie durch die Tür verschwand, um das Frühstück servieren zu lassen. Gweny stand auf und rieb sich den letzten Schlaf aus den Augen. Sie zog sich ein Leinenmantel, der auf der Truhe an ihrem Bettende lag, über und ging in den gekachelten Raum, um sich zu waschen. Nachdem sie fertig war, ging sie in ihren

Salon, wo Ismerva schon den Tisch gedeckt und etwas Feuer im Ofen entfacht hatte.

Während sie aß, überlegte sie sich, Serina noch etwas mehr auszufragen. Und so ließ sie nach ihr rufen. Als Serina in den Salon trat, gebot Gweny ihr, sich zu setzen. Serina wurde bleich und sah leicht verängstigt aus.

„Es tut mir leid, eure Hoheit", sagte sie mit gesenktem Blick. Gweny musste lachen, was Serina noch ängstlicher aussehen ließ.

„Es ist alles in Ordnung, ich möchte nur mit dir sprechen", sagte Gweny beruhigend. Serina entspannte sich ein wenig, blieb aber auf der Hut, sie hatte schon viel erlebt und konnte die neue Hoheit, welche wohl länger hierbleiben würde, noch nicht einschätzen.

„Sag mal Serina", fing sie freundlich an. „Was genau wird in der Küche über mich erzählt?" Wieder wurde Serina bleich im Gesicht und der ängstliche Gesichtsausdruck kehrte zurück. „Ehm..ich...weiß...nicht...", stammelte sie vor sich hin. Sie wollte die Prinzessin nicht mit Gerüchten verärgern. Gweny, die bemerkte, dass hier nur direkte Anweisungen halfen, probierte eine andere Art, um an die gewünschten Informationen zu kommen. „Ich befehle dir, mir alles zu sagen, dir drohen dadurch keine Konsequenzen. Ich behalte es für mich, ich möchte nur ein bisschen Klarheit über meine Rolle an diesem Hof bekommen."

„Alles?" Serina sah sie fragend an und als Gweny ihr aufmunternd zunickte, zögerte sie noch ein Moment, begann dann aber zu erzählen: „Bevor ihr gestern hier angekommen seid, wussten wir nur, dass die wunderschöne Prinzessin von Midgard zu uns kommen wird, um sich mit einem der Prinzen zu vermählen. Als ihr dann endlich hier wart, begann die Gerüchteküche noch mehr zu brodeln. Eine der Kammerzofen der Königin hatte ein Gespräch zwischen ihr und dem König mitbekommen, in dem es darum ging, ob ihr bestimmen könnt, wer der erste ist oder ob sie das tun sollten, weil diese Entscheidung sowieso nur etwas Zeit aufschieben würde. Mehr weiß ich darüber nicht, Prinzessin", sie hielt kurz inne und setzte dann noch hinzu: „Denn sonst sind die Bediensteten des Königpaares eher schweigsam." Serina machte eine kurze Pause, bevor sie weitererzählte: „Außerdem haben die meisten im Schloss Mitleid mit euch, weil die jungen Herren, beide auf ihre eigene Art sehr unberechenbar sind."

Gweny sah nachdenklich aus dem Fenster, ja, dachte sie, die Erfahrung hatte sie auch schon machen müssen. „Gibt es noch etwas, was ich wissen sollte?", bohrte Gweny weiter nach, aber Serina schüttelte den Kopf. „Nein, eure Hoheit, aber sollte ich etwas Neues mitbekommen, seid ihr die Erste, die es erfährt" „Danke, Serina. Du kannst nun gehen", sagte Gweny freundlich zu ihr.

Serina ging aus dem Zimmer und ließ eine grübelnde Prinzessin zurück. Gweny war unschlüssig, wie sie mit der Situation umgehen sollte, besann sich aber erst einmal darauf, den Plan mitzuspielen, bis sie weitere Informationen hatte. Während sie weiter aß, ließ sie ihren Blick durchs Zimmer schweifen. Als ihr wieder die Tür in der Wand auffiel. Es musste ein Art Geheimtür sein. Sie fügte sich völlig in das Zimmer ein und verschmolz mit der Wand, in die sie eingebettet war. Sie stand gerade auf, um die Tür näher zu untersuchen, da klopft es an der Tür. Es war Ismerva, die ihr mitteilte, dass sie sich jetzt ein bisschen beeilen sollte, wenn sie nicht zu spät kommen wollte. Also drehte sie sich unverrichteter Dinge um und haderte der Dinge, die kommen würden.

5

Eine ganze Weile später, saß sie neben Thor in einer prachtvollen offenen Kutsche, die von vier Rappen gezogen
wurde. Bis jetzt hatten sie nicht viel miteinander gesprochen, aber Gweny war das durchaus recht, so konnte sie
wenigstens die Stadt und die Landschaft besser bewundern.
Ab und zu erklärte er ihr, einige Besonderheiten der Stadt
in einem gelangweilten Ton. Doch Gweny, hörte gespannt
zu und merkte sich alles gut, sie war sehr beeindruckt von
der Schönheit der Stadt. Sie bewunderte besonders die vie
len Fachwerkhäuser, in denen die Asen wohnten. Sie waren
reich mit Gold verziert und sahen wunderschön aus. Viele
Asen winkten ihnen zu, als sie erkannten, wer in der Kutsche vorbeifuhr und Thor winkte gönnerhaft zurück.

Wenn sie wüssten, wie er wirklich ist, dachte Gweny und
musste leise lachen. Wohl etwas zu laut, denn abrupt dreht
sich Thor zu ihr um und sah sie missbilligend an. Dann
fragte er sie: „Warum lachst du?" Wenn ich ihn schon heiraten muss, kann ich auch ehrlich zu ihm sein, dachte sie
und antwortete ihm lachend: „Wenn die Leute wüssten, wie
eingebildet und selbst überzeugt ihr seid. Dann…!", die
letzten Worte ließ sie in der Luft hängen. Aber das reichte
schon, damit er einen ärgerlichen Gesichtsausdruck bekam

und trotzig, wie ein kleiner Junge antwortete: „So bin ich gar nicht! Ich bin genauso, wie ein geborener König sein muss!" Wieder musste Gweny lachen. Sie hatte mit ihrer Aussage, genau die Mitte seines Stolzes getroffen.

„Es tut mir leid, ich wollte euch nicht kränken", sagte sie schnell beschwichtigend, denn sie merkte, wie sein Gesicht einen beleidigten Ausdruck bekam. „Schon gut, ihr seid noch so jung und könnt eben nicht besser wissen, dass man ein Mann nicht kritisiert", entgegnete er hochmütig und lächelte sie mitleidig an.

Das hatte er grade nicht gesagt, dachte Gweny entsetzt und entgegnete ihm ein wenig widerspenstig: „Danke für euren weisen Rat, aber ich denke, dass auch ein Mann in der Lage ist, Kritik zu ertragen." Sie würde noch ihr ganzes Leben mit ihm verbringen müssen. Deshalb hatte sie nicht vor, ihn dabei anzuhimmeln, so wie es seine vielen weiblichen Bewunderinnen taten, mit denen er sich ständig umgab.

Er war bestürzt über ihre Antwort und ihm fiel nichts ein, was er darauf erwidern konnte. So verschränkte er die Arme vor seiner Brust und starrte leise grummelnd aus dem Fenster. Wenig später fiel ihr ein, dass sie vielleicht von ihm neue Informationen zu ihrer Situation bekommen könnte. Deshalb fragte sie ihn mit zuckersüßer Stimme: „Seit wann wisst ihr, dass wir einander heiraten sollen?" „Kurz vor eurer Ankunft", antwortete er knapp und drehte sich noch weiter zur Seite, um nicht weiter mit ihr sprechen zu müssen.

Schon bald fuhr die Kutsche wieder in Richtung Schloss zurück. Sie sprachen in dieser Zeit kein einziges Wort mehr miteinander. Sie hatte seinen Stolz wohl mehr angekratzt, als sie dachte. Es tat ihr ein bisschen leid, aber dann dachte sie wieder an seinen Spruch und das Mitleid verebbte so schnell, wie es gekommen war.

Vor dem Schloss angekommen, sprang er ohne ein Wort des Abschiedes aus der Kutsche und verschwand durch das Schlossportal. Gweny saß nun allein in der Kutsche, aber statt auch auszusteigen, wies sie den Kutscher an, nochmals umzudrehen. Sie wollte unbedingt das Haus der Zauberkundigen finden. Der Kutscher drehte sich zu ihr um und erwiderte mit bekümmerter Stimme:

„Es tut mir leid, eure königliche Hoheit. Leider habe ich die Anweisung bekommen, dass ihr nicht ohne männliche Begleitung das Schlossgelände verlassen dürft." Gweny sah ihn entgeistert an und war einen Moment sprachlos.

„Bin ich eine Gefangene?", fragte sie den Kutscher aufgebracht. „Durchaus nicht, Prinzessin", entgegnete dieser schuldig, „aber ihr seid zu wichtig für die neun Welten und ich, als alter Kutscher, zu schwach, um euch zu beschützen, wenn uns jemand auflauert." „Wer hat das angeordnet?" „Der König höchstselbst.", meinte er abschließend und verbeugte sich leicht vor ihr.

Verärgert ließ sie sich aus der Kutsche helfen. Leider konnte sie gegen den Willen des Königs nichts tun und so betrat auch sie, wenn auch widerwillig, das Schloss durch das große Portal.

Als sie in der Eingangshalle stand, war sie unschlüssig, wohin sie sich wenden sollte. Sonst wurde ihr immer gesagt, wie ihr nächster Schritt auszusehen hatte. Aber jetzt stand sie hier, zum ersten Mal in ihrem Leben und konnte frei entscheiden, wo ihr nächster Weg hinführen sollte. So viel Freiheit überforderte sie für diesem Moment. Und so entschied sie, sich in Richtung ihres Gemach zu begeben mit der Aussicht auf ein heißes Bad. Da trat ein schwarzhaariger Mann hinter einer goldenen Säule hervor und lächelte sie an.

6

Es war Loki Laufeyson von Jötunheim, der ältere Bruder Thors. Sie sah ihn an und bekam wieder dieses eigenartige Gefühl, als er sie anlächelte und ihr wurde plötzlich ganz heiß.

„Seid gegrüßt, Prinzessin", sagte er charmant. „Wie hat euch die Kutschfahrt mit meinem Bruder gefallen?" „Es war nicht besonders unterhaltsam", gab sie ehrlich zurück. Er lachte: „Ja, so ist mein Bruder ein bisschen eingebildet, aber im Herzen ist er gut."

Das konnte sie ihm leider nicht ganz glauben und machte ein misstrauisches Gesicht. Sodass er noch mehr lachen musste. „Dann braucht ihr jetzt also etwas unterhaltsames, nach diesem langweiligem Tagesanfang?" Da sie nicht wusste, worauf er hinauswollte, nickte sie nur leicht. „Dann kommt, ich will euch etwas zeigen!" Als sie noch widerwillig stehen blieb, nahm er ihren Arm und zog sie mit in Richtung Treppe. Sie stiegen die Treppen nach ganz oben und gingen einen langen Korridor entlang. Gweny war immer noch misstrauisch, aber auch ein wenig neugierig, weshalb sie sich auch von ihm weiterziehen ließ.

Am Ende des Flures, stieß er eine hölzerne Tür auf und nach einem weiteren Schritt standen sie auf einer wunderschönen Terrasse. Sie war geradezu überfüllt mit Blumen aller Arten. In der Mitte, stand, unter einem mit Rosen überwucherten Baldachin, eine große Bank aus Holz. Auch diesmal war sie wieder beeindruckt, von der Schönheit der Rosen in dieser Stadt.

„Dies ist mein Lieblingsplatz im Schloss", gab er zu und trat weiter hinaus. Sie folgte ihm und ging zu dem steinernen Geländer. Von hier aus konnte sie den gesamten Schlossgarten überblicken. Er hatte einen runden See in der Mitte und um diesen herum, waren alle Arten von Rosen zu sehen. Wunderschöne gelbe, rote, weiße und rosafarbene die Rankengitter emporkletterten. Es sah fast aus wie ein Labyrinth, dachte sie immer noch beeindruckt. Auf der rechten Seite sah sie die Pferdeställe und auf der linken waren große Flächen mit Obstbäumen und Gemüsefeldern angelegt.

„Gefällt euch der Garten?" Sie drehte sich langsam zu ihm um und nickte. Wenn ich schon nicht vom Gelände darf, dann kann ich doch bestimmt wenigstens diesen großartigen Garten allein erkunden, überlegte sie noch, bevor sie ihn fragte: „Ist es das, was ihr mir zeigen wolltet?" Er lächelte sie an und flüsterte geheimnisvoll:

„Auch."

Er deutet mit einer einladenden Handbewegung auf die Bank. Sie folgte seiner Aufforderung und setzte sich. Nun war sie neugierig auf das, was kam und sah ihn gespannt an. Nachdem auch er sich gesetzt hatte, drehte er sich zu ihr um und sah ihr tief in die Augen. Dann sprach er zu ihr, mit seiner sanften, melodischen Stimme:

„Meine Liebe Prinzessin Gwenyfer, auch ich möchte euch näher kennenlernen. Da auch mir die Möglichkeit gegeben ist, euch vielleicht zu heiraten."

Sie war sprachlos, konnte es in ihrem Kopf noch verwirrter werden. „Ich dachte es steht schon fest, dass ich euren Bruder heiraten soll?", platzte sie heraus. „Durchaus nicht! Es ist eure Entscheidung, wen ihr heiraten, wollt", antwortete er lächelnd.

Sie drehte ihren Kopf wieder in die Richtung des Schlossparks. „Meine Entscheidung?", sprach sie mehr zu sich selbst. „In meiner Ausbildung, habe ich so viel gelernt, aber eigene Entscheidungen zu treffen, war nicht dabei", schloss sie grübelnd.

„Meine liebe Prinzessin, die Entscheidung müsst ihr noch nicht heute treffen. Ich denke, es wäre von Vorteil, dass wir uns alle erst einmal besser kennenlernen, dann bin ich mir sicher, werdet ihr die beste Wahl für euch treffen. Meinem Stiefvater wäre es sicher erfreut, wenn ihr Thor heiraten würdet", fügte er lächelnd hinzu. Und mir, setzte er in Gedanken nach, wenn ihr mich heiraten würdet, dachte er sehnsüchtig. Sein Gesicht bekam für den Bruchteil eines Momentes eine schmerzerfüllte Spur.

Sie nickte, immer noch in Gedanken vertieft. In diesem Moment wurde ihr klar, dass sie in ihrem Unterricht, nicht auf das echte Leben vorbereitet worden war, sondern nur auf ihre große Prüfung und wie man sich am asgardischen Hof benahm. Diese Erkenntnis beflügelte sie zu dem Entschluss, an ihrer Naivität zu arbeiten und fortan zumeist ihre eigenen Entscheidungen zu treffen. Darauf aufbauend, nahm sie sich vor, die beiden Prinzen, so gut es ihr möglich war in dieser kurzen Zeit, besser kennenzulernen um die richtige Entscheidung für sich, aber auch für ihre königliche Zukunft zu treffen.

Deshalb drehte sie sich nun langsam zu Loki um und sah ihm tief in die Augen. Ihr Herz begann mit einem Mal schneller zu schlagen.

Seine Augen waren von so einem wunderschönen Smaragdgrün, welches sie vorher noch nie gesehen hatte. Sein Gesicht hat eine weiche Form und seine Lippen waren schön geschwungen und schmal, genau diese formten sich in diesem Moment zu einem Lächeln. Er sieht wunderschön aus. Vielleicht könnte ich mir vorstellen, ihn zu heiraten, dachte sie und fing an zu lächeln.

„Gefällt euch, was ihr seht?", versuchte er sie aus der Reserve zu locken und musste lachen. Gweny, die sich ertappt fühlte, wollte schon wieder schnell weggucken, besann sich aber, auf ihren neuesten Entschluss und schlug das erste Mal einen nicht devoten Weg ein und antwortete:

„Ja, sehr".

Über so viel Offenheit mussten die beiden lachen. Was für ein gutes Gefühl, meine Gefühle zu offenbaren, dachte sie erleichtert. Und so lachten beide über ihre persönlichen Erfolge ohne, dass ihnen die Tragweite ihres heutigen Zusammenseins, zu diesem Zeitpunkt bewusst gewesen wäre.

„Ihr mögt also auch Magie?", versuchte Loki das zarte Aufflackern zärtlicher Gefühle am Leben zu erhalten.

„Ja", sagte sie begeistert, „es war mein liebster Unterricht.

Mir wurden aber, in meiner Lehrzeit, nur die Grundlagen gelehrt, meine volle Magie entwickelt sich wohl erst, während meiner großen Prüfung."

„Eure große Prüfung?", er sah sie fragend an.

„Ja, diese muss jeder zukünftige Herrscher über Midgard antreten. Aber genaueres, bekomme ich auch erst kurz vor ihrem Beginn mitgeteilt. Ein Teil meines Unterrichtes, beinhaltete das Menschenleben auf Midgard, deshalb gehe ich davon aus, dass sie unter den Menschen stattfinden wird.", schloss sie nachdenklich ihre Erzählung.

Dann fragte sie ihn neugierig: „Aber nun genug von mir, ich würde gern auch etwas über dich erfahren." Loki sah sie an und hatte das eigenartige Gefühl, ihr Vertrauen zu können. Eigentlich war er ein eher zweifelnder und verschlossener Typ und bisher gab es auch nur eine andere Person, der er sein volles Vertrauen schenkte, aber genau in diesem Augenblick, als sie ihn so fröhlich anlächelte, fing ein Schmetterling an, in seinem Inneren hin und her zu flattern. Solche Gefühle waren ihm bisher fremd gewesen und er brauchte einen Moment, um zu begreifen, was gerade mit ihm passierte war.

Ohne Zweifel, dachte er, war sie wunderschön, aber für ihn war dort noch mehr, er wünschte sich, dieser Augenblick würde niemals vergehen. Sie lächelte ihn immer noch an und fragte, ob er sie gehört hatte, weil er nicht antwortete. Dies riss ihn aus seinen Gedanken zurück und er meinte etwas verwirrt

„Wie bitte?" Sie musste lachen.

„Das müssen, aber nette Gedanken gewesen sein." Er nickte und bei ihrem Lachen, fingen die Schmetterlinge an, sich ganz langsam, aber stetig zu vermehren.

„Ich würde gern etwas über dich erfahren", sagte sie noch einmal.

„Über mich?", er dachte kurz nach. „Da gibt es tatsächlich nicht besonders viel zu erzählen. Meine Mutter war durch eine List mit Laufey von Jötunheim verheiratet gewesen, einem Eisriesen. Aber er wollte die königliche Herrschaft über die neun Welten. Meine Mutter, die von Geburt an Asin ist und Odin Allvater schon immer verehrte, sah sich dazu gezwungen, mit mir, als ich ein Baby war, nach Asgard zu fliehen, um Odin zu warnen. Dieser fiel daraufhin in Jötunheim ein und besiegte Laufey in einem Duell. Nach den alten Traditionen und um das Bündnis in unseren neun

Welten zu festigen, nahm Odin, meine Mutter und mich, als zukünftigen Herrscher von Jötunheim, an seinem Hof auf. Wenig später verliebten sich die beiden ineinander und heirateten. Sie bekamen einen gemeinsamen Sohn, Thor. Wir wuchsen als ebenbürtige Brüder auf und wurden für unsere jeweiligen königlichen Bestimmungen ausgebildet. Odin war zumeist ein guter Stiefvater, auch wenn Thor, von ihm manchmal bevorzugt wurde." Der schmerzliche Ausdruck durchzuckte wieder leicht sein Gesicht. „Aber auch, wenn wir nicht immer einer Meinung sind, würde ich schon sagen, dass wir ein besonderes, brüderliches Verhältnis zueinander haben."

Bei diesen Worten umwehte ein Lächeln seinen Mund. Sie hatte die gesamte Zeit schweigend und aufmerksam zugehört und jetzt, als er endete, legte sie ihre Hand auf seine und drückte sie leicht. An der Stelle, wo sie in berührte, fing es an zu kribbeln und es fühlte sich an, als würden noch mehr Schmetterling schlüpfen.

„Ich würde lieber etwas über dich persönlich wissen!", bohrte sie weiter nach.

„Was machst du am liebsten?"

Statt einer Antwort stand er auf und ging zu einem Blumentopf mit einer schon verwelkten Rose. Er ließ eine Fingerspitze über sie gleiten und sie erblühte wieder in voller Pracht. Gweny war beeindruckt: „Was für eine schöne Art von Magie."

Nun kam er wieder zu ihr hinüber und legte seine Hand in ihre. Sie fühlte ein Kribbeln und spürte, wie sich ein angenehm warmes Gefühl, von ihrer Hand ausgehend, bis in ihrer Magengegend ausbreitete. Ihr wurde plötzlich heiß und auch in ihr schlüpfte ein kleiner Schmetterling. Das Kribbeln in ihrer Hand wurde stärker und all ihre Gedanken, kreisten nur noch um ihn. Sie sah ihm tief in die Augen und konnte für ein kurzen Augenblick in seine Seele blicken und den Schmerz darin erkennen. Im nächsten Augenblick wurde der Schmerz in seinen Augen, zu dem ihren und ihre Intuition sagte ihr, dass dies der Mann war, mit dem sie ihr restliches Leben verbringen wollte. Ihr Herz begann schneller zu schlagen und sie wünschte sich, dass dieser Moment zwischen ihnen niemals enden würde.

Doch als er erschrocken seine Hand einen Moment später wieder zurückzog, waren alle Gefühle verschwunden, einzig der kleine Schmetterling flatterte in ihrem Inneren weiter umher.

Gweny spürte sofort eine Traurigkeit in sich aufsteigen, über den Verlust, der gerade entdeckten Gefühle für Loki. Als sie jetzt in seinen Augen sah, lag dort wieder nur der überschattete Glanz, der alles vor der Außenwelt verbarg. Sie sah ihn verwirrt an. Doch er hatte wieder nur sein gespieltes Lächeln auf den Lippen. Der Moment war vorbei.

„Was war das?" Fragte sie ihn durcheinander, aber er drehte sich nur schnell um und ging durch die Holztür zurück ins Schloss, eine Antwort blieb er ihr schuldig.

Sie schaute ihm noch eine Weile entsetzt hinterher. Wie konnte er, nach so einem Moment zwischen ihnen, ohne ein weiteres Wort verschwinden?

Nach einiger Zeit drehte sie sich um und schaute wieder in den Schlossgarten. So richtig sicher war sie sich nicht, was gerade zwischen ihnen passiert war. Hat er ihr seine Gefühle auf telepathische Weise mitgeteilt? Sie dachte an ihn und diesen magischen Moment zwischen ihnen. Trotz ihrer wenigen magischen Erfahrungen wusste sie, dass es schon etwas Besonderes und Seltenes war, wenn zwei Menschen auf magische Art so miteinander harmonierten, dass sie sich nur durch Berührung telepathisch mitteilen konnten. Ob das bedeutete, dass sie füreinander bestimmt waren? Sie blieb noch eine ganze Weile auf der Terrasse sitzen und war in Gedanken versunken.

7

Plötzlich kam eine Wache auf die Terrasse gelaufen. Sie war sichtlich aufgeregt und außer Atem.

„Prinzessin Gwenyfer vom Midgard, königliche Hoheit", japste die Wache schon fast etwas zu laut und verbeugte sich tief.

„Wir haben schon überall nach euch gesucht." Gweny bekam ein schlechtes Gewissen, das sie hier oben einfach sitzen geblieben war.

„Was ist passiert?", forderte sie den Mann auf weiterzusprechen. „Der König", er atmete geräuschvoll ein. „Er verlangt euch zu sprechen. Sofort." Gweny stand auf und folgte, frisch gestärkt durch ihre neue Selbsterkenntnis, der Wache zum König.

Als sie die große Halle betrat, saßen der Allvater und seine Frau Freya auf ihrem Thron. Neben ihnen stand Thor, der zufrieden grinste. Gweny ging zu ihnen und verneigte sich vor dem Königspaar.

„Mein Kind", begann der König sanft. „Ich hoffe, ihr habt euch gut eingelebt und euch gefällt euer Gemach."

Gweny nickte dankbar lächelnd.

„Mein Sohn Thor hat mir von eurer angenehmen Kutsch-fahrt erzählt und mir gesagt ihr habt euch gut unterhalten." Gweny war sprachlos und war sich unsicher, was sie darauf erwidern sollte. Sie guckte Thor an und er strotzte vor Selbstsicherheit. Das machte sie so wütend, dass sie dies gleich klarstellen wollte. Doch sie wollte Odin auch nicht verärgern und besann sich erst Mal darauf, wieder nur zu nicken.

Just in diesem Moment, kamen ihre Eltern durch das große Eichen Portal hinter ihnen. Zum Glück, dachte Gweny, so musste sie sich zu dieser dreisten Lüge erst einmal nicht weiter äußern.

„Allvater", sagte ihr Vater in Odins Richtung, „wir haben eine Nachricht aus Midgard erhalten, welche meine dring-liche Anwesenheit vor Ort unabdingbar macht."

Er sah bestürzt aus. Nun wandte er sich an Gweny: „Meine liebste Tochter, ich hatte mich so gefreut, dir bei der schwierigen Entscheidung zur Seite zu stehen, aber leider muss ich zurück nach Midgard. Ich werde, aber pünktlich zu deiner Hochzeit, wieder hier sein, das verspreche ich dir."

Als Gweny dies hörte, standen ihr augenblicklich die Tränen in den Augen. Sie wollte hier nicht allein sein, schoss es ihr als erster Gedanke durch den Kopf.

„Wann müsst ihr abreisen?", fragte sie ihn deshalb.

„Sofort", sagte ihre Mutter genervt in ihre Richtung. Ihr Vater blickte sie traurig an.

Die Königin wandte sich an Gwenys Mutter:

„Was ist mit euch, Adelheid? Reist ihr auch ab? Ich hatte gehofft, ihr könntet mich bei den Hochzeitsvorbereitungen unterstützen."

Adelheid von Midgard setzte ein gespieltes Lächeln auf und sagte zuckersüß zur Königin „Mir bricht es das Herz, meine kleine Tochter hier allein zu lassen, aber leider ist auch meine Anwesenheit erforderlich. Mir wäre es eine Freude gewesen, euch in dieser Zeit zu unterstützen, aber königliche Pflichten lassen sich leider nicht aufschieben."

Sie verbeugte sich tief vor dem Königspaar. „Das ist sehr schade." Meinte die Königin mit ernsthaftem Bedauern. „Aber seid versichert, ich werde mich sehr gut um Gweny kümmern."

Sie lächelte gutherzig und bedachte Gweny mit einem liebevollen Blick.

Adelheid nickte nur, sie hatte auf diesen ganzen Hochzeitskram hier, sowieso keine Lust und war froh, als ihr Mann eine Nachricht aus Midgard bekam, die eine Abreise möglich machte. „Wie meine Gemahlin schon sagte, werden wir uns fürsorglich um ihre Tochter kümmern.", befürwortete er die Worte seiner Frau und wand sich damit an Gwenys Vater.

„Danke für euren Großmut", sagte ihr Vater und verneigte sich tief. Er schaute noch ein letztes Mal zu Gweny, bevor sich die beiden umdrehten, um die große Halle zu verlassen.

Es ging alles so schnell, dass Gweny ein Moment brauchte, um richtig zu begreifen, was gerade passiert war. Vor allem, dass sie ab nun allein hier war. Hoffentlich haben sie Ismerva nicht mitgenommen, schoss es ihr augenblicklich durch den Kopf. Denn sie erzählte ihr schon, dass sich ihre Mutter dahingehend geäußert hatte. Das wenn Gweny mal weg wäre, sie endlich eine neue Zofe hätte. Leichte Panik stieg in ihr auf, sie musste sofort nachsehen, ob sie noch da war.

Sie drehte sich wieder zum Königspaar um und überlegte sich schnell eine Ausrede, warum sie sich jetzt verabschieden müsse.

„Eure Hoheit, darf ich mich entschuldigen? Ich muss mich noch für den Ball zurecht machen."

„Natürlich, mein Kind", entgegnete der König, nun noch fürsorglicher als vorher. Er hatte Mitleid mit dem armen Mädchen und auch seiner Frau war aufgefallen, dass ihre eigene Mutter nicht viel von Gwenyfer zu halten schien. Deshalb hatte es sich die Königin zur Aufgabe gemacht, sie wie ihr eigenes Kind zu behandeln und ihr zu helfen, wann immer sie Hilfe benötigte.

Gweny verneigte sich noch einmal vor dem Königspaar und verließ schnell die große Halle. Sie eilte, so schnell sie konnte, in ihre Gemächer. Dort angekommen, suchte sie jedem Raum nach Ismerva ab, aber ihre Gemächer waren leer. In Panik läutete sie nach ihr. Nach einiger Zeit klopfte es an der Tür. Gweny Herz machte ein Hüpfer.

„Herein" rief sie glücklich und wollte Ismerva mit einem Lächeln empfangen. Aber in der Tür stand nur Serina, mit einem traurigen Gesichtsausdruck. Als sich ihre Blicke trafen, brauchte es kein weiteres Wort der Erklärung mehr.

Gweny musste anfangen zu weinen, denn sie wusste, dass der Blick bedeutete, dass Ismerva auch hatte abreisen müssen. Und weil alles so schnell gegangen war, hatten sie keine Zeit für eine Verabschiedung gehabt.

Gweny schmiss sich aufs Bett und es kamen immer wieder neue Tränen über die Trauer wegen Ismervas Abreise, über die Wut auf ihre Mutter und über die unabdingbare Erkenntnis, dass sie nun komplett allein in Asgard war. Sie hatte nun keine Vertraute mehr bei sich, mit der sie ihre Gedanken teilen konnte.

Serina, die immer noch in der Tür stand und nicht so recht wusste, wie sie sich verhalten sollte, dachte kurz nach.

Ob es für mich angemessen war, zu ihr zu gehen und sie zu trösten? Aber dann entschied sie sich dagegen, weil sie die Prinzessin noch nicht genau einschätzen konnte und besann sie sich darauf sie allein zu lassen. Vielleicht sollte ich der Königin Bericht erstatten, überlegte Serina noch, denn darum bat die Königin vor der Anreise der Prinzessin.

„Ich möchte, dass du mir sofort berichtest", sagte die Königin damals zu ihr: „wenn etwas mit der Prinzessin passieren sollte, dass meine Anwesenheit erfordert." So verließ Serina die trauernde Prinzessin und eilte zur großen Halle.

8

Nach einer ganzen Weile beruhigte sich Gweny ein wenig und ihre Tränen versiegten langsam. Aber die turbulente Zeit, seit ihrer Anreise, schwirrte immer noch wild durcheinander in ihren Kopf. Es war so viel passiert. Sie setzte sich gerade auf, als es an der Tür klopfte.

Gweny sah sich um, war nicht gerade noch Serina hier im Raum gewesen. Sie musste gegangen sein. Also stand sie selbst auf und wischte sich die letzten Tränen aus den Augen, um die Tür zu öffnen.

Draußen stand die Königin mit einem freundlichen Lächeln. Gweny sah sie erstaunt an.

„Darf ich eintreten?", fragte sie mit ihrer sanften, freundlichen Stimme.

„Natürlich, eure Hoheit" Gweny trat, erstaunt über den hohen Besuch, ein Schritt zur Seite, um sie eintreten zu lassen. Serina, die direkt hinter der Königin stand, beauftragte sie Tee und etwas Gebäck im Salon zu servieren. Serina drehte sich um und eilte in Richtung Küche.

Die Königin ging mit Gweny in den Salon und setzte sich auf eines der Sofas. Gweny folgte ihr verwundert und setzte sich ihr gegenüber.

Sie war zwar irritiert über den Besuch, wartete aber gespannt auf das kommende Gespräch. Dies würde sie sicher etwas ablenken, hoffte sie.

„Meine liebste Gwenyfer, ich habe eurer Mutter versprochen, mich um euch zu kümmern!", sie machte eine kurze Pause und sah sie gütig an. „Nun muss ich euch etwas gestehen, es war schon immer mein Wunsch, eine Tochter zu bekommen. Doch leider blieb mit dies immer verwehrt."

Ihre Augen bekamen kurz ein sehnsüchtiges Schimmern, bevor sie weitersprach. „Umso mehr freue ich mich, dich bald meine Tochter nennen zu dürfen."

Sie sah, bei diesen Worten, ehrlich glücklich aus, dachte Gweny. Ihre eigene Mutter war kaltherzig und unberechenbar. Deshalb wusste sie nicht genau, was es bedeutete eine liebevolle Mutter zu haben und eine vertrauliche Mutter-Tochter-Beziehung zu führen. Aber sie nahm sich vor, nach ihrer kürzlichen Selbsterkenntnis, sich auf diese einzulassen. Der Gedanke daran machte sie glücklich und ihr Bauchgefühl sagte ihr, dass dies der richtige Weg war.

Verlassen von ihren bisher Vertrauten, sehnte sie sich nach einem Menschen, mit dem sie ihre Gedanken teilen konnte oder zumindest einen Teil davon.

„Danke, eure Hoheit, dies weiß ich sehr zu schätzen", sagte Gweny aufrichtig. „Mein Kind", meinte die Königin lächelnd:

„Wenn wir beide allein sind, darfst du mich gerne Freya nennen." „Danke, Freya", meinte sie daraufhin mit einem Lächeln. „Also wie ich gehört habe, hast du meine beiden Söhne schon ein wenig besser kennengelernt?"

Gweny nickte und war sich noch unschlüssig, wie viel sie vor der Königin preisgeben konnte. „Sie sind beide sehr nett."

Die Königin lachte: „Ich bin nicht der Allvater. Ich möchte auch deine Gedanken hören und ich weiß, dass deine Kutschfahrt mit Thor nicht besonders unterhaltsam war." Gweny sah sie prüfend an, vielleicht konnte sie ihr doch mehr vertrauen, als sie anfangs dachte.

„Ja", gab sie deshalb zögerlich zu und senkte den Blick. „So richtig unterhalten haben wir uns nicht. Er hat mir lediglich ein paar von Asgards schönsten Ecken gezeigt, aber über viel mehr, haben wir eigentlich nicht gesprochen."

Gweny schaute hoch, um den Blick von Freya zu deuten. Diese schien eher amüsiert als erbost. „Ja, er ist so selbstgefällig", gab sie zu. „Ich habe es ihm schon so oft gesagt. Aber solange es keine Frau gibt, die er von Herzen liebt, wird sich daran wohl nichts ändern", sagte die Königin noch und zwinkerte ihr zu. „Aber vielleicht ist dieser Zeitpunkt gar nicht mehr so fern." Gweny, die der Königin die ganze Zeit aufmerksam zugehört hatte, sah jetzt aus dem Fenster. Sie dachte kurz, über die eben gesagten Worte nach und kam zu der Erkenntnis, dass dies vielleicht der Weg war, Männer wieder auf dem Boden der Tatsachen zu bringen. Ihnen nicht direkt zu geben, was sie wollen, sondern sie darum kämpfen zu lassen.

Sie schwiegen eine ganze Weile und jede von ihnen, hing seinen eigenen Gedanken nach. Als Serina an die Tür klopfte, schreckte Gweny leicht zusammen. Sie war so in ihren Gedanken vertieft gewesen, dass sie sie gar nicht durch die Gemachtür hat kommen hören. Die Königin nahm ein Schluck von ihrem Tee und sah Gweny neugierig an: „Ich würde gerne etwas aus deiner Kindheit erfahren?", sie lächelte sie aufmunternd an, bevor sie weitersprach. „Deine Mutter hat mir zwar schon einiges erzählt, aber ich werde den Gedanken nicht los, dass sie sich nicht besonders viel um dich gesorgt hat."

Gweny nickte und fing vorsichtig an, von ihrer Kindheit zu berichten. „Seit ich denken kann kümmert sich meine Zofe Ismerva um mich. Sie war wir eine Mutter zu mir. Meine eigene Mutter sah ich nur selten. Sie war meist beschäftigt. Mit 6 Jahren begann der Unterricht um mich auf meine königlichen Pflichten vorzubereiten. Manchmal hatte mein Vater Zeit mit mir auszureiten."

Die Königin hörte ihr aufmerksam zu und ihr Gesichtsausdruck wurde, bei jedem weiteren von Gwenys Worten, ein wenig mitfühlender. Als Gweny ihre Geschichte beendete, nahm Freya sie in den Arm und versprach ihr daraufhin: „Meine Liebe, zum Glück bist du nun hier bei uns und ich kann dir versichern, dass du in mir eine vertraute, mütterliche Freundin sehen kannst, die immer offen für all deine Sorgen ist." Sie legte Gweny eine Hand auf den Arm und sofort ging von dieser Berührung ein Gefühl von Geborgenheit aus.

Sie lächelte Freya dankbar an und hatte das Gefühl, ihr alles anvertrauen zu können.

„Freya", begann Gweny das Thema, das sie am meisten beschäftigte: „da gibt es noch etwas, was ich dich gerne fragen würde."

„Ja?", die Königin sah sie gespannt an. „Ich war mit Loki oben auf der Dachterrasse und dort ist etwas passiert, was ich nicht verstehe. Als Loki seine Hand auf meine legte, kam es mir vor, als ob wir unsere Gedanken teilen könnten. Ist es nicht etwas Besonderes, wenn so etwas zwischen zwei Personen passiert?" Sie sah sie fragend an.

Die Königin drehte ihren Kopf in Richtung Fenster. Das war es also, was Loki ihr nicht sagen wollte, er hat Angst vor dem Zorn Odins, wenn herauskommen würde, dass das Schicksal sie in diesem Moment vereint hatte. Wenn ich den beiden doch nur sagen könnte, was das Schicksal für sie bereithält und dass diese Vereinigung vorteilhaft für ihre Zukunft war. Die Königin hatte ein schlechtes Gewissen, Gweny jetzt anlügen zu müssen. Sie mochte das Mädchen wirklich gerne und hatte bei der sehenden Berührung gerade eben nichts Dunkelverborgenes, sondern eher eine erstaunliche, weißmagische Begabung in ihrem Inneren gesehen. Sie würde ihr zur richtigen Zeit die Wahrheit sagen, nahm sie sich vor, aber im Moment war es besser, wenn alle drei noch unwissend blieben.

„Meine liebe Gwenyfer", sagte Freya sanft, „es war mit Sicherheit nur ein Zufall, mach dir um so etwas keine Gedanken. Außerdem ist deine Magie, noch nicht stark genug, für solch eine Vereinigung." Sie lächelte Gweny an und legte nochmal ihre Hand auf ihrem Arm. „Du hattest heute einen verlustreichen Tag und heute Abend findet der Ball zu deinen Ehren statt. Deshalb solltest du vielleicht noch etwas ausruhen.", sagte die Königin und stand auf. „Serina ist weiterhin für dich zuständig und wird dich mit allem versorgen, was du brauchst. Wir sehen uns beim Ball." Gweny hatte sich ebenfalls erhoben und verneigte sich kurz, als die Königin in Richtung Tür ging.

Dort angekommen drehte sich die Königin nochmal um: „Ein Ball ist auch eine wunderbare Gelegenheit, um neue Weggefährten kennenzulernen." Sie lächelte ihr ein letztes Mal zu und verließ ihr Gemach.

Gweny ließ sich wieder aufs Sofa fallen und wurde auf einmal sehr müde, der Tag heute war wohl doch anstrengender gewesen, als sie gedacht hatte, war ihr letzter Gedanke, bevor sie auf dem Sofa einschlief.

Als sie wieder aufwachte, kam es ihr vor, als hätte sie nur Minuten geschlafen, aber draußen war es bereits dunkel. Sie sah Serina vor sich, die sie sanft anstupste und sagte: „Prinzessin, ihr müsst jetzt aufstehen, der Ball beginnt bald. Ich habe euch schon ein Bad eingelassen. Überdies habe ich von Ismerva genaue Anweisungen für den Ball bekommen", sagte sie freundlich, bevor sie nochmal Feuerholz im Kamin nachlegte.

Ismerva, dachte Gweny, mit einem schmerzlichen Gefühl und schon standen ihr wieder die Tränen in den Augen. Ich werde sie irgendwann zu mir holen, schwor sich Gweny in Gedanken, aber nun möchte ich zu diesem Ball.

Sie stand noch etwas müde auf und ging in den gekachelten Raum. Dort ließ sie sich von Scrina entkleiden und stieg in den Badezuber. Das warme Wasser hüllte sich um ihren Körper wie ein schützender Mantel und für diese Zeit konnte sie sich ein wenig entspannen.

Als sie fertig war, half die Zofe ihr in einen Mantel aus Leinen. So ging sie wieder hinüber in ihr Schlafgemach, um sich ein Kleid für den Ball auszusuchen. Als sie den Schrank öffnete, stach ihr ein weiteres grünes Kleid ins Auge. Es hatte die Farbe von Smaragden und war beeindruckend. Sie holte es heraus und hielt es hoch. Das ist ein wahres Ballkleid, dachte sie erfreut. Es hatte ein enganliegendes Oberteil mit einem tiefen Rückenausschnitt, zudem war es mit vielen kleinen funkelnden Steinchen besetzt. Der Rock war recht ausladend und bestand augenscheinlich nur aus Tüll. Sie gab es Serina, welche ihr gleich half es anzuziehen.

Als sie angekleidet war, setzte sie sich auf den Hocker vor dem großen Spiegel, um sich von Serina frisieren zu lassen. Diese flechtet ihr einen langen lockeren Zopf, der nach vorne über die Schulter fiel. Als sie fertig war, stellte sie sich vor den großen Spiegel und betrachtet sich selbst.

„Ihr seht wunderschön aus", sagte Serina beeindruckt und lächelte sie an.

„Danke", Gweny drehte sich zu ihr um. „Nicht dafür, eure Hoheit" sagte Serina und verbeugte sich tief. „Doch, genau dafür" Gweny lächelte sie dankbar an. Das junge Mädchen wurde rot und drehte sich zur Tür. „Soll ich den Soldaten Bescheid geben? Sie werden euch zur großen Halle geleiten", fragte Serina und Gweny nickte.

Sie betrachtete sich noch ein Moment und fühlte sich gut. Das Kleid passte wie angegossen, dachte sie, während Serina den Wachen Bescheid gab.

9

Serina kam zurück und teilte ihr mit, dass die Wachen schon vor der Tür auf sie warteten.

Sie sah sich ein letztes Mal im Spiegel an. Dann straffte sie ihren Körper und ging durch die offene Tür zu ihren Begleitern. Sie schritt wieder den Gang mit den vielen Goldsäulen entlang, bis sie vor der großen zweiflügeligen Tür standen. Die Tür war geschlossen. Wie am Tag zuvor, fragten die Soldaten sie, ob sie bereit wäre. Heute war sie deutlich entspannter als gestern und so nickte sie ihnen lächelnd zu.

Die Soldaten stießen das Portal auf. Wieder ging einer von ihnen, als Erster durch die Tür und klopfte mit seinem Speer auf den Boden. Er wartete einen Moment, bis alle Gespräche verstummt waren. Dann kündigte er an:

„Prinzessin Gwenyfer von Midgard." Alle Augen, und es waren viel mehr als gestern, musterten sie gespannt. Ein bewunderndes Raunen durchzog den Saal. Beim ersten Blick durch den Raum sah sie, dass die großen Tische an die Seite geräumt worden waren. Nur der Thron stand noch immer an derselben Stelle.

Sie setzte ihr bezauberndstes Lächeln auf und schritt langsam auf den Thron, auf dem das Königspaar saß, zu.

Die anwesenden Gäste öffneten ein Gang in ihrer Mitte, durch den sie hindurch schreiten konnte. Viele lächelten sie an, aber es gab auch einige Frauen, die sie mit Missbilligung betrachten. Darunter auch die Frau mit der Rüstung und den langen braunen Haaren, mit der sich Thor gestern so angeregt unterhalten hatte. Als sie weiter in Richtung Königspaar kam, konnte sie die Brüder neben dem König stehen sehen.

Loki und ihr Blick trafen sich und augenblicklich begann wieder dieses Kribbeln in ihrer Magengegend. Sie lächelte ihn an. Seine Augen leuchteten zurück und sie hatte das Gefühl, dass es ihm vielleicht genauso gehen könnte wie ihr. Sie sollte unbedingt mit ihm sprechen, überlegte sie, über das, was dort auf der Terrasse zwischen ihnen passiert war. Doch auch, wenn die Königin ihr versicherte, dass alles nur ein Zufall war, sagte ihr Bauchgefühl doch etwas anderes.

Als sie beim König und seiner Frau ankam, verbeugte sie sich tief und die Königin wies ihr mit einer Handbewegung einen Platz neben ihr zu.

Nun erhob sich der König und sprach mit seiner gebieterischen Stimme zu den Gästen.

„Meine lieben Asen, liebe Herrscher aus allen unseren neun Welten, liebe Gäste, ich freue mich euch zu diesem feierlichen Anlass begrüßen zu dürfen. Es ist mir eine besondere Ehre euch heute, das neueste Mitglied unserer asgardischen Familie vorzustellen." Er zeigte mit einer Handbewegung in Gwenys Richtung:

„Prinzessin Gwenyfer von Midgard", es klang feierlich und die Menge klatschte. Gweny wurde rot und musste sich beherrschen, nicht nach unten zu sehen. „Das Fest, das wir heute feiern, soll zu ihren Ehren stattfinden und sie in unsere Gesellschaft einführen." Die Menge verneigte sich. „Lasst uns essen und tanzen". Verkündete er abschließend und setzte sich wieder auf seinen Thron. Die Gäste jubelten. Es dauerte eine Weile, bis alle Ballbesucher sich wieder abgewandt und die Aufmerksamkeit nicht mehr auf dem König und dem neuesten königlichen Familienmitglied lag.

Gweny, die immer noch neben der Königin stand, war unschlüssig, was sie jetzt tun sollte. Sie sah sich um und suchte nach Loki, aber dieser schien verschwunden zu sein. Ihr Blick fiel auf die Menge, viele hatten sich wieder ihren vorherigen Gesprächspartnern zugewandt.

Ihr Blick wanderte weiter durch den Saal und blieb am Buffet hängen. Ihr Magen knurrte und erst jetzt fiel ihr auf, dass ihre letzte Mahlzeit schon etwas länger her war. Sie drehte sich zu Odin und seiner Frau Freya um, um nachzufragen, ob sie sich kurz entschuldigen könne, um sich etwas vom Buffet zu holen.

Die Königin schaute sie verständnisvoll an und sagte ihr, mit ihrer weichen, mütterlichen Stimme, dass sie sich im gesamten Schloss und auf dem dazugehörigen Gelände völlig frei bewegen könne und nicht um Erlaubnis fragen müsse.

Gweny war leicht verunsichert, freute sich dann aber über die ihr zugesprochenen Freiheiten und lächelte sie dankbar an. Als Gweny in Richtung Buffet davoneilte, sah der König seine Frau ernst an und meinte nachdenklich: „Besonders schön kann ihr Leben bis jetzt ja nicht gewesen sein und zu eigenen Entscheidungen wurde sie anscheinend auch nicht erzogen", es klang skeptisch. „Ob sie wirklich die Richtige ist?" „Ich kann dir versichern, mein Liebling, dass sie es ist. Ich habe sie, in meiner Vision gesehen und auch bei dem Gespräch mit ihr, konnte ich mich von ihrer guten, inneren Einstellung überzeugen. Sie wird eine große Herrscherin werden."

Nun wirkte Odin etwas beruhigter. „Du wirst wohl recht haben, Weib, wie immer", er lächelte sie an und küsste sie Er schaute wieder zu seinen Gästen und erfreute sich an der ausgelassenen Stimmung in seinem Ballsaal.

Gweny sah sich die vielen Köstlichkeiten an und hatte Schwierigkeiten sich zu entscheiden.

Plötzlich hörte sie hinter sich eine Stimme: „Ich würde die Leberpastete essen, die ist wirklich gut." Gweny drehte sich ruckartig um und sah ein unbekanntes Mädchen vor sich stehen.

Sie hatte lange dunkle Haare und ein eher markantes Gesicht. Sie war ungefähr gleich alt wie Gweny und hatte eine beruhigende Ausstrahlung. Sie lächelten sich an.

„Darf ich mich vorstellen?", fragte die Unbekannte und verbeugte sich leicht. Ohne eine Antwort abzuwarten, fuhr sie fort: „Ich bin Prinzessin Arida von Vanaheim. Darf ich euch beim Essen Gesellschaft leisten?"

Gweny fühlte sich etwas überrumpelt, freute sich aber sogleich Anschluss gefunden zu haben und nicht allein essen zu müssen. Dann fiel ihr wieder ein, was die Königin heute zu ihr gesagt hatte und bejahte, trotz der Unbekanntheit, ihre Frage. Ihre neue Bekanntschaft zeigte auf einen leeren

Tisch. „Wollen wir uns dort hinsetzen?" Gweny nickte. Sie nahm sich noch eine Pastete und folgte ihr zu dem Tisch am Ende des Saals. Sie setzten sich einander gegenüber. Gwenys Magen knurrte wieder. Arida lachte: „Ihr solltet schon essen, wenn euer Magen euch sagt, dass er hungrig ist." „Oh ja, ihr habt recht", entgegnete sie und musste auch lachen.

Gweny war neugierig auf die ihr noch Unbekannte und fragte sie deshalb: „Ihr seid also die Prinzessin von Vanaheim?" „Ja, aber nicht die Erstgeborene, das heißt, die dortige Königin könnte ich nicht werden. Ich werde irgendwann wohl auch einen Prinzen heiraten müssen", gab sie ernst zu. Sie schaute sich um und fand anscheinend, was sie suchte. Sie deutete auf einen großen Jüngling mit kurzen braunen Haaren. „Das ist mein Bruder Erich von Vanaheim. Er ist der zukünftige Herrscher und neben ihm steht seine Frau, Prinzessin Alvina von Niflheim. Sie haben letzten Sommer geheiratet."

Sie bekam einen sehnsüchtigen Ausdruck in den Augen. Gweny sah ihren Blick und fragte sich, was wohl ihrer Sehnsucht galt.

Deshalb fragte sie: „Gibt es jemandem in eurem Leben?"

Arida musste wieder lachen: „Ja, aber niemand, mit dem meine Eltern einverstanden wären."

„Oh", meinte Gweny mitfühlend, „wer ist es?"

„Das erzähle ich euch später mal, Prinzessin", und damit beendete Arida das Thema.

Mittlerweile hatte Gweny ihre Pastete vollständig gegessen und fühlte sich gut gesättigt. „Hat es euch geschmeckt?" „Ja, es war sehr köstlich", antwortete sie und trank ein Schluck Wein hinterher. „Wie ist es bei euch? Habt ihr euch schon eingelebt?" „Ich denke schon", erwiderte sie nachdenklich und musste an die vielen Ereignisse denken, die seit ihrer Ankunft passiert waren.

„Es ist schon viel vorgefallen. Ich hoffe die nächste Zeit wird etwas ruhiger." „Die erste Zeit, in einer neuen Umgebung ist immer etwas schwierig, aber ich bin mir sicher, ihr werdet auch dies schaffen." „Was meint ihr mit auch?", sie sah sie fragend an. „Ich möchte ehrlich zu euch sein.", sagte Arida, jetzt mit einem eher mitleidigen Gesichtsausdruck. „Ich habe gehört, wie hart euer Leben bis hierher war. Dass eure Mutter euch eher stiefmütterlich behandelt hat und euch eure einzige Vertraute entrissen wurde. Eure jetzige

Aufgabe, die beiden Prinzen zu bändigen, hört sich auch nicht besonders einfach an", sie machte eine kurze Pause, bevor sie weitersprach: „Wenn ihr wollt, bin ich gerne eure Vertraute." Sie zwinkerte ihr verschwörerisch zu.

Die gerade gesagten Worte lösten eine Welle der Entrüstung in Gweny aus. Solche Geschichten hört man über sie? Sie wurde wütend. Das arme, kleine Ding, das nach einer schweren Kindheit, nun auch noch verheiratet werden sollte. Ihre Miene verhärtete sich.

„Ich brauche euer Mitleid nicht", warf sie ihr zu und wollte aufstehen und gehen. Aber Arida hielt sie am Arm fest. „Prinzessin, so war das nicht gemeint," sagte sie, mit ernstem Bedauern, über ihre indiskrete Offenheit.

„Ich wollte euch nicht verärgern, ich dachte nur, es ist einfacher für euch, wenn ihr euch jemandem anvertrauen könnt."

„Danke", sagte sie, in einem immer noch wütenden Ton, „aber wenn eure Vertrautheit nur auf Mitleid beruht, dann kann ich darauf verzichten." „Es tut mir leid, aber es ist eher Mitgefühl als Mitleid", gab sie noch zu bedenken, bevor sie ihre Hand zurückzog, damit Gweny die Möglichkeit hatte aufzustehen.

Sie schwieg einen Moment und war sich nicht sicher, wie ernst Arida ihre Worte gemeint hatte. Sie überlegte kurz, besann sich dann aber darauf, sitzen zu bleiben. Sie fühlte sich hier zu allein, um ihre einzige Bekannte auch noch den Rücken zuzukehren. Arida schaute sie erfreut an, als sie merkte, dass sie nicht mehr aufstehen wollte.

„Ich freue mich, Prinzessin, dass ihr mir weiter euer Vertrauen schenkt." Sie streckte ihre Hand aus und legte sie auf Gwenys, als Zeichen ihrer freundschaftlichen Verbundenheit. Just in diesem Moment, räusperte sich jemand neben ihnen. Vor Schreck zogen beide ihre Hände zurück.

„Prinzessin", knurrt es von dem blonden Hünen. „Ihr solltet euch besser in meiner Nähe aufhalten. Sonst werde ihr noch von jedem hier belästigt", fuhr er, mit einem verächtlichen Seitenblick auf Arida fort. Gwenyfer war sprachlos und schaute ihn voller Zorn an. Ich sollte endlich anfangen, ihm seine Selbstverliebtheit zu verderben, dachte sie. So sagte sie nun mit zuckersüßer Stimme zu Thor:

„Mein lieber Thor Odinson, dies ist Arida von Vanaheim und bestimmt nicht jeder!" Sie schenkte ihm ein freundliches Lächeln und fuhr fort: „Noch, kann ich die Entscheidung treffen, in welcher Nähe ich sein möchte."

Nach diesen Worten drehte sie sich von ihm weg und unterhielt sich wieder mit ihrer neuen Freundin.

Dieses Mal war Thor sprachlos, so hatte es noch niemand gewagt, mit ihm zu sprechen. Er knurrte noch ein leises: „Das werden wir ja noch sehen!" Und schritt zurück, zu der Gruppe mit seinen Bewunderinnen.

Arida musste lachen, als er weg war. „Das hat er nicht kommen sehen!" Gweny musste erleichtert mitlachen und freute sich über ihre neu erwachte Seite. Sie unterhielten sich noch eine ganze Weile und ließen den zarten Spross einer Freundschaft, weiter aufkeimen.

Nach einer Weile sagte Arida, mit einem Blick hinter sie. „Er starrt dich schon die ganze Zeit an", gerade, als sie sich umdrehen wollte, um zu sehen, von wem ihre neue Freundin sprach, flüsterte Arida: „Nicht, er ist gerade direkt auf dem Weg in unsere Richtung." „Wer?", zischte sie zurück und konnte die Spannung kaum aushalten. In diesem Moment legte sich eine Hand auf ihre Schulter. Sofort fing es an der Stelle an zu kribbeln und es fühlte sich an, als ob von der Hand ausgehend ein warmer Strom in Richtung ihres Inneren fließen würde. Nun musste sie sich nicht mehr umdrehen, um zu wissen, wer da hinter ihr stand.

„Es sieht aus, als würdet ihr Spaß haben!", stellte er fest und es klang ein wenig eifersüchtig. Sie drehte sich um und sah ihm direkt in die Augen. Sie sind so wunderschön, dachte sie und hätte sich wieder fast in ihnen verlieren können. Doch er schaute sie, noch auf eine Antwort wartend, an. „Ja,", entgegnete sie knapp und bedachte Arida mit einem freundschaftlichen Lächeln. Dies nahm Loki mit Neid zur Kenntnis und verzog leicht das Gesicht.

„Prinzessin Arida", wand er sich, mit einem aufgesetzten Lächeln, zu ihrer neuen Bekanntschaft. Hoffend einen wunden Punkt zu treffen, fuhr er fort. „Ich habe gehört euer Bruder hat letztes Jahr geheiratet und soll alsbald zum König gekrönt werden." „Ja", sagte sie wenig beeindruckt, „es war eine wunderschöne Hochzeit." Der Dorn der Eifersucht bohrte sich weiter in sein Herz und er spürte eine Wut in sich aufsteigen. Nach ihrem Treffen, auf der Terrasse, war ihm klar geworden, dass er Gweny nur für sich allein haben wollte. Das Schicksal hatte sie an diesem Vormittag vereint und ab diesem Moment wusste er, dass er alles dafür tun würde, damit sie ihm gehörte.

Seine Augen funkelten vor Wut in Aridas Richtung. Um die Situation zu lösen, wand sich Gweny an Loki, sie hatte sowieso vor, sich mit ihm über ihren gemeinsamen Vormittag zu unterhalten. „Loki", sprach sie ihn an, „ich würde mich gerne mit euch unterhalten. Wollen wir an die frische Luft gehen?" Sein Herz machte ein Hüpfer und das Kribbeln in seinem Magen wurde stärker. „Ja, natürlich", meinte er nun wohlwollend und sah sich suchend um. Er schaute nach einem ruhigen Plätzchen für diese Gespräch. Gweny sah zu Arida. „Bist du noch hier, wenn ich wiederkomme?" Sie lächelte und antwortete „Ab heute bin ich immer da, wenn du mich brauchst." Sie lächelte dankbar zurück und war glücklich vorhin sitzen geblieben zu sein.

Sie schaute sich suchend nach Loki um, der scheinbar schon vorausgegangen war. Nach einem Moment entdeckte sie ihn am hinteren Ende des Saals. Er winkte ihr zu. Sie schritt durch den Saal und sah auf ihrem Weg Thor, der sie voller Zorn anfunkelte. Es tat ihr ein wenig leid, dass sie ihn so bloßgestellt hatte, aber darum wollte sie sich jetzt keine Gedanken machen. Als sie bei Loki ankam, führte er sie in einen kleinen Nebenraum, der wie ein Wintergarten angelegt war. Sie setzten sich nebeneinander auf ein am Fenster stehendes Sofa. Er sah sie abwartend an. „Loki", sagte sie ohne Umschweife und sah ihn durchdringend an.

„Kannst du mir erklären, was genau zwischen uns passiert ist?" Sie brauchte ihre Frage nicht weiter zu erklären, er wusste genau von welchem gemeinsamen Zeitpunkt sie sprach.

Loki, dem solche Gefühle immer fremd gewesen waren, verspürte genau in diesem Moment, den Drang sich ihr mitteilen zu müssen. Er befürchtete sonst, dass später zu spät sein konnte, sich ihr zu offenbaren. Er wusste nicht genau, wie er es ihr erklären sollte. Es war schwierig für ihn, Gefühle zu beschreiben, die er selbst gerade erst kennengelernt hatte. Es war wie ein innerlicher Kampf. Er wollte sie ganz für sich allein haben, aber auf der anderen Seite, würde er auch alles dafür tun, dass sie glücklich war, egal was sie verlangen würde. Umso länger er hier mit ihr saß, desto mehr hatte er das Gefühl, die Schmetterlinge in seinem Magen führten immer waghalsigere Manöver durch. Und sie würden sich erst wieder etwas beruhigen, wenn er ihr gestand, was er für sie fühlte. Und obwohl er nicht genau wusste , welches die richtigen Worte waren, versuchte er es. „Liebste Gweny", fing er mutig an. „Ich denke, die Antwort auf deine Frage ist nicht so einfach zu erklären. Ich will ehrlich zu dir sein. Ich selbst weiß nicht genau, was vorhin passiert ist. Ich weiß nur, dass eure Anwesenheit ein besonders glückliches Gefühl in mir auslöst, welches ich vorher noch nicht kannte. Vielleicht", er machte eine kurze Pause und atmete tief ein: „könnte es eine magische Vereinigung unserer Seelen gewesen sein." Setzte er noch etwas unsicher hinzu und beendete so sein Geständnis.

Er sah sie abwartend an. So verletzbar hat er sich noch nie jemanden gegenüber offenbart. Er hatte immer darauf geachtet, seine Maske zu wahren. Aber diesmal war es anders. Es war wie ein innerlicher Drang. Er musste sich ihr zu erkennen geben. Sie sah ihn immer noch an und schwieg. Auch sie musste sich noch sammeln, um über das gerade Gesagte nachzudenken. Das Kribbeln im Bauch fühlte sich gut an und wenn sie ihn ansah, verstärkte es sich noch. Auch für sie waren solche Gefühle fremd und schwierig einzuordnen. Könnte es sein, dass ich mich in ihn verliebt habe, fragte sie sich in Gedanken.

Doch just in diesem Moment, in dem genau dieser Gedanke durch ihren Kopf schoss, kannte sie die Antwort. Sie lächelte ihn an und nahm seine Hand. Auch wenn die Königin meinte, ihre Magie würde noch nicht ausreichen, musste sie es versuchen. Sie hielt seine Hand und schloss die Augen. Sie dachte an ihre gerade gewonnene Erkenntnis und versuchte es ihm telepathisch mitzuteilen.

Als sie die Augen wieder öffnete und ihn ansah, wusste sie, dass es funktioniert hatte. Auch er hatte angefangen zu lächeln und seine Augen leuchteten.

Ab diesem Moment wussten beide, dass es das Band der Liebe war, das sie ab heute unwiderruflich und für immer miteinander verband.

Er nahm ihren Kopf in seine Hände und gab ihr ein Kuss auf die Stirn. „Ab heute, meine Liebste, werde ich immer an deiner Seite sein", flüsterte er ihr zärtlich zu und sie lächelte dankbar zurück. So saßen sie noch eine Weile glücklich und schweigend nebeneinander, die Hände ineinander verschränkt und wünschten sich dieser Moment würde ewig andauern.

Doch ihr schöner, glücklicher Moment der Zweisamkeit, fand ein abruptes Ende, als der betrunkene Thor plötzlich vor ihnen stand. Er bebte vor Zorn. „Was tut ihr da?" Ihre Hände fuhren ruckartig auseinander und Loki erhob sich schnell. „Bruder", sagte er mit beruhigender Stimme. Er wusste, zu was sein Bruder in Rage fähig war, deshalb wollte er ihn von ihr wegbringen. Er nahm sein Bruder am Arm und führte ihn wieder zurück in den Saal. Dabei redete er beruhigend auf ihn ein.

Gweny blieb allein zurück. Sie war noch nicht bereit, wieder hineinzugehen. Sie brauchte noch einen Moment. So fühlt es sich also an, wenn man verliebt ist, versuchte sie zu begreifen und schaute in den Garten hinaus.

Nach einer Weile merkte sie, wie hoch der Mond schon am Himmel gewandert war und stand auf. Sie strich ihr Kleid glatt und machte sich auf dem Weg zurück in die Halle. Sie sah sich um und wollte gerade nach Arida suchen, die sie vorhin einfach hatte sitzen lassen, als sie plötzlich neben ihr auftauchte. Sie sah sie freudestrahlend an. Sie lächelte zurück und sagte „Oh, den Ausdruck kenne ich!" Sie grinste: „Du bist eindeutig verliebt." Gweny nickte mit strahlenden Augen. „Woher weißt du das?" Arida grinste immer noch: „Du bist nicht der erste Mensch, der sich verliebt", sagte sie in einem vergnügten Ton. Gweny musterte sie interessiert: „Hast du schon viele Menschen getroffen?" „Ein paar waren es schon", sagte sie geheimnisvoll und wechselte sogleich das Thema. „Und jetzt? Ist Loki der Mann deiner Wahl?", fragte sie nun wieder ernst. „Ich weiß es nicht", sagte Gweny nachdenklich. „Ich denke, Thor wird es nicht gefallen, wenn ich nicht ihn wähle", sie sah zu ihm hinüber. Er stand immer noch in einer Traube seiner Bewunderinnen und ließ sich von ihnen Honig ums Maul schmieren.

Wer weiß, zu was ihn sein Zorn verleitet, hing sie ihren Gedanken nach. Ich muss unbedingt mit Loki darüber sprechen. Sie wand sich wieder Arida zu. „Was meinst du, wäre jetzt der richtige Schritt?" „Leider kann ich dir keinen genauen Rat dazu geben, aber ich denke auf sein Herz zu hören, ist eine gute Entscheidungshilfe."

Sie standen noch eine Weile schweigend nebeneinander. Und während jede in ihre eigenen Gedanken vertieft war, beobachteten sie wie die anderen Gäste ausgelassen tanzten. Plötzlich merkte Gweny, wie müde sie geworden war und nach einem kurzen Blick durch den Raum, merkte sie, dass sich auch der Saal zusehends leerte. „Wann reist du wieder ab?", fragte sie Arida nun. Gerne hätte sie ihre neue Freundin für immer direkt an ihrer Seite gehabt. „Leider schon morgen in der Früh", sagte sie mit einem traurigen Blick. Sie wirkte ernsthaft betroffen über diesen Umstand „Ich werde versuchen, so schnell wie möglich wiederzukommen", versprach sie. „Ich möchte dir bei den Hochzeitsvorbereitungen helfen." „Ja, das wäre wirklich schön" Gweny musste gähnen. „Ich denke, es ist Zeit für das Bett", fügt sie noch hinzu und nahm Arida zum Abschied in die Arme. „Wir können uns ja in der Zwischenzeit Briefe schreiben?" schlug Arida vor.

Als Gweny traurig nickte, zwinkerte Arida ihr ein letztes Mal zu und verschwand in Richtung Ausgang. Gweny sah sich wieder um, aber diesmal nach dem König, um sich zur Nacht zu verabschieden. Er saß immer noch auf seinem Thron. Sie ging auf ihn zu und war schon fast bei ihm, als Loki sich an ihre Seite gesellte. „Was machen wir jetzt?", fragte er sie und sah mit einem Blick zu Thor hinüber. „Ich weiß es nicht." Sie zuckte mit den Schultern. „Können wir uns morgen nochmal darüber unterhalten? Ich bin müde." „Natürlich, meine Liebe," sagte er zärtlich. „Was hältst du von einer Kutschfahrt, dann können wir uns ungestört unterhalten. Und ich verspreche dir auch, dass diese vergnüglicher wird als deine Letzte." Er lächelte amüsiert. „Gerne" erwiderte sie lächelnd und war mittlerweile schon so müde, dass sie sich kaum noch auf den Beinen halten konnte. Er drehte sich um und verschwand wieder in der Menge. Sie sah ihm noch einen Moment nach, bevor sie ihren Weg weiter fortsetzte.

Als sie beim König ankam, verneigte sie sich kurz und erklärte, wie müde sie war. Er nickte ihr freundlich zu.

Geschafft, dachte sie, jetzt nur noch schnell ins Bett. Sie trat aus dem Saal und eilte in Richtung ihrer Gemächer.

Alles war dunkel im Schloss, nur hier und da hing eine Fackel, die ein spärliches Licht auf den Gang warf. Doch plötzlich hört sie etwas. Waren da Schritte hinter ihr? Gweny bekam eine Gänsehaut. Sie lauschte, konnte aber nichts mehr hören. Es war bestimmt nur ein anderer Besucher, der auf dem Weg zu seinen Gemächern war, versuchte sie sich selbst zu beruhigen und ging schaudernd weiter. Da schon wieder das Geräusch. Ja, es waren eindeutig Schritte und sie schienen näher zu kommen. Sie beschleunigte ihre eigenen Schritte und war schon fast an ihrem Zimmer, als sie jemand am Arm packte und grob herumschleuderte. In dem spärlichen Licht dauerte es etwas, bis sie ihren Angreifer erkennen konnte. Sie kniff die Augen zusammen. Sie hatte es schon geahnt, es war Thor. Sie sah den Zorn in seinen Augen und in ihr kroch ein Gefühl der Panik auf.

„Was hast du mit Loki im Wintergarten gemacht?", knurrt er sie an. Sein Atem stank stark nach Alkohol und er wankte gefährlich von der einen Seite zur anderen. Sie hatte Angst, dass ihre Stimme versagen würde. Doch wusste sie auch, dass die nächsten Worte gut gewählt und selbstsicher sein mussten, um ihn zu auf Abstand zu halten. So atmete sie tief ein und versuchte, bevor sie sprach, ihre Angst herunterzuschlucken.

Sie war ein Mensch der Wahrheit, aber alles konnte sie ihm in diesem Moment noch nicht zugestehen, deswegen versuchte sie es so vage wie möglich, um sein Zorn zu dämpfen.

„Wir haben uns nur unterhalten", sagte sie in dem beruhigtesten Ton, der ihr in dieser Situation möglich war. Seine Augen funkelten noch vor Zorn und erhielt sie so fest, dass es weh tat.

„Über was genau habt ihr gesprochen?", wollte er nun wissen, seine Stimme klang ungeduldig. Keine Angst, sprach sie sich selbst Mut zu, aber sie konnte nicht verhindern, dass sie zitterte.

„Ich hatte ihn nur über euch ausgefragt", sagte sie in der Hoffnung, damit sein egoistischer Stolz anzusprechen und dass er sie nun in Ruhe lassen würde. Zum Glück funktionierte es, sein Griff lockerte sich etwas.

„Ihr werdet mich noch kennenlernen, so behandelt man mich nicht, merkt euch das, Weib!" Er sprach wieder etwas normaler, aber seine Stimme klang immer noch bedrohlich. Gweny stellten sich die Nackenhaare auf. Bevor er sein Griff endgültig löste, gab er ihr noch ein Stoß, sodass sie vor seinen Füßen landete.

„Genau da, seid ihr richtig!", er lachte schallend, wand sich ab und ließ sie auf dem Boden liegen.

10

Sie schmiss die Tür ihres Zimmers hinter sich zu und kochte vor Wut. Wie konnte er es wagen, dachte sie aufgebracht. Nach der Szene, die sich gerade abgespielt hatte, war von Müdigkeit keine Spur mehr. Sie musste der Wut in ihrem Bauch Luft machen und boxte einige Male in ihr Kissen. Doch das reichte noch nicht aus und so hielt sie sich das Kissen vor ihr Gesicht und schrie laut hinein. Danach ging es ihr etwas besser und sie setzte sich ganz außer Atem auf ihr Bett.

Im nächsten Moment klopfte es an der Tür. „Herein", rief Gweny grimmig. Nie hat man mal seine Ruhe, dachte sie wütend. Die Tür ging auf und herein kam Serina, die sehr erschreckt aussah. „Ist alles in Ordnung mit euch, Hoheit? Ich habe euch schreien gehört." „Ja", brummte Gweny. „Es ist alles gut. Wenn ihr schon hier seid, könnt ihr mir auch gleich aus dem Kleid helfen." Sie drehte sich um, damit Serina ihr helfen konnte. Sie öffnete mit flinken Fingern die Schnüre an ihrem Rücken auf, sodass Gweny das Oberkleid und das Korsett abstreifen konnte.

Die Müdigkeit war nun gänzlich verschwunden und so entschloss sie sich, in Ruhe über die nächsten Schritte nachzudenken. Sie überlegte es sich dazu im Salon gemütlich zu machen.

Serina stand immer noch neben der Tür und wartete auf weitere Anweisungen. Ihr Blick war ängstlich, so wütend hatte sie die neue Prinzessin noch nie erlebt. Gweny drehte sich zu ihr um. Sie sah ihren angsterfüllten Blick und bekam ein schlechtes Gewissen. Serina kann nichts für meine Wut, dachte sie. Deshalb forderte sie sie nun wieder freundlicher auf: „Bitte serviert mir einen Tee im Salon." Serina, erleichtert über den netteren Ton, drehte sich rasch um und eilte davon.

Gweny, die es im Unterkleid etwas kühl fand, nahm sich ihre Decke mit und ging in den Raum nebenan. Sie setzte sich auf das Sofa und kuschelte sich in die Decke. Was für aufregende Tage, dachte sie bei sich und fing an zu grübeln, wie sie die immer schwieriger werdende Situation mit Thor und Loki lösen konnte, sodass alle halbwegs zufrieden waren. Aber vielleicht konnten nicht alle glücklich sein, überlegte sie angestrengt. Vielleicht ist es besser, sich erst einmal auf die einzelnen Probleme zu konzentrieren. Das Endergebnis findet sich dann wahrscheinlich von allein.

Sie ging in ihren Gedanken die einzelnen Probleme durch und kam zu dem Schluss, dass alles an ihrer Ehemann-Entscheidung hing.

Gut, dachte sie bei sich, dann muss ich mich wohl erstmal entscheiden, wen der beiden ich heiraten will.

Ihr erster, impulsiver Gedanke war ohne Zweifel Loki, besonders nach dem Liebesgeständnis im Wintergarten. Aber sie überlegte noch weiter, denn auch ihn kannte sie eigentlich kaum. Ein großes Problem war auch, dass es nicht nur um sie persönlich ging, denn dann wäre ihre Entscheidung klar. Denn ein Gutes hatte der Vorfall mit Thor, das Loki der Mann ist, den sie am liebsten heiraten wollte, dessen war sie sich nun fast sicher. Aber es ging eben nicht nur um sie persönlich, sondern auch um ihre königliche Verantwortung und die Zukunft der neun Welten. Wenn ich doch nur jemanden hätte, mit dem ich diese Sachen besprechen könnte. Sie dachte an Ismerva und der Schmerz durchzuckte sie. Ihr stiegen Tränen in die Augen und so schaute sie eine Weile gedankenverloren aus dem Fenster, als es klopfte.

Es war Serina, die den Tee servierte. „Ist euch kalt?", fragte sie besorgt, mit einem Blick auf die Decke, mit der sich Gweny umschlungen hatte. Ohne eine Antwort abzuwarten, stellte sie das mitgebrachte Tablett auf einen kleinen Tisch und legte sofort Holz im Kamin nach, in dem nur noch die Asche leicht glimmt. Als sie fertig war, wartete sie darauf, ob sie noch gebraucht wurde. Gweny, die immer noch Tränen in den Augen hatte, entließ sie mit eine gemurmelten „Danke, du kannst gehen" und drehte sich wieder Richtung Fenster.

Sie ist schon wieder so traurig, dachte Serina bedrückt, als sie die Gemächer der Prinzessin verließ. Aber es ist mitten in der Nacht und die Königin schläft sicher schon. Sie nahm sich vor, ihr gleich morgen früh Bericht zu erstatten und ging wieder in ihre eigene Unterkunft, um noch ein wenig Schlaf zu finden, bevor der Morgen anbrach.

Gweny schaute noch eine ganze Weile traurig aus dem Fenster, bis ihr irgendwann die Augen zufielen.

Plötzlich wurde sie durch ein Geräusch geweckt. Sie öffnete verschlafen ihre Augen. War das ein Klopfen? Sie rieb sich die Augen. Das habe ich bestimmt nur geträumt, dachte sie verschlafen. Sie schaute aus dem Fenster, es war immer noch tiefe Nacht. Ich kann nicht lange geschlafen haben, überlegte sie noch, als es schon wieder klopfte.

Diesmal war es sogar lauter als vorher. Es hat sich angehört, als ob es aus diesem Raum kommt. Sie fröstelte leicht, obwohl das Feuer im Kamin noch brannte.

Sie sah sich um, konnte aber in der Dunkelheit nichts ausmachen. Sie stand auf und zündete die Petroleumlampe an, die auf ihrem kleinen Tisch stand. Da schon wieder. Das kam eindeutig aus Richtung der hinteren Wand ihres Salons. Sie nahm sich ihre Lampe und eilte dorthin. In der Hoffnung, so den exakten Ort des Klopfens finden zu können. Als sie an der hinteren Wand ihres Salons entlang ging und lauschte, fiel ihr die versteckte Tür wieder auf.

Vielleicht kommt das Geräusch daher, überlegte sie. Und so fing sie an, die Tür nach einem Türknauf zu untersuchen. Konnte aber nichts ausmachen. Es musste doch eine Möglichkeit geben, die Tür zu öffnen. Sie sah sich die Gegend, um die Tür genauer an. Das Einzige, was direkt neben der Tür hing, waren rechts und links zwei Wandhalterungen für Kerzen. Vielleicht sind sie der Schlüssel, um die Tür zu öffnen, hoffte sie aufgeregt.

Ihr Puls erhöhte sich, als sie anfing, zuerst den Linken der beiden zu untersuchen. Sie strich mit ihrem Finger die glatte Oberfläche entlang. Nichts. Sie war etwas enttäuscht. Sie drehte sich nach rechts. Nun ruhte all ihre Hoffnung auf dem Rechten. Auch hier strich sie mit ihrem Finger sanft über die kalte Metalloberfläche. An der Unterseite konnte sie tatsächlich einen kleinen Knopf fühlen. Sie drückte ihn. Just in diesem Moment, sprang die versteckte Tür ein Stück auf. Ein kalter Lufthauch kam aus dem Spalt und sie bekam eine Gänsehaut. Sie zögerte ein Moment. Dann nahm sie all ihren Mut zusammen und zog sie weiter auf, sodass sie hindurch schlüpfen konnte.

Es dauerte ein Moment, bis sich ihre Augen, an die neue Dunkelheit gewöhnt hatten. Sie drehte sich noch einmal um und überlegte etwas zwischen die Tür zu legen damit sie nicht zufiel. Nach einem kurzen Umsehen sah sie direkt neben der Tür einen Holzkeil liegen. Sie steckte ihn zwischen die Tür und drehte sich wieder Richtung Dunkelheit.

Im Dämmerlicht konnte sie einen langen, nicht allzu breiten Korridor ausmachen. Sie schritt ihn langsam hinunter. Rechts und links hingen verblasste Gemälde von unbekannten Landschaften. Der Boden war mit einem goldenen, dicken Teppich ausgelegt. Als sie zum Ende des langen Flures kam, öffnete sich vor ihr ein hoher, großer Raum. Das es sehr dunkel war, konnte sie nur grobe Umrisse in dem Licht ihrer Lampe erahnen.

Sie sah sich suchend, nach dem Verursacher des Klopfens um, konnte aber immer niemanden sehen. So trat sie weiter in den Raum hinein.

In der Mitte des Raumes stand eine große Sitzgruppe, mit kleinen Tischen in der Mitte. Sie stellte ihre Lampe auf einen der Tische und drehte den Docht weiter heraus. Sie drehte sich um sich selbst und war beeindruckt von der Größe des Raumes.

An der einzigen Außenwand gab es ein großes Fenster. Vor diesem hingen dunkle, schwere Samtvorhänge. In der Ecke neben dem Fenster gab es eine weitere aber deutlich kleinere Sitzgruppe und einen Kamin. Gweny stand jetzt direkt vor der großen Sitzgruppe.

Diese stand in aller Offenheit in der Mitte des Raumes. Dort hätten locker zwanzig Personen Platz gefunden. Zudem war es mit schweren Tüchern gegen den Staub eingedeckt. Sie schaute sich weiter im Raum um und entdeckte, dass an den beiden anderen Innenwände ebenfalls Korridore angelegt waren. Sie konnte, aber nicht direkt hineingucken, weil es zu dunkel war. Von Neugier getrieben, holte sie ihre Lampe.

Zuerst schaute sie in den mittleren Gang. Er sah aus wie ihrer, nur hatte der Teppich eine andere Farbe. Sie wollte sich gerade die Gemälde an der Wand anschauen, als es schon wieder hinter ihr klopfte. Sie fuhr herum. Aber auch dieses Mal konnte sie wieder niemanden entdecken. Das Klopfen kam diesmal eindeutig aus dem letzten Gang. Sie ging mutig auf den Gang zu. Ihr Herz begann zu rasen. Gerade als sie hineinleuchten wollte, trat ein Mann aus dem Schatten.

Vor Schreck ließ Gweny die Lampe fallen. Augenblicklich war alles in Dunkelheit gehüllt und ihr Herz raste noch schneller in ihrer Brust als vorher. Der Mann aber lächelte und sagte sanft: „Ich wollte dich nicht erschrecken, meine Liebste." Er hob die Lampe wieder auf, zündete sie an und gab sie ihr zurück. Nun erkannte Gweny ihn und ihr fiel ein Stein vom Herzen.

Es war Loki. Ihre Augen begannen zu leuchten und sie bekam wieder, dass ihr schon bekannte Kribbeln im Bauch. Sie lächelte ihn an und freute sich, ihn zu sehen. Er trat aus seinem Flur heraus und ging in Richtung der Kamin Sitzgruppe. Sie folgte ihm. „Was ist das für ein Raum?", wollte sie von ihm wissen. „Das war unser gemeinsames Spielzimmer, als wir jünger waren", sagte er und sah sich um. „Aber es wurde anscheinend umgestellt. Ich war schon lange nicht mehr hier drin. Der Raum ist nämlich direkt von außen nicht begehbar und nur mit drei anderen Räumen verbunden."

Gweny sah ihn fragend an. „Mit deinem Zimmer, welches das alte Schlafzimmer unserer Eltern war, mit dem von Thor und mit meinem." Gweny war verwirrt, warum hatte sie das Gemach bekommen welches, einen gemeinsamen Raum, mit den beiden Brüdern hatte?

Nun erinnerte sie sich, an das vorherige Klopfen und fragte ihn, ob er der Verursacher war. Er lachte.

„Ja, ich habe versucht, meine Tür zu öffnen, doch sie hat geklemmt. Es tut mir leid, wenn ich dich erschreckt habe." Sie war erleichtert und antwortete „Nein, du hast mich nicht erschreckt. Ich habe mich nur gewundert, woher das Geräusch gekommen ist." Nun, da der Verursacher des mysteriösen Klopfens gefunden war, konnte sie sich etwas entspannen. Sie setzte sich ihm gegenüber auf ein Sofa und sah ihn an. Das Kribbeln in ihrem Magen wurde, jedes Mal, wenn sie ihn sich genau ansah, stärker.

Ihm ging es genauso und er war rückblickend froh, ihr seine Gefühle offenbart zu haben.

„Wie geht es jetzt mit uns weiter?" Sie sah ihn fragend an.

Er legte den Finger an seine Lippen und flüsterte „Nicht hier! Wir können bei unserer Kutschfahrt darüber sprechen." „Na gut", entgegnete sie und merkte, wie sie zu frösteln begann.

„Ich denke, es ist Zeit für mich wieder ins Bett zu gehen", entschied sie und drehte sich um, um wieder in Richtung ihres Flures zu gehen. Dann fiel ihr plötzlich noch etwas ein, sie drehte sich nochmal um zu ihm und fragte: „Kann man von hieraus in mein Gemach kommen, wenn meine Tür verschlossen ist?" Er grinste, wurde dann aber gleich wieder ernst:

„Nein, die einzige Möglichkeit die Tür zu öffnen, ist den Knopf an der unteren, rechten Wandhalterung." Sie lächelte erleichtert und murmelte noch „Gute Nacht", bevor sie wieder in ihr Schlafzimmer ging. Seine Worte beruhigten sie, denn auf einen überraschenden nächtlichen Besuch von einem der beiden Brüder, konnte sie gut und gerne verzichten.

Als sie wieder in ihren Salon kam, ließ sie leise die Geheimtür zu klicken und versicherte sich nochmal, dass sie wirklich ganz verschlossen war und nicht von der anderen Seite aufgedrückt werden konnte.

Gweny sah aus dem Fenster und merkte, dass es draußen langsam dämmerte. Nun merkte sie die Müdigkeit wieder in sich aufsteigen und entschloss diesmal in ihr Bett zu gehen, um dort gemütlicher zu schlafen. Es dauerte nicht lange und sie fiel in einen traumlosen und tiefen Schlaf.

11

Am nächsten Morgen wurde Gweny wieder durch ein Klopfen geweckt, aber diesmal kam es eindeutig von ihrer Vordertür. Serina kam herein und fragte, ob sie das Frühstück servieren könne. Gweny, die gerne noch etwas geschlafen hätte, bejahte dies und Serina verschwand wieder durch die Tür, durch die sie eingetreten war.

Nach dem Frühstück nahm sie ein Bad und nahm sich vor, heute den Schlosspark zu erkunden. Der ausgiebige Spaziergang tat ihr gut und bei einer kleinen Rast auf einer Bank, inmitten eines Lavendelfeldes, wärmten die Strahlen der Sonne ihren Körper und ihren Geist. Frisch gestärkt, schritt sie wieder in Richtung Schloss zurück.

Als ein asgardischer Soldat auf sie zu kam. „Königliche Hoheit", er verneigte sich leicht, „eure Hoheit Prinz Loki erwartet euch vor dem Schlossportal zu eurer Kutschfahrt." „Danke", erwiderte sie und lief auf dem schnellsten Weg zum Schlossportal, weil sie ihn nicht warten lassen wollte. Als sie aus dem Schloss heraustrat, saß er schon in der Kutsche und winkte ihr freundlich zu.

Die Kutsche war nicht so prächtig, wie die, in der sie mit Thor gefahren war, aber sie dennoch wunderschön.

Es war eine geschlossene Kutsche mit grüner und goldener Verzierung an den Seiten. Vorne waren zwei Schimmel vorgespannt.

Als sie die Treppe herunterkam, stieg er aus, um ihr beim Einsteigen zu helfen. Sie freute sich sehr auf diesen Ausflug und hoffte, dass sie vielleicht auch durch das Goldschmiedeviertel fahren würden. Als sie beide saßen, zog die Kutsche an und fuhr in Richtung des Palastgartens. Nach einer kurzen schweigsamen Zeit nahm Loki ihre Hand und streichelte zärtlich darüber. Für einen Moment war die Welt perfekt und es gab nur sie und ihn. Sie saßen so dicht nebeneinander, dass Gweny ganz heiß wurde. Sie merkte, dass ihr Herz wieder zu rasen begann und sie immer nervöser wurde. So dicht, hatte sie noch nie neben ihm gesessen. Sie konnte seinen Geruch wahrnehmen, es roch leicht nach würzigem Leder. Sie sog den Duft ein und registrierte, dass er eine starke Anziehungskraft auf sie auswirkte. Sie bekam eine Gänsehaut und ihr wurde ein wenig schummrig. Das Kribbeln in ihr verstärkte sich. Sie drehte sich zu ihm und sah ihn an.

Seine grünen Augen leuchteten ihr entgegen. Er nahm ihr Gesicht in seine Hände und flüsterte: „Danke, dass es dich gibt und dass du mir gezeigt hast, dass es Dinge gibt, für die es sich lohnt zu kämpfen. Ich will mein ganzes, restliches Leben mit dir verbringen." Bei seinen Worten zerfloss sie in seinen Händen wie Wachs. „Bitte setz meiner Qual ein Ende und heirate mich", flehte er sie an. „Ich kann mir keinen Tag mehr vorstellen, an dem ich ohne dich sein soll."

Als sie in sein Gesicht und in seine grünen Augen sah, waren all ihre inneren Widersprüche gegen diese Verbindung erloschen und sie nickte leicht. Seine Augen begannen noch mehr zu strahlen und er zog ihr Gesicht leicht zu seinem. Gweny fühlte sich, als ob sie jeden Moment in Ohnmacht fallen würde. Sie zitterte vor Aufregung. Nun war sein Gesicht direkt vor ihrem. Sie konnte sein Atem auf ihrer Haut spüren. Sie schloss ihre Augen und im nächsten Moment berührten sich ihre Lippen. Es entsprang ein Feuerwerk in ihrem Körper. Es fing noch mehr an, zu kribbeln. Sie fuhr vorsichtig mit ihrer Hand durch seine Haare. Erst waren ihre Küsse vorsichtig und zurückhaltend, doch sie wurden immer leidenschaftlicher und fordernder. All die Anspannung der letzten Tage fiel von ihr ab. Sie küssten sich so leidenschaftlich, dass sie alles um sich herum vergaßen.

Bis plötzlich hart an die Kutschentür geklopft wurde. Sie fuhren erschrocken auseinander, immer noch benebelt von ihrem Gefühlsausbruch.

Loki zog den Vorhang beiseite und stieß etwas ärgerlich die Tür auf. Er war bereit, dem Verursacher der Störung zurechtzuweisen. Doch als Loki sich wieder umdrehte, sah er erschrocken aus und ließ den Verursacher in die Kutsche einsteigen. Es war Thor. Er hat das Talent in den schlechtesten Momenten aufzutauchen, dachte Gweny und drehte sich von ihm weg. Nach dem Auftritt gestern hatte sie keine Lust, sich mit ihm zu unterhalten.

Er schien glänzende Laune zu haben und merkte gar nicht, dass er störte. Er ließ sich gegenüber auf die Bank fallen und gab dem Kutscher ein Zeichen weiterzufahren.

„Ich habe deine Kutsche gesehen und wollte dich sowieso fragen, ob du mir helfen kannst." Loki räusperte sich und zeigte in Gwenys Richtung. „Oh", sagte Thor etwas überrascht. Gweny schaute ihn immer noch nicht an. „Es ist gut, dass ich euch hier treffe", sprach er sie an. „Ich wollte nochmal mit euch sprechen", er wartete ein Moment auf ihre Reaktion, aber als sie immer noch stur aus dem Fenster schaute, wurde er etwas ärgerlich.

„Könntet ihr mich gefälligst anschauen, wenn ich mich euch spreche?" Daraufhin drehte sie sich um und funkelte ihn böse an. „Was wollt ihr?", erwiderte sie giftig. Bei ihrem Ton stieg die Wut in ihm auf. Er war es nicht gewohnt, dass jemanden so mit ihm sprach. Sie ist nicht so leicht zu beeindrucken wie deine bisherigen Gespielinnen, da wirst du dich schon etwas mehr anstrengen müssen, um ihr Herz zu erobern. Und du wirst lernen müssen deine Gefühle zu zügeln, hallte der Rat seiner Mutter durch seinen Kopf, nachdem sie ihn gestern Abend nach dem Zwischenfall mit Gweny zurechtgewiesen hatte. Thor atmete einmal tief durch und versuchte so, seine Erregungen zu beruhigen. „Es tut mir leid", sagte er etwas kleinlaut. „Ich hatte zu viel getrunken." Loki guckte irritiert von einem zum anderen. Gwenys Wut verrauchte etwas und sie sagte, in einem immer noch leicht ärgerlichen Ton: „Wenn so etwas nicht mehr vorkommt, möchte ich euch verzeihen". Sie sah ihn an. Als sie in seine azurblauen Augen blickte, spürte sie ein leichtes Ziehen. Ihre Wut verblasste vollends.

„Ja", versprach er, „so etwas wird nicht wieder vorkommen", und grinste sie entschuldigend an. „Freunde?", sagte er und hielt ihr die Hand hin. Sie zögerte ein Moment, doch dann nahm sie seine Hand und drückte sie kurz.

Er lächelte noch breiter und auch ihm schien die Annahme der Entschuldigung zu erleichtern.

Komisch, dachte Gweny, was hat ihm wohl zu diesem Schritt bewogen. Doch, bevor sie noch länger darüber nachdenken konnte, fragte er sie in einem Plauderton, wohin sie denn wollen. Loki zuckte mit den Schultern und wollte gerade sagen, dass sie einfach nur ein bisschen durch die Gegend fahren wollten. Da ergriff Gweny das Wort und warf „zum Goldschmiedeviertel" ein. Thor sah etwas erstaunt aus: „So interessant ist es dort doch gar nicht." „Ich würde mir gerne alles einmal anschauen", sagte sie unschuldig. „Dann wünsche ich euch viel Spaß dabei", sagte er noch, bevor er wieder aus der Kutsche stieg. Gweny war etwas verwundert von der plötzlichen Wesensänderung Thors und auch etwas verwirrt von dem leichten Ziehen, was der Blick in seine Augen in ihr ausgelöst hatte.

Sie sah zu Loki hinüber, der sie immer noch anstarrte. „Was ist gestern noch passiert?" Wollte er besorgt wissen. „Nichts schlimmes", versuchte Gweny ihn zu beruhigen. „Er hat sich nur im Ton vergriffen." „Ja, das kenne ich" sagte er und verdrehte die Augen. Sie musste lachen.

„Also dann auf ins Goldschmiedeviertel!", sagte er und gab dem Kutscher ein Zeichen, dass sie nun ein bestimmtes

Ziel hatte. Gweny war froh, dass er nicht weiter nachgefragt hatte, und blickte aufmerksam aus dem Fenster, um die Schönheit Asgards zu bewundern.

Die Kutsche bog an der nächsten Kreuzung nach rechts ab. Er nahm wieder ihre Hand und drehte sich zu ihr. „Wie geht es jetzt weiter mit uns? Wollen wir später gleich zu meinem Vater gehen und ihm von unserer Verlobung erzählen?" Gweny schwieg, jetzt wo sie wieder etwas klarer im Kopf war, kam ihr der Gedanke, dass er vielleicht von den beiden, doch nicht der richtige Ehemann war. Sie schaute aus dem Fenster, denn sie konnte ihn bei diesem Gedanken nicht ansehen. „Was ist los?", fragte er in einem verunsicherten Ton.

Immer noch aus dem Kutschenfenster schauend, versuchte sie ihm zu erklären: „Vielleicht ist es besser, wir warten noch etwas."

Er war sprachlos. Er verstand gar nichts mehr, aber sie hatte doch gerade ja gesagt.

Altbekannte Gefühle der Eifersucht und der Wut kochten ihm hoch.

„Wie ihr wollt", knurrte er in einem zornigen Ton. Gweny verstand seine Wut, aber es war ihr immer noch nicht möglich, ihn anzusehen. Er klopfte gegen den Kutschbock und signalisierte dem Kutscher, dass er sofort anhalten sollte. Loki fühlte sich beschämt und verletzt und musste sofort hier raus. Noch bevor die Kutsche richtig stand, sprang er aus der Kabine.

Gweny drehte sich um und sah ihm einen kurzen Augenblick lang nach. Dann überkam sie ein schlechtes Gewissen und sie eilte ihm hinterher. Als sie endlich mit ihrem Kleid aus der Kutsche ausgestiegen war, konnte sie ihn nicht mehr erblicken.

12

Sie sah sich kurz um, anscheinend waren sie schon im Goldschmiedeviertel angelangt. Sie erkannte die Häuser wieder, die hier größer und prachtvoller waren als in anderen Stadtvierteln.

Gweny überlegte kurz, was sie jetzt tun sollte, da sie sich hier nicht auskannte, wäre es vergeblich weiter nach ihm zu suchen. Sie musste ihn später im Schloss aufsuchen und nochmal mit ihm sprechen. Gerade als sie wieder einsteigen wollte, bemerkte sie ein kleines Haus in einer Seitengasse, was nicht recht zu den anderen pompösen Häusern in diesem Viertel passte. Es war sehr schmal und auch nicht so hoch wie die anderen. Könnte das vielleicht das Haus der Zauberkundigen sein, schoss es ihr durch den Kopf.

„Prinzessin", sagte der Kutscher und sah sich nervös um. „Ihr müsst jetzt wieder einsteigen und zurück zum Schloss fahren, ihr wisst doch, dass ihr euch nicht allein in der Stadt aufhalten dürft!" „Ich weiß", gab sie ein wenig genervt zurück und stellte schon ihren ersten Fuß auf die Treppe. Aber vielleicht ist dies meine einzige Gelegenheit zu ihr zu gehen, setzten sich ihre Gedanken fort.

Sie raffte ihr Kleid, als würde sie die weiteren Stufen erklimmen wollen. Dann drehte sie sich auf dem Absatz um und lief, so schnell es ihr möglich war, in Richtung der kleinen Gasse. Als sie dort angekommen war, hörte sie den schimpfenden Kutscher hinter sich herlaufen.

Sie schaute sich in der Seitengasse kurz um und sah einen kleinen Spalt zwischen zwei Häusern. Sie zwängte sich gerade noch rechtzeitig hinein, bevor der Kutscher die Gasse erreichte. Sie konnte ihn von ihrer Position aus gut beobachten, da sie aber im Schatten stand, konnte er sie nicht sehen. Er kam in die kleine Gasse hinein und schaute sich um. Dabei konnte er sie zum Glück nicht ausmachen. Gweny versuchte, so still wie möglich zu stehen. Dann schaute der Kutscher in ihre Richtung, sie hielt den Atem an. Er kam weiter auf sie zu. Hat er mich entdeckt? Sie zitterte leicht vor Aufregung. Sie versuchte so langsam wie möglich, noch weiter in den Spalt einzudringen, aber die beiden Häuser waren an dieser Stelle noch weiter zusammengebaut. Sie sah, wie der Kutscher die Augen zusammenkniff. Es ist dunkel, er kann mich nicht sehen, sprach sie sich Mut zu. Er war fast schon an dem Spalt. Gweny schloss die Augen.

Genau in diesem Moment gab es einen lauten Knall von der Hauptstraße und sie hörte Pferde davon galoppieren. Der Kutscher drehte sich abrupt um und sah, dass es seine königliche Kutsche war, die grade davonfuhr. Er lief in Richtung Hauptstraße, um sich darum zu kümmern. Gweny atmete auf. Jetzt aber schnell, bevor er zurückkommt, dachte sie. Sie zwängte sich aus dem Spalt. Ihr ganzes Kleid war mit Staub und Dreck bedeckt, wie sollte sie das später bloß erklären. Sie klopfte es ein wenig ab, aber ganz sauber ging es nicht mehr. Darüber mache ich mir später Gedanken, überlegte sie und drehte sich zu dem Ziel ihrer Flucht um.

Ob es das richtige Haus war? Sie stieg die kleine Stiege zum Eingang hinauf. Gerade als sie klopfen wollte, ging wie von Zauberhand die Tür ein Spalt auf. Von innen rief eine geheimnisvolle, raue Stimme:

„Ich habe dich erwartet, mein Kind."

Gweny trat ein und schaute sich um. Die Weise wohnte in einem Haus, das im Gegensatz zu den meisten Häusern in Asgard sehr klein war. Nachdem sie durch die Tür geschritten war, stand sie in einem großen Raum.

Beim Umsehen konnte sie erkennen, dass es außer einem Ausgang zum Garten noch zwei weitere Türen gab. Außerdem führte eine steile Holzstiege in das Obergeschoß des Hauses. Als sie weiter in den Raum hinein ging, konnte sie durch ein großes, offenes Fenster den Garten sehen. Dort wuchsen viele wunderliche und faszinierend aussehende Pflanzen und Blumen. Von draußen wehten wohlriechende und aromatisierende Düfte in das kleine Haus und in dem kleinen Teich, konnte sie eine Vielzahl von Kröten erkennen.

Es gab draußen eine große Feuerstelle, mit einem großen Kessel in der Mitte, aus dem blauer Rauch emporstieg. Sie drehte sich wieder um und sah die Alte an einem Tisch in der Ecke sitzen. Sie blätterte in einem alten, in Leder eingeschlagen Buch.

Gweny trat zu ihr und sie gebar ihr sich zu setzen. Obwohl es helllichter Tag war, war das Licht in dieser Ecke dämmrig. Sie überlegte gerade, wie sie bei diesem Licht lesen konnte, als die Alte das Buch mit einem lauten Knall auf den Tisch fallen ließ.

„Gwenyfer von Midgard",

sagte sie mit einer rauchigen Stimme.

„Ich freue mich, dass du den Weg zu mir gefunden hast."

„Ihr kennt mich?", sie sah sie fragend an.

„Natürlich" lachte die Alte.

„Jeder in Asgard kennt dich. Wie kann ich dir helfen?" Gweny suchte nach den richtigen Worten, denn sie hatte kein bestimmtes Anliegen an sie. Sie hatte nur von ihr gehört und da sie die Magie so sehr faszinierte, wollte sie sie unbedingt kennenlernen. So sagte sie wahrheitsgemäß: „Ich hatte so viel von euch gehört, dass ich euch kennenlernen wollte." Gweny fühlte sich etwas schuldbewusst, so hatte sie doch egoistischerweise, nur an sich gedacht und nicht daran die Zeit der Zauberkundigen zu stehlen. Sie sah auf ihre Füße.

Die Alte lachte: „Gut, dann freue ich mich euch kennenzulernen." Sie streckte der Prinzessin ihre knochige Hand entgegen. Nach kurzem Zögern ergriff Gweny sie und drückte sie ganz vorsichtig.

In diesem Moment griff die Alte hart zu und zog ihre Hand weiter zu sich. Gweny erschrak. Sie wollte ihre Hand zurückziehen, aber die Alte hielt sie so fest, dass ein Rückzug unmöglich war.

Nur ein Augenblick später wurde ihr Griff wieder weicher und sie sagte geschäftig: „Halt still, Kind, ich sehe sonst nichts." Gweny immer noch im Schockzustand, tat wie ihr geheißen und beobachtete, was die Alte dort tat. Sie nahm einen angelaufenen Silberkrug aus dem Regal hinter sich und goss eine silbrige Flüssigkeit über Gwenys Hand. Gweny erwartete, dass es kalt werden würde, aber stattdessen fühlte sich die Flüssigkeit warm und leicht an. Es fing in ihrer Hand an zu kribbeln. Und in dem kleinen See aus silbriger Flüssigkeit in ihrer, zu einer Mulde geformten Hand, erschien ein Bild.

Gweny sah die Alte an und wartete auf eine Erklärung dazu. Doch sie war noch ganz auf den Bilder See in Gwenys Hand fixiert. Auch Gweny schaute jetzt wieder in ihre Hand und konnte sehen, dass das Bild nicht eine einzige Szene zeigte, sondern viele schnell hintereinander ablaufende Sequenzen. Sie konnte nichts erkennen. Sie waren so schnell, dass ihr leicht schwindelig wurde, sie musste sich mit ihrer freien Hand am Tisch festhalten, da sie sonst Angst gehabt hätte vom Stuhl zu kippen.

Nach wenigen Augenblicken war das ganze Schauspiel vorbei und die Alte goss Gwenys Hand in einer unter dem Tisch stehenden Schüssel aus.

Sie gab ihr ein altes fleckiges Tuch, um sich abzutrocknen. „Was war das?", wollte Gweny wissen und sah die Zauberkundige gespannt an. „

„Was habt ihr gesehen?" „Ich sah eure Zukunft Prinzessin und ich kann euch sagen, sie wird großartig. Ihr werdet eine wunderbare Herrscherin und eure Untertanen werden euch lieben." Sie machte eine kurze Pause, bevor sie weitersprach. „Aber eine große Frage, schwirrt euch noch in Kopf herum, habe ich recht?", sie lächelte mitfühlend. „Kommt, mein Kind, stell sie mir, ich will versuchen, euch zu helfen, damit euch eure eigene Entscheidung klarer wird."

Gweny überlegte kurz, war sich dann aber ziemlich sicher, welche Frage sie gemeint haben könnte. „Wenn der beiden soll ich heiraten?" Gweny fühlte sich erleichtert endlich die Frage, die sie seit Tagen quält, laut aussprechen zu können. Nun wartete sie gespannt auf die Antwort der Zauberin. „Ach, die Liebe", meinte sie verträumt. „Nun zuerst solltest du dich fragen, was dir wichtiger ist, dass du glücklich bist oder das alle anderen glücklich sind?" Die Alte sah sie geduldig, auf eine Antwort wartend, an.

Gweny überlegte: „Das ist eine schwierige Frage. Ich bin kein egoistischer Mensch, aber dennoch möchte auch ich nicht unglücklich sein."

Die Alte sah zufrieden aus und sprach dann weiter: „Du hast die Liebe schon gefühlt, oder?" Gweny musste lächeln. „Dann frage ich dich, willst du die Liebe von dir stoßen, sodass sie schmerzlich verblüht oder willst du sie erblühen lassen, wie die Knospe einer wunderschönen Rose?"

Jetzt war sie wieder daran zu antworten. Sie überlegte kurz, war sich dann aber sicher. „Ich will die Liebe wählen", gab sie zu und musste an den Gedanken daran nochmal lächeln.

Die Alte sah sehr zufrieden aus. „Dann würde ich sagen, mein liebes Kind, du hast deine Wahl getroffen."

In diesem Augenblick brannte es in ihrer Handinnenfläche, wo zuvor die Flüssigkeit gewesen war. Sie sah hinein und in der Mitte war ein kleines L in Runen erschienen. Es war leicht rot und nur zu erkennen, wenn man genau hinschaute.

„Ich werde dir noch einen wichtigen Rat mitgeben, wenn du ihn beherzigt, wird sich für dich alles zum Guten wenden." Sie legte ihr eine Hand auf dem Arm. „Sei stark und stehe mit voller Überzeugung zu deinen Entscheidungen."

Mit diesen letzten Worten gab es einen lauten Knall und auf dem Stuhl, auf dem gerade noch die Alte gesessen hatte, wirbelten jetzt nur noch ein paar Staubkörner durcheinander.

Gweny erschrak sich so sehr, dass ihr Stuhl, von dem sie vor Schreck aufgesprungen war, nach hinten kippte. Sie drehte sich ruckartig in Richtung Fenster um.

Doch sie sah nur noch den kleinen verwilderten Garten und auch der Kessel war weg. Sie drehte sich schnell um sich selbst. Doch auch das Haus sah aus, als ob hier schon seit langer Zeit keiner mehr lebte.

Gweny rieb sich die Augen, habe ich mir das alles nur eingebildet? Dann sah sie auf ihre Hand, aber das kleine L war immer noch leicht zu erkennen. Sie war verwirrt.

Sie kniff nochmal die Augen zusammen. Als sie sie wieder öffnete, sah das Haus immer noch so verlassen aus wie zuvor. Dann spürte sie plötzlich, wie sich ein beruhigendes Gefühl in ihr ausbreitete, so wie früher, als Ismerva sie als jüngeres Kind immer auf dem Schoß geschaukelt hatte und sie wusste es gibt nichts, wovor sie Angst haben musste. Sie dachte über die Worte der Alten nach und der leicht glimmende Funke der Entscheidung für Loki festigte sich und sie kannte nun den nächsten Schritt.

Da die Entscheidung getroffen war, wollte sie nicht länger warten. Loki hatte recht, sie liebten sich und waren dazu bestimmt ihr Schicksal miteinander zu teilen. Sie musste schnellstmöglich zu ihm. Sie ging durch die Vordertür hinaus. Sie blinzelte in die Sonne, die in die kleine Gasse hineinschien.

Sie stand oben auf der Stiege und bewunderte kurz die Goldverzierungen auf den prächtigen Häusern der Gold schmiede gegenüber. Sie ging hinunter und aus der Gasse heraus, immer noch staunend über die vielen Verschnörkelungen.

Als sie auf die Hauptstraße hinaustrat und sich kurz umsah, wurde ihr bewusst, dass sie den Weg zum Schloss gar nicht kannte. Dann muss ich eben fragen, dachte sie sich und ging auf eine Traube von Personen zu, die an einem Brunnen standen.

Als sie näherkam, erkannte sie den Kutscher, Thor, Loki, einige Wachen und sogar den Allvater selbst. Sie bekam ein schlechtes Gewissen und hätte am liebsten gleich wieder kehrt gemacht. Doch sie wurde schon bemerkt und sie liefen ihr entgegen, innerlich bereitete sie sich schon mal auf die Zurechtweisung durch den König vor. Wahrscheinlich darf ich das Schloss nun gar nicht mehr verlassen, dachte sie halb ärgerlich, halb reumütig.

„Gwenyfer", rief Odin erleichtert: „zum Glück haben wir euch gefunden. Was für ein Schreck, als der Kutscher allein zurückkam und sagte ihr seid davongelaufen. Was ist passiert?" Er sah sie mit einem erleichterten Gesichtsausdruck fragend an. Sie wagte vorsichtig ein Seitenblick auf Loki. Er hatte einen schuldbewussten Blick und guckte sie nicht an. Sie hatte das Gefühl, dass jetzt der richtige Zeitpunkt für die Wahrheit war. „Es tut mir leid, Allvater", sagte sie betreten. „Loki und ich sind mit der Kutsche gefahren als…", die nächsten Worte hingen wie ein Stein auf ihrer Seele: „…wir uns unsere Liebe gestanden." Sie war kurz still, bevor sie weitersprach.

Sie wagte es nicht in Thors Richtung zu blicken, seltsamerweise fühlte es sich für sie an, wie ein Verrat ihm gegenüber. Als sie weitersprach, dachte sie an die Worte der Alten und straffte ihre Schultern, um ihren nächsten Worten mehr Selbstsicherheit zu verleihen. „Wir stritten darüber, wann wir es euch mitteilen sollen. Er sprang aus der Kutsche und ich lief hinter ihm her." Er schaute etwas ärgerlich in Lokis

Richtung. „Leider war er schon nicht mehr zusehen. In dem Moment, in dem ich mich umdrehte, um wieder einzusteigen", sagte sie mit fester Stimme, damit er nicht merkte, dass die nächsten Worte nicht mehr ganz der Wahrheit entsprachen: „sah ich die schönen Goldverzierungen in dieser Gasse und wollte sie mir näher anschauen. In der Gasse war ein Geräusch, vor dem ich mich erschreckte. Ich wollte schnell zurück zur Kutsche, nahm aber die falsche Gasse und verirrte mich etwas", schloss sie ihre Geschichte in der Hoffnung, dass er ihr glauben würde.

Sie sah nach oben in sein Gesicht und erwartete, aufgrund der Offenbarung Zorn darin zusehen. Aber Odin lächelte nachsichtig, „Ach, mein liebes Kind, ich bin froh, dass ihr wohlauf seid. Und Freya wird sich freuen, zu hören, dass ihr euch entschieden habt." Er wand sich um. „Holt die Kutsche", blaffte er den Kutscher an, welcher sofort davoneilte. „Bis später, meine Liebe", rief er noch freundlich, bevor er sich auf sein Pferd schwang und davonritt. Nun waren sie allein. Gweny traute sich immer noch nicht, Thor anzuschauen und drehte sich in die andere Richtung. Loki trat neben sie und legte ihr den Arm, um die Taille. „Es tut mir leid", sagte er, ohne sie anzublicken: „ich hätte nicht an deinen Gefühlen zu mir zweifeln dürfen." „Ja", sagte

Gweny mit fester Stimme. An ihre andere Seite trat Thor. Er nahm kurz ihre Hand und drückte sie leicht. Sie sah ihn erstaunt an und sah, dass er lächelte.

Sie war verwirrt und guckte wieder in die Richtung, in die der Kutscher verschwunden war. Es ist alles so gekommen, wie Mutter es vorausgeahnt hatte, dachte Thor wohlwollend, sie meinte meine Zeit würde kommen, wenn ich ihren Rat befolge. Und genau das, nahm er sich fest vor.

13

Als Gweny wieder in ihren Gemächern war, war sie erschöpft von den Ereignissen des Tages. Sie beauftragte Serina, ihr das Abendessen im Salon zu servieren. Diese eilte sogleich davon, um ihren Wunsch zu erfüllen.

Gweny streifte sich gerade das Überkleid ab, als Serina zurückkam. „Es tut mir leid, Prinzessin", sagte sie in einem bekümmerten Ton. „Eure Anwesenheit beim Abendessen, mit dem König und der Königin ist heute zwingend erforderlich."

Nach der heutigen Nachricht ihrer Verlobung, hätte es mich auch gewundert, wenn sie mir heute erlaubt hätten, allein in meinem Salon zu essen, dachte sie für sich und laut meinte sie zu Serina: „Ja gut, dann brauche ich wohl ein neues Kleid."

Sie ging an ihren Schrank und suchte sich ein hellblaues leichtes Seidenkleid heraus. Serina half ihr beim Anziehen und machte sie kurz zurecht. „Danke", murmelte sie müde und machte sich auf den Weg in die große Halle.

Dort angekommen, war nur das königliche Ehepaar anwesend. Sie standen auf, als sie sie kommen sahen und lächelten sie herzlich an. Die Königin sagte freundlich: „Meine Söhne werden heute auswärts essen."

Nun sah sie auch, dass der große Tisch nur für drei Personen gedeckt war. Sie wurde leicht nervös. Was hatte sie von dem heutigen Abend zu erwarten? Sie hatte gehofft, dass heute wieder in großer Gesellschaft gegessen wurde und sie sich mit ihren eigenen Gedanken beschäftigen konnte. Aber so erforderte diese Situation, ihre volle Aufmerksamkeit.

Sie setzte sich und verharrte der Dinge, die dort kommen werden. Der König signalisierte dem Diener, dass sie bereit waren, damit das Essen serviert werden konnte. Anschließend wand er sich an Gweny und sagte mit erfreuter Stimme: „Wir freuen uns, dass du dich so schnell entschieden hast.", er sah kurz zu Freya hinüber und lächelte sie an: „Meine Frau und ich haben beschlossen die Hochzeit aufgrund deiner schnellen Entscheidung, um zwei Monate vorzuverlegen."

„Wie ihr wünscht, mein König", sagte Gweny gespielt höflich, aber in ihrem Inneren entfachte eine Aufregung. In vier Monaten schon, dachte sie nervös. „Deinen Eltern haben wir schon einen Boten geschickt", sagte er freudig.

„Meine Liebe, wir haben in den nächsten Wochen noch so viele Entscheidungen zu treffen", die Königin strahlte und freute sich augenscheinlich über die baldige Hochzeit mehr als Gwenyfer. Und schon fing sie an, die vielen Details, die noch zu besprechen waren, aufzuzählen. So verging der Abend. Gweny war die ganze Zeit über höflich, aber anscheinend nicht so enthusiastisch, wie es von ihr erwartet wurde, denn die Königin fragte sie nach dem Essen besorgt, was denn los sei?

Gweny, die nach diesem Tag so müde war, dass sie fast vom Stuhl kippte, fragte, statt zu antworten, ob es ihr erlaubt sei, sich zurückzuziehen. Sie würde dieses Gespräch gerne am nächsten Tag weiterführen, aber der Tag heute war sehr anstrengend. Wieder lächelte die Königin nachsichtig und gebar ihr sich zurückzuziehen.

Als Gweny endlich in ihrem Gemach war, hielt sie es vor Müdigkeit kaum noch aus. Sie zog nur grob ihre Oberkleider und das Korsett aus und legte sich in ihrem Unterkleid aufs Bett, wo sie sofort in einen tiefen Schlaf fiel.

14

Als sie am nächsten Tag aufwachte, fühlte sie sich wunderbar ausgeruht und erfrischt. So gut habe ich lange nicht mehr geschlafen, dachte sie gut gelaunt. Als sie aufstand und aus dem Fenster sah, erschrak sie. Die Sonne stand schon sehr hoch, es musste also schon fast Mittag sein. Wie lange habe ich denn geschlafen?

Sie läutete nach Serina. Nur wenige Minuten später klopfte es an ihre Tür. „Guten Morgen, Prinzessin", sagte sie und strahlte sie an. Gweny lächelte zurück und entgegnete: „Wie spät ist es?" „Es ist fast Mittagszeit", sagte sie und kicherte leise. „Ihr habt wohl etwas Schlaf gebraucht." Die Königin hatte gestern am späten Abend, noch nach Serina schicken lassen und ihr mitgeteilt, dass die Prinzessin heute so lange schlafen dürfte, bis sie von allein aufwachte. „Ja", sie lachte. „Das habe ich wohl." „Was steht für heute auf meinem Plan?", fragte sie sie, bevor sie ins Bad ging, um sich frisch zu machen.

„Die Königin bat um eure Anwesenheit, beim Essen. Außerdem habe ich hier eine Nachricht von Prinz Loki für euch und eine von Prinz Thor." „Von beiden?" Gweny drehte sich erstaunt zu ihr um.

132

„Ja, Königliche Hoheit", sagte sie wieder leicht grinsend und hielt zwei Umschläge hoch. Gweny wusch sich rasch zu Ende und grübelte, was wohl in den Briefen stehen mag. Es klopfte an der Tür. Serina lehnte die Tür des Bades an und ging hin, um zu öffnen.

Gweny hört zwar Stimmen, konnte aber nicht verstehen, was diese sagten. Nach wenigen Momenten stand Serina wieder in der Tür des Bades.

„Die Königin bittet euch, sie gleich im Garten zu treffen, zum Mittagessen."

„Im Garten?" Gweny war etwas verwirrt. Serina nickte „Nun gut", entgegnete sie und nahm sich für heute vor, sich mit mehr Begeisterung in das Thema Hochzeit einzubringen. Sie beeilte sich, um die beiden Briefe noch lesen zu können, bevor es zum Essen ging. Als sie nach kurzer Zeit fertig angezogen, auf dem Stuhl vor dem Spiegel saß, um sich von Serina die Haare machen zu lassen, konnte sie den ersten der beiden Briefe öffnen.

Sie entschied sich für den von Loki.

Liebste Gweny,

da wir uns gestern nicht mehr sehen konnten,

schreibe ich dir diese Zeilen, damit du weißt,

dass ich immer an dich denke. Wir kennen

uns erst wenige Tage, doch mir kommt es vor,

als kannten wir uns schon ewig.

In Liebe, dein Loki

Gweny bekam eine Gänsehaut bei diesen Worten und ihre immer wieder aufkeimenden Zweifel, wenn sie Thor sah, schwanden dahin. Sie musste lächeln und merkte, wie sie begann sich auf die bevorstehende Hochzeit zu freuen.

Serina, die hinter ihr stand, murmelte, nachdem sie fertig war, ihr Obligatorisches: „Wie gefällt es euch, Hoheit?" Gweny, noch von dem Verliebtheitsgefühl beflügelt, sah in den Spiegel.

„Es sieht bezaubernd aus", flötete sie beeindruckt und stand auf, um sich im großen Spiegel zu bewundern. Sie sah fabelhaft aus musste sie sich selbst zugestehen. Das Kleid, das sie heute ausgesuchte, hatte die gleiche Farbe wie Lokis Augen. Sie drehte sich zu Serina um. „Ihr müsst los, Hoheit", drängte Serina und Gweny machte sich auf den Weg in den Garten. Der andere Brief lag auf ihrem Bett und war schon ganz und gar in Vergessenheit geraten.

Als sie nach draußen auf die große Terrasse trat, sah sie, dass am rechten Ende in der Mittagssonne ein Tisch stand. Als sie nähertrat, konnte sie erkennen, dass er für drei Personen eingedeckt war. Sie sah sich um, konnte aber noch niemanden entdecken. Also trat sie an die Brüstung, um sich an der Schönheit des Gartens zu erfreuen.

Nach einiger Zeit hörte sie, wie lachende Stimmen sich von hinten näherten. Als sie sich umdrehte, war sie etwas erstaunt, sie hatte eigentlich das Königspaar erwartet, aber statt des Königs, ging Loki an der Seite der Königin.

Als sie ihn sah, stieg wieder die Aufregung in ihr auf und ihr Herz begann zu pochen. Dass er sie mit strahlenden Augen anlächelte, machte es nicht besser. Sie lächelte zurück und wusste, dass sie kaum etwas herunterbekommen würde, wenn er ihr gegenübersaß. Sie drehte sich ein wenig zur Seite und begrüßte die Königin mit einer leichten Verbeugung und einem glücklichen Lächeln.

„Wollen wir uns setzen?", fragte diese zugleich und ließ sich von einem Diener den Stuhl zurechtrücken. Die beiden Verliebten setzten sich ebenfalls. In diesem Gespräch, welches sie mit der Königin führten, fielen viele Entscheidungen für die baldige Hochzeit von Gwenyfer von Midgard und Loki von Jötunheim.

So entschieden Sie, dass die Trauung auf dem großen Thingplatz vor den Toren der Stadt stattfinden soll. Es war der Thingplatz ihrer Ahnen, auf dem auch der erster Göttervater Borr Herrscher der neun Welten wurde. Auch sind hier viele Friedensverhandlung für die neun Welten geschlossen worden, erinnerte sich Gweny im Stillen. So ein besonderer Ort kann nur ein gutes Vorzeichen für ihre bevorstehende Vermählung sein, dachte Sie noch bevor sie jäh aus ihren Gedanken gerissen wurde.

Die Königin lachte: „Träumst du schon von deinem Kleid, meine Liebe?", fragte sie zärtlich und zwinkerte ihr zu: „Aber um die Details dafür zu besprechen, sollten wir uns später allein treffen."

Am Ende des gemeinsamen Mittagessens war die Königin glücklich, dass ein paar Entscheidungen für die bevorstehende Hochzeit getroffen werden konnten. So konnte sie endlich anfangen, die Hochzeit vorzubereiten. Kurz dachte Sie, mit dem Hauch eines schlechten Gewissens, an die Nachricht, die noch auf die beiden Verliebten nach ihrer Hochzeit, zukommen sollte. Aber noch konnte sie diesen schweren Gedanken beiseiteschieben und sich auf gänzlich auf diese erfreuliche Sache konzentrieren. Die Königin stand auf und auch Loki und Gwenyfer erhoben sich von ihren Plätzen.

An Loki gewandt sagte die Königin: „Ich werde zurück ins Schloss gehen, dein Vater erwartet mich sicherlich schon" und zu Gweny gewandt setzte sie noch hinzu: „Ich freue mich sehr über deine Anwesenheit an unserem Hof." Sie zwinkerte ihr zu und verschwand in Richtung Schloss.

Loki sah Gweny an und war, wie jedes Mal verzaubert von ihrer Schönheit. Er war sich sicher, dass er sich nie an ihr sattsehen würde und freute sich sehr über die schicksalhafte Begegnung mit ihr und ihre damit verbundene Entscheidung ihn zu heiraten.

„Hast du Lust auf einen Spaziergang?", fragte er sie zärtlich, als hätte er Angst das sie zerbrach, wenn er zu grob mit ihr sprechen würde. „Gerne", sie lächelte ihn an und nahm seine Hand. So gingen sie in Richtung des Brunnens davon.

Die Königin, die am Ende der Terrasse nochmal stehen geblieben war, schaute ihnen nach und war froh, dass sie sich so gut verstanden.

In Loki tobte ein Sturm, als er so neben ihr ging, sein Verlangen nach ihr zerriss ihn fast und er würde sie am liebsten den ganzen Tag über Küssen, aber er wusste auch, dass hier nicht der richtige Ort dafür war. Er musste sich vorerst damit begnügen, ihr so nah zu sein, wie jetzt gerade.

Sie bogen hinter einer besonders dichten Rosenhecke ab und er wollte gerade ihre Hand heben, um sie an seine Lippen zu führen, als sie jemanden auf sich zukommen sahen.

Es war Thor. Er lächelte sie an und seine blauen Augen strahlten. „Hallo", sagte er mit seiner tiefen Stimme. Er küsste Gweny die Hand und sie hatte fast das Gefühl, ihre Beine würden gleich nachgeben. „Bruder", sagte Loki grimmig: „wie können wir dir helfen?"

Er war sichtlich von seiner Anwesenheit genervt. „Gar nicht", sagte er gut gelaunt und zwinkerte Gweny zu. „Ich wollte nur etwas spazieren gehen. Wir können zusammen weitergehen", schlug er vor. Loki verdrehte die Augen und legte Gweny den Arm um die Taille. Gweny hatte nichts gegen die Anwesenheit Thors. Seitdem er sich entschuldigte und sich ihr gegenüber so höflich benahm, genoss sie es, in seiner Nähe zu sein. Thor kam zu ihrer anderen Seite und so setzten die drei ihren Weg mit Gweny in der Mitte, was sie sichtlich genoss, fort.

„Über was spracht ihr gerade?", fragte Thor, doch noch bevor Gweny antworten konnte, sagte Loki wohlwollend: „Über unsere baldige Hochzeit", und grinste. Ein leichtes Zucken durchfuhr Thor, aber er hatte sich sofort wieder im Griff. „Und welche Farben habt ihr ausgesucht?", fragte er in einem gelassenen Plauderton, der ihm schwerer fiel, als es den Anschein machte.

Innerlich kochte er vor Wut und würde Loki am liebsten in den Brunnen werfen, aber er hielt sich zurück. Dem Rat seiner Mutter folgend zügelte er sein Temperament. Sonst wird sie nie die deine sein, klangen die Worte seiner Mutter in seinem Kopf. Deshalb versuchte er, sich zu entspannen und sagte sich, solange die Hochzeit noch nicht geschehen ist, solange habe ich noch Zeit sie für mich zu gewinnen.

Auch er hatte sich in sie verliebt. In ihm tobte seine einigen Tagen ein Sturm der Gefühle. Als er sie das erste Mal sah, war sie ihm einfach nur gleichgültig. Sie machte einen sehr naiven Eindruck, genau wie seine bisherigen Spielgefährtinnen. Für ihn hatte sie einfach nichts Besonderes. Auch die Anweisung seines Vaters Zeit mir Ihr zu verbringen war ihm zuwider. Doch als sie während der Kutschfahrt so kratzbürstig wurde, regte sich etwas in seinen Inneren. Er konnte diesen kleinen Funken nicht zuordnen und ignorierte ihn. Doch als er sie am Abend des Balls in ihrem wunderschönen Kleid sah, begann auch in seinen Magen ein kleiner Schmetterling den ersten Flug seines Lebens. Er ahnte, was dieses erregende Gefühl bedeuten könnte. So versuchte er während des Balls, den ganzen Abend über, ihre Aufmerksamkeit zu bekommen. Doch er wusste nicht genau, wie er sich richtig verhalten sollte. Er wollte sie ansehen, ihr Lachen hören und vielleicht auch mit ihr sprechen. Dann sah er wie verliebt sein Bruder sie ansah und ein stechender Schmerz der Eifersucht fühlte seine Brust. Er sah die beiden im Wintergarten verschwinden und die Wut in seinem Inneren wurde immer stärker. Ihm war solch eine Art von Gefühl immer fremd und er musste erst einen Weg finden mit Ihnen zurecht zu kommen.

Aber zum Glück hatte er eine sehr weise Mutter, die immer einen guten Rat für ihn hatte. Und jetzt, wenn er Gweny in die Augen sah, hatte er das Gefühl, dass sie auch diesmal richtig lag mit ihrer Vorahnung.

„Grün", gab Loki zurück, als wäre es die einzig mögliche Antwort auf diese Frage gewesen. „Gut, gut", sagte Thor in Gedanken versunken. Dann drehte er sich wieder Gweny zu. „Habt ihr meinen Brief erhalten?" In diesem Moment fiel ihr der Brief wieder ein. „Ja", sagte sie zaghaft. „Aber ich habe ihn noch nicht gelesen." „Was stand in dem Brief?", wollte Loki zugleich wissen. Thor lachte: „Der Brief ist privat." Loki machte ein grimmiges Gesicht und murmelte etwas vor sich hin. In Loki zündelte wieder die Flamme der Eifersucht und er erwiderte giftig: „Vielleicht wäre es ganz gut, wenn du meiner Frau keine Briefe schicken würdest." „Noch ist sie nicht deine Frau", gab er listig zurück. „Aber ich habe in der Tat noch etwas zu tun", verabschiedete er sich. Er küsste Gweny die Hand und verschwand hinter der nächsten Ecke.

Die romantische Stimmung der beiden, in der sie noch kurz vor dem Besuch des Nebenbuhlers waren, war vorbei. Gweny, die es kaum erwarten konnten, den Brief zu lesen, versuchte sich nichts anmerken zu lassen und meinte nach einer Zeit sie möchte zurück zum Schloss, um sich etwas auszuruhen. Loki, der sichtlich niedergeschlagen war, weil er wusste, warum sie zurückwollte, folgte ihr.

Kurz bevor sie beim Schloss waren, wollte Loki von Gweny noch wissen, ob sie sich heute Abend in dem geheimen Zimmer treffen. Sie blieb stehen und blickte in seine Augen. Sie lächelte ihn an und nickte, bevor sie weiterging. Das machte ihm wieder Mut.

Er dachte, er hätte sie sicher, aber nach dem Auftritt seines Bruders, war er sich nicht mehr so sicher. Er hatte das Gefühl, dass der Kampf, noch nicht endgültig vorbei war.

15

Gweny eilte zurück in ihr Gemach und fand den Brief auf dem Bett liegen. Sie setzte sich auf ihr Bett und öffnete ihn vorsichtig. Dann zog sie eine kleine Karte heraus.

Liebste Prinzessin Gwenyfer,

ich habe ein kleines Geschenk für euch. Kommt heute Nachmittag zum Vorplatz beim Schlossportal.

Thor

Ein Geschenk? Was konnte das wohl sein, überlegte sie. Sie liebte Geschenke, auch wenn sie in ihrem Leben noch nicht viele bekommen hatte. Ihre Mutter war der Meinung, ihr Bescheidenheit zu lehren, daher musste sie oft auf Geschenke verzichten. Ihr Vater hatte ihr zum Geburtstag immer eine Kleinigkeit zukommen lassen.

Sie war gespannt, was es für ein Geschenk es sein würde. Zum Glück war der Nachmittag nicht mehr fern. Und so wartete sie ungeduldig, in ihrem Salon, bis das Zeichen für den Nachmittag erklang. Als der Glockenturm zum Nachmittag schlug, wollte Gweny schon loslaufen vor Aufregung, besann sich aber und schritt langsam zum Vorplatz.

Während sie durch das Schlossportal schritt, fing ihr Herz so wild an zu klopfen, dass ihr das Blut in den Ohren rauschte. Als sie nach draußen trat, musste sie ihre Augen abschirmen. Die Sonne schien direkt auf die Treppe des Portals.

Nach einem Moment hatten sich ihre Augen an die Sonne gewöhnt und sie sah Thor, wie er neben einem wunderschönen Schimmel stand. Sie ging die Treppe langsam hinunter. Das weiße Fell des Pferdes glänzte in der Sonne. Sie näherte sich behutsam und vorsichtig. Das Pferd stand ruhig, nur die Nüstern bebten.

„Wie gefällt sie euch?", rief Thor ihr freudig zu. Als Gweny bei dem Schimmel ankam, streckte sie ihre Hand aus und berührte das Fell. Es fühlte sich weich und samtig an.

„Sie ist wunderschön", hauchte sie bewundernd. „Dann gehört sie ab heute euch." Sie sah ihn mit großen Augen an. „Ja", lachte er und amüsierte sich über ihr erstauntes Gesicht. Er gab ihr den Strick in die Hand.

„Wie ist ihr Name?", wollte Gweny wissen. „Sie hat noch keinen", sagte er nachdenklich. „Sucht ihr einen aus", forderte er sie auf. „Sianca", erwiderte sie prompt.

Wie oft hatte sie sich als Kind gewünscht ein eigenes Pferd zu besitzen.

„Der Name passt perfekt zu ihr." Sie streichelte zärtlich über ihre Nüstern. Sianca stupse leicht mit ihrer Nase gegen ihre Schulter. Gweny musste lächeln und sagte: „Ich glaube, der Name gefällt ihr." „Dann soll es so sein", sagte er mit donnernder Stimme.

„Wo ist ihre Box?", fragte Gweny, ohne den Blick von ihrer neuen Freundin Sianca abzuwenden. „Kommt mit, ich zeige euch die alles", sagte er und ging voraus. Sie zog kurz am Strick und Sianca marschierte brav hinter ihnen her.

Als sie an Ställen ankamen, fiel Gweny ein großes Holztor in der Stadtmauer auf. Sie drehte sich zu Thor, der sich gerade nach einem Stallburschen umsah. „Wohin führt dieser Weg?", fragte sie mit Neugier. „Dort gelang man zum großen Wald. Es gibt schöne Reitwege." Doch als er sah, wie ihre Augen zu leuchten begannen, fügt es noch schnell hinzu: „Ihr dürft aber nur mit Begleitung ausreiten."

Das Leuchten erlosch blitzartig und ein Schleier der Traurigkeit legte sich über ihre Augen. „Ja, ich weiß", gab sie knapp zurück und ließ sich von ihm den Reitplatz zeigen. Gweny und Thor verbrachte den ganzen Nachmittag bei Sianca und erst als schon die Dämmerung einsetzte, machten sie sich auf den Rückweg zum Schloss.

Als sie beim Schlossportal ankamen, küsste sie ihn zum Abschied auf die Wange und verschwand. Thor wurde plötzlich warm und das wollige Gefühl in seiner Magengegend fing wieder an zu pulsieren.

16

Wieder zurück in ihrem Gemach nahm sie sich ihr Buch und eine Decke, um es sich in der Sitzecke vor dem Kamin gemütlich zu machen. Sie wartete auf den Zeitpunkt, wo sie sich mit Loki treffen wollte.

Während sie durch die Geheimtür ging und in den dunklen Gang schaute, schien Licht an der Wand entlangzutanzen. Als sie den großen Raum betrat, flackerte ein Feuer im Kamin. Doch die Sitzecke war leer. Sie sah sich um, konnte aber niemanden ausmachen. So machte sie es sich auf dem Sofa gemütlich und wartete auf ihren Liebsten.

Es dauerte nicht lange, bis er aus seinem Korridor auftauchte. Als sie ihn erblickte, legte sie ihr Buch weg und lächelte ihn an. Sie merkte, wie ihr Herz bei seinem Anblick schneller zu schlagen begann. Loki setzte sich neben sie. Auch er lächelte und nahm ihr Gesicht in seine Hände. Ein wärmendes Gefühl lief Gweny durch den ganzen Körper. Sie genoss diesen Moment und wollte seine Lippen spüren. Das Verlangen nach ihm, fing an, in ihr zu brennen und sie beugte sich leicht vor, um ihm zu signalisieren, dass sie bereit war.

Aber er machte noch keine Anstalten sie zu küssen. Er fuhr mit seinen Fingern die Konturen ihres Gesichtes nach. Sie bekam eine Gänsehaut und zerfloss förmlich unter seinen Zärtlichkeiten.

„Weißt du", sagte er laut in Gedanken versunken. „Ich könnte mir gut vorstellen, dass deine Haare in Schwarz auch gut aussehen würden", er grinste. Sie grinste zurück und strich mit ihren Fingern durch ihre Haare.

In diesem Moment verwandelten sich ihre hellblonden Haare in schwarze. Er seufzte vor Entzückung und konnte sich nicht mehr zurückhalten. Er nahm ihr Gesicht wieder in beide Hände und zog sie sanft zu sich heran. Sie ließ es geschehen und ihre Lippen berührten sich. Sie küssten sich leidenschaftlich und konnten gar nicht mehr aufhören. Sie genossen eine ganze Weile ihre Leidenschaft füreinander.

Irgendwann fing Gweny an, zu frösteln und merkte, dass es im Kamin nur noch glimmt. „Es ist Zeit", sagte sie zu ihm. „Bist du dir sicher?", er lächelte sie an und gab ihr noch einen kleinen Kuss, der nach mehr verlangte.

„Nicht ganz", sagte sie lachend. „Aber ich gehe jetzt trotzdem." Sie wickelte sich in eine Decke und stand auf. „Bis morgen, mein Prinz", sagte sie, bevor sie sich umdrehte und ihn allein in der Sitzecke zurückließ.

Nach diesem Abend wagte Loki sich wieder sicher zu sein, dass sie nur ihm allein gehörte.

Die nächsten Wochen vor der Hochzeit, verbrachte Gweny damit, sich um Sianca zu kümmern und sich nachts mit Loki in dem geheimen Raum zu treffen.

Bei jedem dieser Treffen wurde ihre Verbundenheit größer. Nach dieser Zeit der Zweisamkeit hatte sie fortwährend das Gefühl, sie gehörten für immer zusammen und nichts und niemand konnte sie mehr trennen.

Noch nicht mal Thor, der anhaltend versuchte, sie doch noch für sich zu gewinnen.

17

Als Gweny am Morgen die Augen aufschlug, waren es noch drei Tage bis zu ihrem großen Tag. Die Aufregung, anlässlich der bevorstehenden Hochzeit, konnte man in jedem Winkel des Schlosses spüren. Die Diener waren gehetzter als sonst, die ersten Gäste trafen ein, die gemeinsam eingenommenen Mahlzeiten wurden jetzt, in noch größeren Runden zu sich genommen und auch Gwenys Aufregung stieg mit jedem Tag. Die meisten Vorbereitungen hatte sie zusammen mit der Königin erledigt. Sie hatten ihr Hochzeitskleid ausgesucht, die Speisen, die gereicht werden sollten und welche Blumen am besten zu der ausgesuchten Farbgebung passten und vieles mehr. Bei diesen ganzen Entscheidungen war die Königin stets eine gute Beraterin gewesen und hatte sich auch nie in den Vordergrund gedrängt, sondern ihr einfach mit Rat zur Seite gestanden. Gweny hatte das Gefühl, ihr nach dieser kurzen Zeit, schon näher zu stehen als ihrer eigenen Mutter.

Gweny war hier glücklich.

Doch heute Morgen, mischte sich noch eine andere Aufregung, in die schon vorhandene. Denn heute war der Tag, an dem ihre Eltern wieder anreisten, sie hoffte sehr, dass Ismerva mitgekommen war.

Nach dem Frühstück zog sie sich um und ging wie jeden Morgen zu Sianca. Als sie auf ihre Box zukam, sah sie Thor danebenstehen. Er grinste sie an. „Guten Morgen, meine Schöne", sagte er lässig. Seit sie die Stute besaß, war er auch oft am Stall gewesen. Er schaute ihr zu, wie sie auf dem Reitplatz übte oder ritt gemeinsam mit ihr aus.

Sie hatten sich viel unterhalten und dabei immer mehr und besser kennengelernt. Als Gweny ihn jetzt sah, machte ihr Herz einen kleinen, erfreuten Hüpfer. Sie hatte das Gefühl, dass er nach dieser gemeinsamen Zeit zu einem guten Freund geworden war. Sie genoss diese Zeit mit ihm, auch wenn Loki auf diese Vertrautheit immer ein wenig eifersüchtig reagierte. „Und weißt du schon, wann deine Eltern genau hier sind?", fragte er sie. „In seinem letzten Brief, schrieb er gegen Nachmittag", antwortete sie und lächelte glücklich. „Dann hast du ja noch ein wenig Zeit. Was hältst du von einem Ausritt?", als sie nickte, ging er in die Box nebenan, um seinen Hengst zu satteln. „Aber ganz so viel Zeit habe ich nicht." „Gut" sagte er mit leichter Enttäuschung in der Stimme. „Dann nur eine kleine Runde."

So ritten sie in die Richtung des Thingplatzes. Wenn sie in die Nähe des Platzes kam, konnte Sie ein Kribbeln auf der Haut spüren, so als ob die Magie, die diesen Paltz umgibt, in sie hineinströmen würde. Nachdem sie hier war, fühlte sie sich immer gestärkt.

Als sie später in ihr Gemach zurückkam, lag ein Brief auf dem Bett. Sie konnte das Wappen ihrer Familie erkennen.

Schon beim Anblick des Briefes beschlich sie ein ungutes Gefühl, das sich allmählich in ihrer Brust ausbreitete. Mit einem flauen Gefühl öffnete sie den Umschlag und las die Worte. Die Enttäuschung, die sich schon leicht in ihr ausgedehnt hatte, kam jetzt mit voller Wucht – ihre Eltern würden erst an ihrem Hochzeitstag anreisen können. In ihr machte sich ein kaltes Gefühl der Trauer breit.

Sie hatte sich sehr gefreut, ihren Vater und Ismerva wiederzusehen. Ihr rollten die Tränen die Wange hinunter. Sie hatte in ihrem Kopf so viel gesammelt, was sie Ismerva erzählen wollte. Der Gedanke an sie machte sie noch trauriger.

Sie warf sich aufs Bett und ließ all ihrer Trauer freien Lauf. Durch ihr lautes Schluchzen konnte sie das Klopfen an der Tür und Serinas Eintreten nicht hören.

Als diese sah, dass die Prinzessin weinte, drehte sie sich um und eilte auf dem schnellsten Weg zur Königin. Eine Weile später klopfte es nochmals an der Tür und da sich Gweny schon wieder etwas beruhigt hatte, hörte sie es. Sie wischte sich die Tränen ab und ging zur Tür, um sie zu öffnen.

Draußen stand Arida, ihre Freundin des Balls. Auch wenn Arida die letzten Wochen nicht bei ihr sein konnte, hatten sie sich regelmäßig Briefe geschrieben, was den zarten Spross ihrer Freundschaft zunehmend gestärkt hatte. So freute sich Gweny über die Maßen, als sie ihre Freundin vor sich stehen sah. Sie fiel ihrer Freundin in die Arme und eine neue Welle von Tränen erschütterte sie. Arida nahm sie in den Arm und bugsierte sie in den Salon, wo sie sich auf das Sofa setzte.

Nach dem Gweny sich wieder beruhigt hatte, erkundigte sich Arida, warum sie so traurig sei. Diese Frage gab Gweny die Möglichkeit sich alles von der Seele zu reden, was sie bedrückte, die guten und die schlechten Erlebnisse, welche sie in den letzten Wochen in Asgard erlebt hatte.

Arida ließ sie erzählen und hörte aufmerksam zu. Als sie endete, war Arida klar, dass jetzt nicht die Zeit für große Worte war und nahm ihre Freundin einfach in den Arm, um sie zu trösten.

Durch diese Geste ging es Gweny besser und auch, dass sie jemanden all ihre Gedanken anvertrauen konnte.

„Wie lange bleibst du?", fragte Gweny etwas ängstlich, weil sie nicht wollte, dass ihre Freundin gleich wieder ging. „Bis nach deiner Hochzeit", sagte sie und grinste: „wir machen jetzt zusammen das Schloss unsicher." Arida lachte und Gweny musste aus Glück, ihre Freundin wieder bei sich zu haben, auch mitlachen.

„Nun", meinte Arida, „wir müssen dich etwas ablenken, hast du Lust, mir deine Stute zu zeigen." „Gerne", erwiderte Gweny und freute sich über ihr Interesse. Nachdem Gweny erfrischt hatte, gingen sie zusammen hinunter zu den Stallungen.

Nach diesem Nachmittag fühlte Gweny sich wieder neu gestärkt und so gingen die beiden Freundinnen später an diesem Tag zum Abendessen in die große Halle. Die Königin sah mit Wohlwollen, dass es eine gute Entscheidung gewesen war, Arida holen zu lassen. Die beiden saßen zwischen Loki und Thor, denen Gweny an diesem Abend nicht viel Beachtung schenkte. Sie waren zu sehr damit beschäftigt, Arida über die schon erfolgten Hochzeitentscheidungen zu unterrichten.

Loki sah mit wohlwollend, wie glücklich seine Liebste war und konnte deshalb diesen Abend gut mit ihrer Nichtbeachtung leben.

Thors Gefühle für sie hatten sich in den letzten Wochen kontinuierlich verstärkt. Und so bekam er mit jedem weiteren Tag, an dem die Hochzeit näherkam, schlechtere Laune.

Er hatte sich endgültig in Gweny verliebt, sah aber keine Chance mehr, sie doch n och für sich zu gewinnen.

Loki hatte ihn gebeten sein Trauzeuge zu sein. Aus Liebe zu ihm hatte er zugesagt, war sich aber sicher, dass er nicht der Richtige für diese Rolle war. Bei dem Gedanken daran die Frau, die er liebte, an seinen Bruder zu verlieren und das auch noch aus erster Reihe beobachten zu müssen, entfachte seine Wut nur umso mehr.

Der Rat seiner Mutter hatte vielleicht doch nicht geholfen. Dieser Gedanke entfachte seine Wut nur noch mehr. Er hatte das quälende Gefühl, als würde sein Leben nach der Hochzeit leer und kalt und er könnte nie wieder glücklich werden.

Sith, die braunhaarige Walküre, die neben ihm saß und ihn wie immer anhimmelte, schaffte es auch nicht mehr, ihn gänzlich abzulenken. Sie war eine nette Beschäftigung, aber eben nicht Gwenyfer.

„Kommst du mich heute Nacht besuchen?", flüsterte sie ihm gerade zu und riss ihn damit aus seinen Gedanken. „Nein", knurrte er nur. „Heute Abend bin ich beschäftigt." „Mit einer anderen Frau?" fragte sie beleidigt. Er drehte sich zu ihr um und sagte amüsiert und in seinem altbekannten selbstgefälligen Ton: „Vielleicht!"

Sie drehte sich beleidigt von ihm weg. Er lachte. Dann wagte er einem kurzen Seitenblick auf Gweny, damit er sicher sein konnte, dass sie von dem folgenden nichts mitbekam. Er legte Sith die Hand auf den Oberschenkel und drückte leicht zu. Er beugte sich zu ihr rüber und flüsterte verführerisch: „Vielleicht habe ich ja doch noch ein paar Minuten für dich übrig." Sie drehte sich grinsend zu ihm um und flüsterte zurück: „Gut, dann habe ich heute Abend, vielleicht eine Überraschung für dich."

Als sie mit dem Essen fertig waren, wollte Adria unbedingt noch den Garten sehen und so machten sie ein Spaziergang durch die Rosenhecken und an den herrlichen weißen Kelchblumen vorbei. Arida war begeistert.

„Und jetzt gehen wir zu Dir?"

Gweny merkte, wie die Stimme von Arida mit einem Mal etwas aufgeregter wurde. Doch sie machte sich keine weiteren Gedanken darüber und ging mit ihr in Richtung ihres Gemachs. Auf dem Weg dorthin wurde Arida immer unruhiger. „Was ist denn los mit dir?", wunderte Gweny sich. „Nichts", sagte sie und lächelte verschwörerisch.

Als sie vor der Tür ankamen, hielt Arida ihr die Hand vor die Augen. „Schließ deine Augen." „Warum?", protestierte sie noch, machte aber dennoch die Augen zu. Arida führte sie in ihr Gemach und in den Salon hinein. „Kann ich die Augen schon wieder öffnen?", drängelte sie. „Noch nicht", rief Arida von etwas weiter weg. Nach ein paar weiteren quälenden Augenblicken rief Arida: „Jetzt."

Gweny öffnete die Augen und war sprachlos. Der gesamte Salon war in Weiß und Grün geschmückt. An der Wand vor der Geheimtür stand ein langer Tisch, der überladen war mit kleinen Snacks. Und um die Sitzgruppe herum standen einige Personen. Sie guckte in die Runde und sah dort die Königin, die ihr freundlich zulächelte und noch zwei weitere Mädchen, die ihr aber unbekannt waren.

Nun ergriff Arida das Wort: „Ich habe von einem Brauch auf Midgard gehört, bei dem wenige Tage vor der Hochzeit ein Fest für die Braut veranstaltet wird. Und ich dachte mir, das ist genau das richtige für dich." Ihre Augen strahlten. Gweny lachte glücklich und sagte: „Das ist genau das Richtige!" Die beiden Mädchen, wie sich später herausstellte, waren die Nichten der Königin und ganz versessen darauf gewesen, zu einer echten, menschlichen Brautparty eingeladen werden. Auch wenn sie nicht viele Gäste hatte, war es die beste Party in ihrem Leben.

Als sich die Königin ein paar Stunden später verabschiedete, feierten die vier noch bis spät in die Nacht und konnten sich, obwohl sie schon alle sehr müde waren, kaum trennen.

Nachdem alle gegangen waren war Gweny so müde, dass sie nur noch auf das Bett fallen konnte, sie dachte noch kurz, gut, dass Loki und ich uns heute Nacht nicht treffen wollten, dann schlief sie ein.

Wie jeden Morgen ging sie zu Sianca. Und auch Thor stand wie fast jeden Morgen neben der Box und lächelte sie an. Diesmal war auch Arida an ihrer Seite. Als er Arida sah, erstarb sein Lächeln. „Oh", sagte er und versuchte erst gar nicht seine Stimme nicht grimmig klingen zu lassen. „Reiten wir heute zu dritt aus?" „Ja", sagte Gweny glücklich.

Nun gut, dachte er, wenn sie glücklich ist, soll es mich auch glücklich machen und wand sich an Arida: „Ich lass euch gleich ein Pferd holen", sagte er und verschwand in der Stallgasse, um einen Knecht zu suchen. Nach kurzer Zeit kam er mit einem schönen Rappen wieder und übergab ihn Arida.

Der heutige Ausritt machte Thor kein Spaß. Gweny, die sonst nur Augen für ihn hatte, beachtete ihn heute kaum. Er ritt hinter den beiden her und fühlte sich wie das fünfte Rad am Wagen. Er steigerte sich immer weiter in seine eingebildete Eifersucht hinein. Als sie wieder bei den Stallungen ankamen, sprang er vom Pferd, warf dem Knecht die Zügel zu und verschwand in Richtung Schloss.

Gweny sah ihm verwirrt hinterher: „Was ist denn mit ihm los?", fragte sie ihre Freundin besorgt. Doch diese zuckte nur lachend mit den Schultern und meinte: „Der war bestimmt eifersüchtig, dass du dich heute nicht mit ihm beschäftigt hast." Jetzt erst fiel ihr auf, wie wenig sie heute mit ihm gesprochen hatte und bekam ein schlechtes Gewissen. „Mach dir keine Sorgen darum", sagte Arida jetzt und erinnerte sie an die Termine, die sie heute und morgen noch für die letzten Hochzeitsvorbereitungen wahrnehmen musste. Dies brachte sie auf andere Gedanken und der Gedanke an

Thor war verschwunden. In der restlichen Zeit vor der Hochzeit hatte Gweny keine Zeit mehr, sich über irgendwas anderes Gedanken zu machen. Es gab noch so viel zu erledigen, sie war froh, dass sie Arida und die Königin an Ihrer Seite hatte, um ihr bei den letzten Vorbereitungen zu helfen.

18

Dies ist meine letzte Nacht als unverheiratete Frau, dachte sie noch, bevor sie am Abend vor ihrem Hochzeitstag einschlief. Sie hatte in dieser Nacht wirre Träume und wachte ständig auf.

Als Serina am nächsten Morgen in ihre Kammer kam, war sie alles andere als ausgeschlafen. Hinter Serina kam schon Arida durch die Tür, sie brachte ihre eigene Zofe mit, denn sie wollten sich gemeinsam bei Gweny für die Feier zurechtmachen.

„Ich denke, wir sollten erst einmal frühstücken gehen", meinte Arida. „Ich denke nicht, dass ich auch nur ein Bissen runterbekomme", sagte Gweny und fühlte die Aufregung in sich aufsteigen. „Auch eine Kleinigkeit reicht, solange du etwas im Magen hast.." „Stimmt", seufzte sie und so gingen sie gemeinsam in die große Halle. Heute waren so viele Leute hier, wie niemals zuvor. Alle schauten zu ihr, als sie den Saal betrat. Sie bemühte sich, um ein fröhliches Lächeln und hoffte, man würde ihr ihre Müdigkeit nicht zu sehr ansehen. Sie ging zu ihrem Platz und setzte sich neben Loki.

„Guten Morgen, meine zukünftige Frau", sagte er glücklich und seine grünen Augen strahlten. Sie strahlte zurück und in diesem Moment war ihre Müdigkeit vergessen. Ihr Herz klopfte und auch die Aufregung stieg ins Unermessliche.

Er nahm ihre Hand und flüsterte ihr zu:

„Heute ist der glücklichste Tag meines Lebens. Du machst mich sehr glücklich."

Er legte ihre Hand auf seine Brust und sie merkte, wie schnell sein Herz schlug. Sie lächelte ihn an und flüsterte zurück: „Mir geht es genauso." Als sie fertig waren, gab er ihr noch ein Kuss auf den Handrücken und verabschiedete sich mit einem: „Ich warte vor dem Altar auf dich." „Ich werde da sein", lächelte sie ihn an. Dann stand er auf und verschwand in Richtung Ausgang.

Als die beiden Freundinnen wieder in Gwenys Gemach kamen, hielt Serina ihr ein Brief entgegen. „Von wem ist der?", fragte sie verwundert. „Das kann ich leider auch nicht genau sagen, er wurde von einem Boten gebracht." Gweny nahm den Brief entgegen und öffnete ihn.

Arida die hinter ihr stand, schaute ihr über die Schulter. „Von wem ist der?", fragte sie neugierig. Gweny zog eine Karte aus dem Umschlag.

Meine liebste Gwenyfer,

nun stehst du kurz vor deiner Vermählung mit meinem Bruder. Ich wünschte, es wäre unsere. Die letzten Wochen mit dir haben mir gezeigt, was für ein wundervoller Mensch du bist. Und ich muss dir sagen, bevor es zu spät ist, dass ich mich in dich verliebt habe.

Ich weiß, dies ist kein guter Zeitpunkt, aber wenn ich es dir jetzt nicht sage, könnte ich mir nie verzeihen, nicht alles versucht zu haben, um dich doch noch für mich zu gewinnen.

In unendlicher Liebe, dein Thor

P.S. Anbei ein kleines Hochzeitsgeschenk von mir für dich. Damit du unsere Heimat immer nah an deinem Herzen trägst.

Sie sah in den Umschlag und zog eine feingliedrige Goldkette heraus. Sie fühlte sich leicht an. Sie strich mit ihren Fingern vorsichtig den feinen runden Rahmen entlang. In seiner Mitte war Yggdrasil gefertigt worden. Sie musste lächeln und schaute zu Arida, die gerade mit dem Lesen der Karte fertig war. „Oh", sie verzog das Gesicht, „wie romantisch und genau der richtige Zeitpunkt", sagte sie ironisch und grinste gequält. „Kannst du sie mir anlegen?", fragte sie jetzt und Arida war etwas erstaunt. „Willst du sie wirklich zu deiner Vermählung mit Loki tragen?" „Ja", sagte sie bestimmt und verbarg in sich das Gefühl, auch mehr für Thor zu empfinden als nur reine Freundschaft.

Sie hatte es in den letzten Wochen immer wieder verdrängt, aber nach diesem Brief wusste sie, dass es ihr ähnlich ging wie ihm. Doch sie liebte auch Loki, weshalb sie die Hochzeit mit ihm niemals absagen würde.

Die restliche Zeit bis sie abgeholt wurde, verbrachte Gweny mit Arida in ihrem Gemach, wo sie sich für die Hochzeit zurecht machten.

Gweny hatte ein wunderschönes filigranes gearbeitetes hellgrünes Brautkleid ausgesucht. Das Kleid war enganliegend und mit hellen Smaragden besetzt. Es bestand zum größten Teil aus Spitzen und Seide. Ihre Haare wurden zu einem langen Zopf geflochten und mit kleinen weißen Rosen und einem durchsichtigen hellgrünen Schleier verziert. Als sie fertig war, stand sie auf und ging zu ihrem großen Spiegel. Sie drehte sich um sich selbst, damit sie sich aus allen Blickwinkeln betrachten konnte. „Wie sehe ich aus?" fragte sie Arida, die von hinten an sie herantrat

„Wie die wunderschönste Braut, die ich je gesehen habe", gab Arida überwältigt zurück. Gweny drehte sich zu ihr um. „Danke, dass du genau jetzt an meiner Seite bist!" Just in diesem Moment läutete es, welches das Zeichen war. sich zur Kutsche zu begeben, die sie zum Thingplatz fuhr. Gweny sah ihrer Freundin ein letztes Mal in die Augen und lächelte sie dankbar an.

19

Als sie zum Schlossportal hinaustraten, dämmerte es schon in der Ferne. Unten an der Treppe stand eine wunderschöne offene Kutsche. Sie wurde von 6 Schimmeln gezogen und war mit vielen weißen Rosen und immergrün Zweigen geschmückt. Unten an der Kutsche half ein Diener ihr beim Einsteigen.

Auf dem Weg zum Thingplatz warteten viele Asen am Rand der Straße, um die künftige Braut zu sehen. Sie jubelten ihr zu und Gweny winkte gerührt zurück. Die Fahrt dauerte etwas, weil der Thingplatz vor den Stadtmauern gebaut worden war.

Als sie das oberste Podest des Thingplatzes erreichten, stiegen sie aus. Arida drehte sich zu Gweny um und teilte ihr mit: „Ich muss jetzt meinen Platz einnehmen." Sie küsste sie auf die Wange und eilte davon. Gweny sah sich um. Sie war schon einige Male, während ihrer Ausritte mit Thor, hier entlang geritten. Und jedes Mal musste sie an ein menschliches Freilichttheater denken. Der Thingplatz war abfallend gebaut und rechts und links neben dem Mittelgang gab es Sitzplätze. Diese waren auf einzelnen Podesten errichtet, sodass Gweny, wenn sie zum Hauptplatz hinunterwollte, eine lange Treppe hinab schreiten musste.

Der Hauptplatz war kreisförmig angelegt und mit großen Steinen umrandet. Der gesamte Thingplatz war mit Fackeln beleuchtet. Von jetzigen ihrer Position aus konnte sie den Hauptplatz noch nicht sehen.

Aber gleich würde es losgehen und sie würde für alle sichtbar an der obersten Treppenstufe erscheinen. Sie war aufgeregt und ihr Herz schlug ihr bis zum Hals. Sie schaute sich suchend nach dem Soldaten um, der ein Zeichen für sie geben sollte.

Plötzlich erschien jemand hinter ihr und legte seine Hand auf ihre Schulter. Sie drehte sich erschreckt um. Als sie den Mann erkannte, hatte sie Tränen in den Augen. „Vater", sagte sie mit zitternder Stimme. „Wir sehr ich mich freue, dass ihr hier seid." „Ich kann doch, mein kleines Mädchen, nicht allein die lange Treppe hinunter gehen lassen. Nun, meine Liebe, dies wird dein letzter Gang, bevor du eine verheiratete Frau bist. Ich bin sehr stolz auf dich." Er gab ihr ein Kuss auf die Stirn und schaute ihr ein letztes Mal tief in die Augen. Gweny war unendlich glücklich, dass ihr Vater bei diesem Gang an ihrer Seite war. Ihr Vater drehte sich zu dem Soldaten um, dieser nickte ihm zu. „Es ist so weit", sagte er und nahm ihren Arm unter seinen.

Gweny blickte zu ihm und lächelte ihn glücklich an. Dann setzen sie sich bis zum Rand des ersten Podestes in Bewegung.

Dort blieben sie ein Moment stehen. In der Ferne fing ein Chor an, eine alte Vermählungsmelodie anzustimmen. Es klang wie der Gesang von Engeln und gab ihr das Gefühl, als würde sich so ihr Glück in einem Lied verewigen.

Sie sah nach unten auf die Sitzplätze und war beeindruckt von der Vielzahl der Geschöpfe, die sich an diesem besonderen Tag hier eingefunden hatten. Plötzlich wurde es still und alle Augen richteten sich auf sie und ihren Vater. Ihr Puls raste und eine wärmende Röte stieg in ihr auf.

Ihr Blick blieb aber auf den Hauptplatz gerichtet. Dort stand der Mann, den sie liebte und mit dem sie ihr ganzes restliches Leben verbringen wollte. Als sich ihre Blicke trafen, musste sie lächeln. Jetzt setzten sie sich in Bewegung und sie schritten langsam die Podeste in seine Richtung hinunter. Sie konnte sehen, dass auch der Hauptplatz mit vielen weißen Rosen bedeckt war. Es sah wunderschön aus. An den Reihen, an denen sie vorbeikamen, erklang ein bewunderndes Raunen. Als sie nach ewigen Momenten, endlich auf dem Platz vor dem Hochaltar angekommen waren, drehte sie sich ein letztes Mal zu ihrem Vater um.

Diesem standen die Tränen in den Augen und er sagte: „Ich liebe dich sehr, mein Kind, vergiss das nie", er gab ihr einen letzten Kuss auf die Stirn und übergab sie mit Kopfnicken ihrem zukünftigen Ehemann und begab sich dann zu seinem Platz in der ersten Reihe.

Gweny hatte noch ein kleines Stück bis zum Altar vor sich. Sie drehte sich wieder um und schaute zu Loki, der unverkennbar sehnsüchtig auf sie wartete. Als sie bei ihm ankam, reichte er ihr die Hand, damit sie gemeinsam vor den Altar treten konnten. In diesem Moment hörte der Chor auf zu singen und auch die Menge wurde absolut still.

Gweny sah zum Altar und vor Schreck hielt sie kurz die Luft an. Denn vor ihnen stand die Zauberkundige aus dem Goldschmiedeviertel. Sie schenkte Gweny ein gütiges Lächeln und drückte leicht ihre Hand.

Wir tun einfach so, als würden wir uns nicht kennen, schoss es plötzlich durch ihren Kopf. Die Alte grinste und Gweny lächelte etwas verwirrt zurück.

Die Zauberkundige legte ihre Hand um ihren eigenen Hals und für ein Moment, meinte Gweny gesehen zu haben, dass es an der berührten Stelle leicht glimmt. Als sie nun begann, zu der Menge zu sprechen, war ihre Stimme viel lauter als zuvor.

„Meine lieben Gäste", sagte sie mit einer melodischen Stimme. „Wir freuen uns, euch alle hier an diesem wunderschönen Abend begrüßen zu dürfen." Nun wand sie sich an das Hochzeitspaar.

„Gwenyfer von Midgard und Loki von Jötunheim." Sie sah den beiden gütig in die Augen. „Das größte Glück in der Liebe besteht darin Vertrauen und Aufrichtigkeit in einem anderen Herzen zu finden", sie machte eine kurze Pause. „Weiterhin beruht eine gute Ehe auf dem Talent der Freundschaft. Ich wünsche euch noch viel Zeit für eure junge Liebe und das sie stetig wachsen möge. Denn Liebe ist das Einzige, was wächst, wenn wir es verschwenden!"

Nun drehte sie sich zum Altar um und fing an, das Lied für das Hochzeitsritual zu singen. Die Gesamtheit der Gäste stimmte mit ein und wünschte damit dem Paar alles Gute für ihren weiteren Weg.

Als sie sich wieder umdrehte, nahm sie eine Hand von Gweny und eine Hand von Loki. Sie legt sie zwischen ihre Hände und stellte so eine magische Verbindung zwischen ihnen her. Die drei schlossen die Augen, um den magischen Geist ihrer Ahnen, durch sich fließen zu lassen.

In Gwenys Kopf klang wieder die Stimme der Alten und sie sagte: „Ja, es ist wahr, meine beiden Lieben, ich sehe, dass es eine schicksalhafte, magische Vereinigung zwischen euch gab. Und deshalb kann ich euch eine wahrhaft glorreiche Zeit zu dritt voraussagen."

Gweny und Loki öffneten wieder die Augen und sahen sich ein Moment verwirrt an. Ein Augenblick später, ließ die Alte die Hände der beiden los und sprach wieder mit normaler Stimme zu ihnen und den Gästen: „Schicksal ist, wenn du etwas findest, was du nie gesucht hast und feststellst, dass du nicht mehr ohne es leben kannst."

Gweny die immer noch seine Hand hielt, versuchte ihm eine Nachricht zukommen zu lassen. Aber, weil sie so aufgeregt war, funktionierte es nicht. Als sie wieder zurück zur Alten sahen, grinste diese breit und sagte in einer Lautstärke, die nur für die beiden bestimmt war: „Für solche Fragen, ist später noch Zeit."

Nun drehte sich die Zauberkundige zu den beiden Trauzeugen um und bat um die Ringe. Thor und Gwenys Vater gaben ihren jeweiligen Gefährten, die Ringe in die Hand.

„Loki Laufeyson von Jötunheim bist du breit die hier anwesende Gwenyfer zu Ehren und zu Lieben in guten wie in schlechten Tagen und ihr dein gesamtes Vertrauen zu schenken für eure gemeinsame Zukunft?" Loki sah ihr tief in die Augen und antwortet: „Ja, das werde ich dir geloben!" Nun wand sie sich zu ihr:

„Gwenyfer von Midgard, bist du bereit den hier anwesenden Loki zu Ehren und zu Lieben in guten wie in schlechten Tagen und ihm dein gesamtes Vertrauen zu schenken für eure gemeinsame Zukunft." Gweny sah auch ihm tief in die Augen und antwortet sogleich: „Ja, das werde ich dir geloben!"

„Nun" sagte die Alte: „was das Schicksal und die Liebe zusammengeführt hat, darf nicht mehr getrennt werden. Ich erkläre euch hiermit zu verbundenen Eheleuten. Ihr dürft die Braut nun küssen", sagte sie mit einem schelmischen Grinsen. Loki trat ein Schritt näher auf Gweny zu und nahm ihren Kopf in seine Hände. „Ich liebe dich", sagte er mit seiner sanften Stimme, die sie so sehr liebte und küsste sie.

Die Menge begann zu jubeln. Nachdem Kuss drehten sie sich zur Menge um und machten sich langsam auf den Weg zu ihrer Kutsche.

Auf dem Weg winkten sie der immer noch jubelnden Menge zu. Gwenys Vater und Thor folgten ihnen. Als sie bei der Kutsche ankamen, hielt es ihr Vater nicht mehr länger aus und zog Gweny in seine Arme. „Herzlichen Glückwunsch", sagte er glücklich. „Ich wünsche euch alles Gute." Gweny lächelte ihn an und zusammen stiegen sie in die Kutsche.

Auch Thor gratulierte Loki, auch wenn dieser Gruß kälter ausfiel, als es Loki zugestanden hätte. Aber auch sie stiegen in die Kutsche und fuhren zurück zum Schloss, wo eine große Feier auf sie wartete. Sie fuhren ein etwas größeren Bogen durch die Straße von Asgard und winkten den vielen Schaulustigen zu, die sich versammelt hatten, um das junge Paar zu bejubeln.

20

Als sie am Schloss ankamen, half Loki seiner Braut aus der Kutsche und legte seinen Arm um ihre Taille. „Wie gerne würde ich jetzt mit dir allein in unserer Sitzecke sein", flüsterte er ihr zu und Gweny musste kichern.

Thor, der seit dem Ende der Trauung kaum mehr ein Wort gesprochen hatte, kostete es, alle Mühe seine Eifersucht im Zaum zu halten. Das Einzige, was ihm dabei half, war dass sie die Kette trug, die er ihr geschenkt hatte. Er verzog verletzt sein Gesicht, als er sie kichern hörte. Ich muss mich ablenken, dachte er und lief schnell voraus in Richtung der großen Halle.

Als das Hochzeitspaar in die große Halle kamen, waren die meisten Gäste schon auf ihren Sitzplätzen. Loki und Gweny gingen zu ihrem Tisch, der in der Mitte der Halle stand. Außen herum waren die anderen Tische wie ein Kreis, um den Haupttisch in der Mitte gestellt. Als sie zu ihrem Tisch kamen, standen dort schon ihre Eltern, um ihnen zu gratulieren. Auch Arida stand dort.

Komisch, dachte Gweny bei sich, bei der Vermählung habe ich sie gar nicht gesehen. Aber vielleicht hatte sie weiter hinten gesessen. Sie nahm sich vor, sie später zu fragen.

Alle, die mit ihnen am Tisch saßen kamen um zu Gratulieren und wünschten Ihnen alles Glück für die Zukunft. Nur ihre Mutter gab ihr nur die Hand. Doch Gweny war so unendlich glücklich, dass auch dieses distanzierte Verhalten, ihr Glücksgefühl nicht schmälern konnte.

Nach einer bewegenden Rede des Königs, in der es darum ging, wie sehr er sich darüber freute, dass Gweny nun auch offiziell ein Teil der asgardischen Familie war, wurde das Essen aufgetragen. Während sie aßen, versuchte Gweny, die nach dem Brief von Thor immer noch ein schlechtes Gewissen ihm gegenüber hatte, sein Blick zu suchen. Aber er schien kein Interesse daran zu haben, sie anzuschauen. Gweny beugte sich zur Seite, um Arida etwas zuzuflüstern. „Das ist pure Eifersucht", flüsterte Arida zurück. „Was hast du erwartet nach diesem Brief?" „Ja, du hast wohl recht", meinte sie bekümmert. „Was ist los mit dir?" Arida sah sie jetzt neugierig an. „Nichts", meinte Gweny und drehte sich wieder ihrem Teller zu. In diesem Moment drehte sich Loki zu ihr um und machte ein besorgtes Gesicht. „Was ist mit dir, meine Liebste? Bereust du deine Entscheidung jetzt schon?", sagte er mit ironischer Stimme und lachte. „Nein", sagte sie etwas zu traurig. Sie versuchte, den Gedanken an Thor wieder zu verdrängen und bemühte sich, um ein glückliches Lächeln.

„So gefällst du mir am besten", sagte er liebevoll und gab ihr ein Kuss. Das weitere Essen verlief, ohne das Gweny nochmal an Thor dachte. Als alle ihre Gäste das Mahl beendet hatten, war es Zeit für ihren ersten gemeinsamen Tanz als Mann und Frau.

Als die Musik dafür anfing zu spielen, erhob sich Loki. Er drehte sich zu Gweny und reichte ihr die Hand. An der Fensterseite der Halle war eine große Fläche freigelassen worden, die als Tanzfläche dienen sollte.

Als die beiden in der Mitte ankam, drehten sie sich zueinander. Er legte sein Arm um ihre Hüfte und mit der anderen umfasste er ihre Hand. Sie fingen an, sich zu drehen. Die Menge war aufgestanden und zum Rand der Tanzfläche gekommen. Alle waren beeindruckt von dem wunderschönen Paar. Die beiden schwebten durch den Saal, als hätten sie nie etwas anderes gemacht. Gweny schaute Loki, während des Tanzes in seine strahlenden grünen Augen und war endlos glücklich. Ich habe genau die richtige Entscheidung getroffen, war sie sich sicher und legte ihren Kopf an seine Schulter.

„Ich habe noch ein Geschenk für dich", hauchte er ihr in Ohr. „Was ist es?", fragte sie gespannt. „Später", hauchte er geheimnisvoll und lächelte verschmitzt. „Gib mir doch wenigstens ein Tipp", versuchte sie ihn aus der Reserve zu locken. Aber er lächelte nur. Den restlichen Tanz schwiegen sie und genossen den Augenblick.

Beim nächsten Lied gesellten sich auch andere Paare zu ihnen auf die Tanzfläche. Nun kam der König und beanspruchte seine Tanz Zeit mit seiner neuen Schwiegertochter. Auch er war ein guter Tänzer, aber nicht so elegant wie Loki, war Gweny in ihre Gedanken vertieft. Nach dem Tanz mit dem König kam Loki wieder zu ihr. Sie schaute sich verstohlen um, sie hatte gehofft, dass auch Thor mit ihr tanzen würde, um nochmal mit ihm sprechen zu können, aber sie konnte ihn nirgends entdecken.

Sie mochte das Tanzen und sah im Augenwinkel, dass auch ihre Freundin Arida sich einen Tanzpartner gesucht hatte. Dann kann ich noch weiter tanzen, dachte sie glücklich. Nach einer ganzen Weile war ihr von dem vielen Tanzen warm geworden. „Ich geh mal kurz raus an die frische Luft", sagte sie zu Loki.

„Soll ich mitkommen?", fragte er etwas enttäuscht, weil er wirklich Spaß am Tanzen gefunden hatte. „Nein," antwortete sie und lächelte ihn an. „Tanz du ruhig weiter".

Sie drehte sich in Richtung Terrasse und ging hinaus. Sie blickte nach oben und sah, dass die Sterne hell über ihr strahlten. Draußen wehte ihr ein frischer Wind um die Schultern. Sie fröstelte leicht, ging aber weiter bis zum Geländer. Sie schaute in den Himmel und bewunderte den riesigen Mond, der sich wie eine große, gelbe Scheibe zeigte.

Dann glitt ihr Blick in den Garten, es waren überall Fackeln aufgestellt worden, die ihn in ein sanftes Licht tauchten. Es sah romantisch aus, dachte sie beeindruckt, vielleicht hätte ich Loki doch bitten sollen mit mir herauszukommen.

Just in diesem Moment hörte sie ein Räuspern hinter sich. Sie drehte sich um, konnte aber in der Dunkelheit niemanden ausmachen. „Gweny?", hörte sie jemanden schmerzlich ihren Namen rufen. Sie ging ein paar Schritte näher in die Richtung, aus der die Stimme kam. Sie konnte im Fackellicht, nur die Umrisse von jemanden erkennen.

Als sie weiter schritt, gewöhnten sich ihre Augen langsam an die Dunkelheit und sie sah einen Mann auf einem Stuhl in der Ecke sitzen. „Komm bitte zu mir, meine Schöne", sagte er mit seiner tiefen, tränenerstickten Stimme. „Ich habe versucht dich zu vergessen", gestand er ihr. „Vor allem meinem Bruder zuliebe", er machte eine kurze Pause. „Aber es gelingt mir nicht." Nach diesen Worten wusste sie wer der Mann war, der dort saß. Sie ging zu ihm hin und setzte sich neben ihn. Nun konnte sie sehen, dass ihm die Tränen in den Augen standen.

„Warum hast du ihn gewählt? Warum nicht mich. Ich habe mich so bemüht in den letzten Wochen", er wischte sich mit der Hand über die Augen.

„Habe ich nicht alles für dich getan?", er sah sie auffordernd an. Als sie nicht antwortete, fuhr er fort: „Du trägst meine Kette! Warum?"

Sie sah auf den Boden und auch ihr standen Tränen in den Augen. Es war nicht ihre Absicht gewesen ihn so zu verletzten. „Es tut mir leid", sagte sie, während sie noch auf den Boden starrte. Als sie den Kopf wieder hob, weil er nichts sagte, war sein Gesicht plötzlich ganz nah an ihrem. Er strich ihr eine Haarsträhne zurück und Gweny merkte, wie das in ihr unterdrückte Verlangen nach ihm, zu lodern begann.

Er legte seine Hand an ihre Wange und strich diese bis zu ihrem Hals entlang. Sie schloss die Augen und genoss seine Berührungen. Er wanderte mit seiner Hand weiter, ihre Schulter entlang und den Arm herunter. Er nahm ihre

Hand und liebkoste sie mit Küssen. Er zog ihren Körper weiter zu seinem heran.

Gweny öffnete die Augen und sah ihn mit einer Mischung aus Verlangen und Protest an. „Das sollten wir nicht tun", gab sie noch zu bedenken, aber in diesem Moment berührten sich schon ihre Lippen. Und Gweny konnte das Verlangen ihn zu spüren nicht länger zurückhalten. Sie vergrub ihre Hände in seinen Haaren und wollte immer mehr. Sie küssten sich immer leidenschaftlicher. Sie fuhr mit ihren Fingern über seine Rüstung und konnte die Muskeln darunter deutlich spüren. Ihr Herz klopfte immer wilder.

Doch plötzlich hörten sie die Terrassentür und Loki, der ihren Namen rief. Sie fuhren erschreckt auseinander. Sie brauchten einen Moment, um sich zu sammeln. Sie sahen, wie Loki zur Brüstung ging und nochmal ihren Namen rief, dieses Mal etwas sorgenvoller.

Sie stand auf und warf Thor einen letzten Blick zu. Er sah genauso überrumpelt von der Situation aus wie ich, dachte sie noch, aber jetzt muss ich mich zusammenreißen. Sie strich ihr Kleid glatt und trat ins Licht, um sich Loki zu zeigen, noch immer ganz überwältigt von dem Kuss mit Thor.

Sie ging in seine Richtung und sagte mit lieblicher Stimme: „Hier bin ich." Er drehte sich um und lächelte erleichtert. Nach einem kurzen Moment aber wurde er misstrauisch. „Was hast du in der dunklen Ecke gemacht?" Er spähte in die Dunkelheit, konnte aber anscheinend niemanden entdecken, denn er schaute sie wieder an und wartet auf ihre Antwort. „Dort stehen Stühle, ich habe mich nur etwas ausgeruht", sagte sie und nahm seine Hand, um ihn in die andere Richtung zu bugsieren. Er schien ihre Ausrede zu glauben und ging mit ihr wieder zurück in die Halle.

„Wollen wir nochmal auf die Tanzfläche?", fragte Loki sie. „Nein, ich bin müde" sagte sie. „Ich würde mich gern etwas ausruhen, aber du kannst ja gerne noch etwas tanzen gehen." Sie lächelte ihn an und gab ihm einen Kuss. Auf dem Weg zurück zu ihrem Tisch hielt sie nach Arida Ausschau. Sie tanzte immer noch mit demselben Partner wie vorhin. Sie setzte sich und war froh, dass der Tisch gerade leer war und sie sich ihren Gedanken hingeben konnte.

Sie musste erst einmal realisieren, wie das gerade passieren konnte. Sie sah auf die Tanzfläche und sah Loki dort ausgelassen tanzen. Sie bekam ein schlechtes Gewissen und schwor sich, dass so etwas nie mehr vorkommen durfte.

Gerade, als sie wieder aufstehen und zu ihm gehen wollte, umfasste jemand ihre Hand und drehte sie herum. Es war Thor. Gweny sah ihn und verzog das Gesicht zu einem genervten Ausdruck.

„Das war ein Fehler", blaffte sie ihn an: „so etwas darf nicht passieren." Trotz ihrer kratzbürstigen Ansprache lächelte er: „Aber es ist ja schon passiert", sagte er mit seinem selbstverliebten Grinsen, dass sie nicht ausstehen konnte. Sie wollte sich von ihm wegdrehen, aber er hielt sie fest. „Ihr wollt doch eurem Schwager nicht, die ihm versprochene Tanz Zeit verwehren?", sagte er rhetorisch. Da es zur guten Sitte gehörte, mindestens einmal mit allen neuen männlichen, engeren Verwandten zu tanzen, blieb ihr keine Wahl.

„Dann lasst es uns hinter uns bringen", sagte sie, immer noch ziemlich giftig und ließ sich von ihm zur Tanzfläche führen. Er nahm sie an der Hand und umfasste fest ihre Taille. Ihr Kopf protestierte, aber ihr Körper genoss seine Berührungen umso mehr. Ihr Verstand wusste, dass der Kuss ein Ausrutscher gewesen war und auf keinen Fall wiederholt werden durfte, aber ihr Körper schmolz bei jedem seiner Berührungen dahin und wollte nichts mehr, als nochmal von ihm geküsst zu werden.

Sie glitten über die Tanzfläche und bei ihrem inneren Konflikt vergaß sie ganz und gar ihn weiter böse anzublitzen. Sie war froh, als der Tanz zu Ende war und sie sich ihm wieder entziehen konnte.

Sie ging zurück zu ihrem Tisch, an dem sie Loki vorfand. „Und wer von uns beiden tanzt besser?", fragte er sie grinsend. Sie grinste zurück und antwortete: „Euer Vater" „Ey", er tat gespielt beleidigt, musste dann aber auch lachen. „Das Tanzen hat mich ganz schön müde gemacht", sagte er und lächelte verschmitzt. Sie musste auch lächeln und war auch ein bisschen aufgeregt der Dinge die, als Nächstes kommen würden. Sie schaute zum Mond, um ungefähr die Uhrzeit abzuschätzen. „Ein bisschen müsst ihr noch warten, mein Gemahl", sie grinste verführerisch und setzte sich auf seinen Schoß. „Ich weiß", er seufzte und umschlang sie mit seinen Armen. Es war Brauch, dass das neu vermählte Paar um Mitternacht ihre Hochzeitsfeier verließ und sich in die Schlafgemächer zurückzog, um die Vermählung vollends zu besiegeln.

Um ihre Aufregung ein bisschen zu befriedigen, winkte sie einen Diener heran, um noch etwas Wein zu bekommen. Sie unterhielt sich mit Loki über ihre bevorstehende Reise und freute sich glühend darauf, etwas Neues zu sehen.

Auf ihrer Hochzeitsreise würden sie sich Teile von Midgard und Jötunheim anschauen. Sie erzählte ihm von ihrer Heimat und er erzählte ihr von seiner Heimat, wo er aber noch nicht besonders oft gewesen war. Sie freuten sich beide schon, auf eine gemeinsame Zeit außerhalb des Schlosses und konnten die morgige Abreise kaum erwarten.

Arida kam zu ihnen an den Tisch. Sie war noch völlig außer Atem von der Tanzerei und musste erstmal einen kräftigen Schluck von dem Wein trinken, bevor sie ihnen von ihrem Tanzpartner vorschwärmen konnte.

„Er kommt auch aus Asgard", sagte sie. Und er heißt Ole. Ich habe ihm gesagt, ich bräuchte erstmal eine Pause", sie lachte.

„Er meinte, ich dürfe eine machen, aber nur wenn ich mit niemanden sonst tanze."

„Das hört sich ja an, als hättest du ihm den Kopf verdreht." Gweny lachte und freute sich für ihre Freundin. Nach einer Weile kam sie zu Gweny und flüsterte ihr zu: „Guck nach draußen, es ist bald so weit", sie grinste. „Bis morgen", sagte sie noch, bevor sie wieder aufstand, um nach ihrem neuen Verehrer zu suchen. Kurze Zeit später hörte sie vom Glockenturm her ein dumpfes Geräusch erklingen.

Gweny zählte mit zehn, elf, zwölf. Als es endete, schaute sie erwartungsvoll zu Loki. Er lächelte sie an und stand auf. „Es ist so weit", sagte er und schaute sich suchend nach seinem Vater um, der sie feierlich von dem Fest freigab. Dieser kam schon auf sie zu. Nach einer kurzen Rede an alle Gäste machten sie sich in Richtung ihrer Gemächer auf.

Dem Brauch nach führte Loki sie in seins, bevor sie nach ihrer Hochzeitsreise ein gemeinsames beziehen sollten. Als sie vor der Tür standen, drehte er sich zu ihr um: „Du musst deine Augen schließen." Sie tat, wie ihr geheißen und ließ sich von ihm nach innen führen. Er ließ sie kurz hinter der Tür stehen und meinte er wäre gleich zurück, sie müsse aber ihre Augen geschlossen halten.

Ich war noch nie hier, überlegte sie und war gespannt, wie es wohl aussehen würde. Sie hörte ein Feuer im Kamin prasseln und konnte eine leichte Note von Rosen und Kerzenwachs wahrnehmen. Es war hier angenehm warm und sie konnte, durch ihre geschlossenen Augen die wenigen Lichtverhältnisse erahnen. Nun hörte sie seine Schritte, die geschwind durch den Raum eilten. Nach einem weiteren Moment kamen die Schritte wieder auf sie zu. Er nahm ihre Hand und stellte sich neben sie.

„Jetzt kannst du deine Augen öffnen", flüsterte er mit einer nervösen Spannung in der Stimme. Sie öffnete langsam die Augen und war sprachlos.

Überall in seinem Zimmer waren brennende Kerzen aufgestellt und auf dem Bett waren weiße Rosenblätter verteilt. Sein Zimmer war viel größer als ihres. In der Mitte des Raumes stand ein großes Bett und das große Fenster war mit grünen Samtvorhängen verschlossen. Als sie sich weiter umsah, konnte sie keinen zweiten Raum, so wie in ihrem Gemach, entdecken. Stattdessen gab es an der linken Seite einen großen Kamin und davor stand eine kleine Sitzgruppe. Daneben standen noch mehrere Bücherregale an der Wand.

Auf der rechten Seite standen ein Schreibtisch und noch weitere Bücherregale. Nebendran war eine Tür, die wahrscheinlich zu einem gekachelten Raum führte. Wo wohl seine Zugangstür zum Geheimraum lag, kam ihr gerade der Gedanke, als er sie fragte: „Gefällt dir mein Gemach?", so dicht an ihrem Ohr, dass es kitzelte. Sie drehte ihren Kopf, lächelte ihn an und gab ihm als Antwort einen Kuss.

„Möchtest du etwas trinken?", fragte er sie und führte sie in Richtung der Sitzecke. Auf dem Tisch standen schon ein Krug und zwei Becher bereit.

Als sie nickte, schenkte er ihr einen Becher voll und gab ihn ihr. „Ich habe noch ein Geschenk für dich", sagte er etwas unsicher, während sie sich setzten, und nahm eine kleine Schachtel vom Tisch.

Nachdem sie noch einen Schluck von ihrem Wein getrunken hatte, stellte sie den Becher auf den Tisch und schaute gespannt zu ihm. Er öffnete die Schachtel vorsichtig und drehte sie zu ihr, damit sie hineinschauen konnte. Es lag eine goldene Kette mit einem grünen Anhänger darin.

Sie nahm ihn in die Hand und betrachtete ihn vorsichtig. „Der Smaragd ist aus meiner Heimat Jötunheim. Er hat eine besondere Färbung, die es so, nur dort zu finden gibt. Ich hoffe er gefällt dir?" „Er ist wunderschön", sagte sie gerührt und ließ ihn durch ihre Finger gleiten.

Sie schaute Loki an. Er sieht so glücklich aus, dachte sie und bekam ein schlechtes Gewissen. „Was hast du?", fragte er besorgt. „Gefällt sie dir nicht?" Seine Augen bekam einen unsicheren Glanz. „Doch", sagte sie schnell. Sie wollte in keinen Fall, dass es ihm wegen ihr schlecht ging. Sie liebte ihn sehr und das war das Einzige, was zählte, versuchte sie ihr Gewissen zu beruhigen. Sie legte die Kette zurück in die Schachtel und setzte sich näher zu ihm.

Sie legte ihren Kopf an seine Brust und genoss seinen Geruch, der ihr in die Nase stieg. Er strich mit seiner Hand sanft über ihre Wange. Er hob ihren Kopf so, dass sie ihm in die Augen schauen musste. „Du bist wunderschön", flüsterte er, während er begann die Konturen ihres Gesichtes mit seinem Finger nachzuzeichnen. Gweny lächelte und schmolz unter seine Berührungen.

Sie war bereit, für das, was jetzt passieren würde und ließ sich von seiner Hand leiten. Er strich sanft über ihr Haar und es wurde augenblicklich schwarz. Es erregte ihn, wenn sie so mit ihm spielte. Er fuhr mit seiner Hand langsam ihren Hals hinab, bis er zu ihren Schultern kam. Er schob ihre Träger so weit herunter, bis sie nur noch lose über ihren Armen hingen. Sie genoss seine Berührungen und in ihr tobte das Verlangen ihn noch intensiver zu spüren. Sie schloss die Augen und er öffnete langsam den Reißverschluss ihres Kleides, sodass es weiter herunterrutschen konnte. Er ertastete vorsichtig mit seinen Händen ihre Brüste. Auch sein Verlangen nach ihr, machte sich in seinem Schritt bemerkbar und es fühlte sich an, als ob es explodieren würde, wenn sie ihn nicht bald erlösen würde. Sie öffnete wieder ihre Augen, um ihn anzusehen.

Er aber hatte die Augen geschlossen und sie musste lächeln. Das Glücksgefühl in ihr wurde immer größer. Mit ihrer Hand berührte sie vorsichtig sein Gesicht. Er öffnete die Augen und nahm ihre Hand, um sie zum Bett zu führen.

Während sie aufstand, rutsche ihr das Kleid ganz herunter, sodass sie einfach heraustreten konnte. Sie gingen hinüber und blieben vor dem Bett stehen. Sie half ihm vorsichtig seine Lederrüstung abzustreifen, dann strich sie mit den Fingerspitzen über seine nackte Brust. Seine Muskeln strafften sich, unter ihren Berührungen. Sein muskulöser Oberkörper, verfehlte seine aufreizende Wirkung nicht und es entfuhr ihr ein erregtes Seufzen. Das spornte ihn dazu an, sie sanft aufs Bett zu werfen. Sie musste lachen und räkelte sich aufreizend vor ihm hin und her. Seine Begierde, ihren nackten Körper auf seinem zu spüren, machte ihn fast verrückt. Er legte sich neben sie und fing an ihren Busen mit seinem Mund zu liebkosen. Erst vorsichtig, dann immer drängender. Sie antwortete darauf mit einem erregten Stöhnen. Er suchte mit seinem Mund nach ihrem und legte sich vorsichtig auf sie. Sie öffnete ihr Schenkel, um ihn zu symbolisieren, dass sie bereit war. Sie hatte etwas Angst vor diesem ersten Mal und zitterte leicht vor Aufregung. „Ist alles in Ordnung?", fragte er sie und als sie nickte, glitt er langsam in sie hinein. Sie merkte ein leichtes Ziehen, aber es war auszuhalten. Er bewegte sich langsam und vorsichtig auf und ab. Ihr Herz begann schneller zu schlagen und sie wollte, dass er sich schneller bewegte. Ihre Genitalien pulsierten so, als ob sie ihn antreiben wollten. Er war am Anfang noch vorsichtig, weil er ihr nicht wehtun wollte. Aber als sie während ihres erregten Stöhnens „Schneller" hauchte, bewegte er sich immer schneller in ihr. Das Brennen in seinem Inneren, war kurz vor dem Explodieren. Sie reagierte darauf, mit immer lauterem Stöhnen. Er küsste sie mit voller Leidenschaft und ihre Höhepunkte, waren nicht mehr weit. Mit einem letzten, synchronen Stöhnen sackte er auf ihr zusammen und rollte sich zur Seite. Sie waren beide atemlos und genossen das nachhaltige Gefühl der Erleichterung. Nach einem kurzen Moment der Erholung rollte sie sich auf die Seite und legte ihren Kopf auf seine Brust. Er spürte ihren nackten Körper, der sich um seinen wickelte und beide schliefen glücklich ein.

21

Nach ihrer Hochzeitsnacht machte sich das Ehepaar am nächsten Vormittag auf, um ihre erste gemeinsame Reise anzutreten.

Nach dem Frühstück wollte sich Gweny noch von Sianca verabschieden und ein letztes Mal mit ihr ausreiten. Als sie zu ihrer Box kam, wartete dort schon Thor. „Ich hatte gehofft, dass du heute nochmal herkommst", sagte er erwartungsvoll. Sie hatte seit letzter Nacht kein Gedanken mehr an ihn verloren, aber jetzt, wo sie ihn sah, flammte das unterdrückte Gefühl des Verlangens wieder in ihr auf. Sie zügelte sich selbst und verdrängte dieses Gefühl, wie schon so viele Mal zuvor.

„Ja", sagte sie nur und versuchte, so belanglos wie möglich zu klingen. Sie fing an Sianca aus der Box zu führen und sie zu satteln. Gweny ärgerte sich, dass sie nicht Arida gefragt hatte, ob sie sie begleiten möchte.

„Ich wollte mich entschuldigen", er trat dicht neben sie. Sie spürte seine Wärme und ihr Herz begann schneller zu schlagen, als es sollte.

„Ich hatte zu viel getrunken und meine Gefühle sind mit mir durchgegangen." „In Ordnung", sagte sie nur und beeilte sich, auf die andere Seite zu gehen, um Distanz zwischen sich zu bekommen. Er schaute sie über das Pferd hinweg an: „Willst du ausreiten? Wir könnten zusammen…", weiter kam er nicht. „Nein", rief sie etwas zu laut: „Ich wollte heute nur eine Runde auf den Reitplatz." „Ok" sagte er mit trauriger Stimme: „dann wünsche ich dir eine schöne Reise."

Er drehte sich um und verschwand in Richtung Schloss. Gweny sah ihm nach, sie wollte nicht so hart klingen, aber es war besser so, versuchte sie sich selbst zu beruhigen. Als sie wieder in ihre Gemächer kam, hoffte sie, Arida dort zu finden, aber sie war wie vom Erdboden verschluckt. Das machte Gweny traurig. Sie hätte sie gerne noch vor der Abfahrt gesehen. Aber sie musste sich nun beeilen, bald sollte ihre Kutsche abfahren.

Als sie in der Eingangshalle stand, um auf ihren Mann zu warten, hörte sie schnelle Schritte hinter sich. Sie drehte sich um und sah Arida auf sich zukommen. Sie blieb atemlos vor ihr stehen. „Du hast es doch noch geschafft", sagte sie glücklich und umarmte sie. „Ja, es tut mir leid", sagte sie immer noch atemlos. „Ole und ich haben uns noch so lange unterhalten und dann habe ich heute Morgen verschlafen. Ich bin so froh, dich noch getroffen zu haben." Gweny lachte: „Ihr scheint euch ja gut verstanden zu haben." „Ja", gab Arida zu und musste lächeln. „Bist du noch hier, wenn ich wiederkomme?", fragte Gweny sie voller Hoffnung. Arida hatte Tränen in den Augen, nickte aber und umarmte Gweny nochmal. Auch Gweny stiegen Tränen in die Augen, bei dem Gedanken ihre Freundin jetzt einige Wochen nicht mehr sehen zu können. Just in diesem Moment trat Loki an ihre Seite.

„Es wird Zeit, meine Liebe", sagte er mitfühlend. „Ich warte an der Kutsche auf dich." Er warf Arida noch einen freundschaftlichen Abschiedsblick zu und ging hinaus. Gweny umarmte sie ein letztes Mal und ging ebenfalls zur Kutsche. Sie warf ihrer Freundin noch ein letzter Blick zu, bevor die Tür hinter ihr geschlossen wurde. Als sie saßen, schaute sie Loki traurig an: „Ich werde sie vermissen" „Ich weiß, Liebling". Er nahm ihre Hand, um ihr Trost zu spenden. Dann gab er dem Kutscher das Zeichen, das es losgehen konnte. Arida die oben an der Treppe stand, winkte ihnen noch zu, bis sie hinter der Ecke verschwunden waren.

22

Nach einigen Wochen kehrten die beiden von ihrer Reise zurück.

Sie waren zuerst in Jötunheim. Dort besuchten sie die Geburtsstätte von Loki und seinen zukünftigen Palast. Sie reisten durch das Ödland mit seinen kargen Eiswüsten und den Bergen, die viel höher waren als Gweny sie sich vorgestellt hatte. Im Anschluss sind sie nach Midgard gereist.

Die Menschenwelt war, weil es dort keine Magie gab, in ihrer Technologie viel weiter vorgeschritten als die restlichen Welten.

Um nicht zu viel Aufsehen auf sich zu ziehen, verbrachten Sie viel Zeit auf dem Sommerresidenz der midgardischen Königsfamilie. Welches weit ab von jeglicher Zivilisation lag. Und durch einen magischen Zauber, von den Menschen nicht gefunden werden kann. Sie hatten eine wunderschöne Zeit gehabt und durch ihre gemeinsamen Erlebnisse, waren sie in dieser Zeit sehr zusammengewachsen und fühlten sich immens verbunden. Sodass Gweny sich sicher war, dass sie über ihre Schwäche für Thor hinweg war. Für sie gab es nur noch Loki.

Zudem hatte Gweny, dank Lokis umfangreichen Kenntnissen über die Magie und ihrer eigenen magischen Begabung, auch auf dieser Ebene viel dazugelernt und sich weiterentwickelt. Sie hatte sich fest vorgenommen, nach ihrer Ankunft in Asgard alsbald die Alte noch einmal gemeinsam mit Loki aufzusuchen.

Als sie nun wieder in Asgard ankamen, fühlte es sich für Gweny an, als würde sie nach Hause kommen. Sie freute sich auch besonders über die Asen, die ihre Kutsche erkannten und ihnen zuwinkten. „Ich bin gespannt, wie unser gemeinsames Gemach aussehen wird", sagte sie nachdenklich. „Und ich bin gespannt, wo es sein wird", setzte er voll Argwohn nach.

Sie fuhren mit der Kutsche die langgezogene Linkskurve entlang, auf der sie direkt zum Schloss kamen. Sie konnten den Palast schon vor sich sehen. Ihre Vorfreude stieg besonders, wenn sie an Arida dachte, sie hoffte so sehr, dass sie noch da war. Sie musste lächeln, wenn sie an sie dachte. Loki nahm ihre Hand und sagte: „Teilst du deine Gedanken mit mir?" Sie grinste und gab ihre Gedanken für ihn frei. „Ach, Arida schon wieder", sagte er lachend „Und ich dachte, du denkst an mich." Sie gab ihm einen Kuss.

Endlich hielt die Kutsche an, sie wartete, bis Loki ausgestiegen war, um ihr zu helfen, aus der Kutsche zu kommen.

Sie ließ ihren Blick schweifen, konnte aber niemanden entdecken. Ein wenig enttäuscht stiegen sie die Treppe zum Eingangsportal hoch. Als die große Eichentür geöffnet wurde, standen dort in der Eingangshalle alle ihre Lieben und erwarteten gespannt ihre Ankunft.

Gwenys Gesicht erhellte sich bei diesem Anblick und sie begann zu strahlen. Als Erstes lief ihr Arida entgegen und warf sich in ihre Arme. „Gweny", schluchzte sie, „du kannst dir gar nicht vorstellen, wie sehr ich dich vermisst habe." Auch Gweny war den Tränen nah. Sie konnte sich vorstellen, wie es Arida ging, ihr erging es nicht anders. „Wir müssen uns später unbedingt allein sehen", flüsterte ihr Arida zu. „Ich muss dir so viel erzählen", sie löste sich aus der Umarmung und zwinkerte ihr vielsagend zu.

Auch das Königspaar war gekommen, sie verbeugte sich tief vor ihnen und strahlte die beiden an. Die Königin kam auf sie zu und umarmte sie. „Ich hoffe ihr hattet eine schöne Reise?", sagte sie zu den beiden und nahm auch ihren Sohn in den Arm. „Es war wundervoll" erwiderte Loki glückselig und holte einen kleinen Beutel aus seinem Reisemantel.

„Das haben wir für dich mitgebracht", sagte er zu ihr und übergab ihr einen kleinen Samtbeutel. Sie öffnete ihn und zog ein Armband heraus. An diesem hingen zwei kleine Anhänger. Sie nahm das Armband in die Hand und ließ es leicht durch ihre Hände gleiten. Sie inspizierte die beiden Steine und sah ihren Sohn fragend an: „Was sind das für Anhänger?" „Wie du sicher erkannt hast, ist der grüne Anhänger aus einem Smaragd aus Jötunheim gefertigt worden und der Blaue ist aus Aquamarin von Midgard. Jedes Mal, wenn wir von einer Reise heimkehren, bekommst du einen weiteren", er lächelte sie an.

Die Königin war so gerührt, dass sie Tränen in den Augen hatte, sie umarmte ihren Sohn nochmal und hauchte ein „Danke". Loki machte es glücklich seiner Mutter Freude zu bereiten. Auch Gweny freute sich, über die glückliche Reaktion der Königin, denn sie hatte in ihr eine gute mütterliche Freundin gefunden und wollte ihr etwas zurückgeben, für die Fürsorge, die sie ihr entgegengebrachte.

Loki sah sich um. „Wo ist Thor?", fragte er in Richtung seiner Mutter. Diese zuckte mit den Schultern und sagte: „Eigentlich wusste er, wann ihr ankommt."

Er war immer noch verletzt, dachte die Königin, dass Gweny sich Loki ausgesucht hatte und nicht ihn, aber zum

Glück dauert es nicht mehr lange, bis er die ganze Wahrheit erfahren wird. Danach wird hoffentlich alles einfacher, dachte die Königin hoffnungsvoll. „Schade", meinte Loki und machte ein betrübtes Gesicht. Nun mischte sich der König ein: „Also ich freue mich auch sehr, dass ihr wieder da seid", sagte er hoheitsvoll. „Ich denke, es wird Zeit, euch euer vorläufiges Gemach zu zeigen." Er winkte einen Diener heran. „Vorläufig?", fragte Loki, er sah seine Mutter mit einem verwirrten Gesichtsausdruck an. Doch sie zuckte nur mit den Schultern und meinte: „Wir sehen uns dann später." Sie drehte sich schnell um und eilte ihrem Gatten nach, der schon vorausgegangen war. „Deine Eltern hatten es jetzt aber eilig", stellte Gweny verwundert fest. „Ja", sagte Loki grimmig. „Wahrscheinlich, um keine weiteren Fragen mehr beantworten zu müssen." „Darf ich die Hoheiten zu ihrem Gemach führen?", betitelte der herbeigerufene Diener den Wunsch des Königs.

Gweny wand sich noch schnell Arida zu und besprach mit ihr, dass sie sich nach dem Abendmahl am Stall treffen würden. Dann folgten sie dem Diener.

Das neue Gemach lag nicht allzu weit von ihrem Vorherigen entfernt. „Der König möchte, dass ich ihnen mitteile, dass sie auch ihre alten Gemächer bis auf weiteres behalten werden, deshalb sind ihre Sachen auch noch dort." Die beiden sahen sich fragend an. Er nahm ihre Hand und gab ihr telepathisch zu verstehen, wie komisch er dies alles findet und dass er den Abend damit verbringen werde herauszufinden, was hier vor sich geht. Das beruhigte sie ein wenig.

Doch trotz all der Verwirrungen, an diesem heutigen Nachmittag, war sie gespannt, wie ihr neues Gemach aussehen würde. Sie traten vor die große Tür, die der Diener zugleich öffnete. Als sie eintraten, waren sie beeindruckt. Sie standen in einem großen, hellen Raum. Er war liebevoll eingerichtet und hatte sogar eine kleine Sitzecke mit Kamin. Auf der rechten Seite gab es ein Bett. Daneben war eine Tür, denn auch hier gab es noch einen separaten gekachelten Raum mit einem Badezuber, der aber etwas größer war, als der den Gweny in ihren Gemächern hatte. „Ich lass auf jeden Fall meine Bücher herbringen", überlegte Loki laut und schaute sich um, wo der beste Platz für die Regale sein könnte. „Meinst du, du könntest noch ein bisschen Platz für mein Kleiderschrank lassen?", sagte sie amüsiert. Er drehte sich langsam um und grinste sie lausbubenhaft an: „Was hältst du von einem Bad?" „Das hört sich nach einer sehr guten Idee an." Er läutete nach einem Diener, der das Badewasser vorbereiten sollte. „Ich muss nur schnell in mein altes Gemach und Kleidung für das Abendessen aussuchen", rief sie ihm noch zu, während sie aus der Eingangstür eilte.

Es war kein weiter Weg. Ich muss unbedingt nach Serina rufen lassen, war Gweny in Gedanken vertieft und so bemerkte sie nicht, dass auf ihrem Bett eine Person saß. Sie ging, zu ihrem Kleiderschrank und war gerade darin vertieft ein schönes Kleid für den Abend herauszusuchen, als sich die Person hinter ihr räusperte. „Erschreck dich nicht, mein Kind", sagte eine alte rauchige Stimme hinter ihr. Sie schrak trotzdem zusammen. Sie konnte die Stimme nicht ganz zuordnen und drehte sich deshalb ein wenig ängstlich um. „Ich wollte dich nochmal allein sprechen, bevor du mit deinem Ehemann gemeinsam zu mir kommen willst", sagte sie, bevor Gweny sich ganz umgedreht hatte.

Bei diesen Worten entspannte sich Gweny etwas, denn nun wusste sie, wer ihr Besucher war. „Zauberkundige" sagte sie ehrfürchtig. „Es ist mir eine Ehre." „Ich habe nicht viel Zeit, deshalb musst du nun genau zuhören", sagte sie.

„Es ist wichtig, dass ihr die Prophezeiung erfüllt, davon hängt euer weiteres Leben ab. Geh in die Bibliothek und suche nach dem mächtigen Zauberer Artisnal und es ist wichtig, dass ihr drei seiner Vorhersagen erfüllt", sagte sie noch einmal eindringlich.

„Sonst werden die neun Welten verloren sein."

„Welche Prophezeiung?", wollte sie noch fragen, aber in diesem Moment, löste sich die Alte schon in einem blau schimmernden Nebel auf und ließ Gweny verwirrt zurück.

Sie musste sich erst einmal aufs Bett setzen.

Aber auch einige Zeit später, als es an der Tür klopfte, schwirrten die Worte der Alten immer noch durch ihren Kopf. Sie versuchte, die Gedanken daran abzuschütteln und ging zur Tür.

Es war Loki. „Kannst du dich nicht entscheiden, meine Liebe?"

„Doch", sagte sie und drehte sich zum Kleiderschrank, auch um sich noch einmal kurz zu sammeln. Ich muss heute Abend in die Bibliothek, dachte sie, während sie ein schönes champagnerfarbenes Kleid aus dem Schrank nahm. „Unser Bad wartet", er lächelte verschmitzt. Sie drehte sich lächelnd um und ging mit ihm, immer noch grübelnd, in ihr gemeinsames Gemach zurück.

23

Das Abendessen war eher ereignislos. Es waren einige ausgewählte Gäste eingeladen und Loki und Gweny erzählten von ihrer Reise. Aber auch hier war Thor nicht anwesend.

Etwas später am Abend, hört sie Loki mit seiner Mutter sprechen: „Wo ist er denn?" „Ich weiß es auch nicht genau", sagte sie mit Besorgnis in der Stimme. „Sollen wir ihn suchen gehen?" „Nein", beruhigte sie ihn, „ich denke, er braucht nur etwas Zeit für sich." Loki sah sie misstrauisch an, ließ es aber auf sich beruhen.

Gweny war ganz froh, dass sie Thor noch nicht wiedersehen musste. Auch wenn sie sich sicher war, dass ihre Gefühle für ihn in der Zeit ihrer Abwesenheit verschwunden waren, hatte sie Angst vor der ersten Begegnung.

Im Anschluss an das Abendessen verabschiedete sich Gweny von ihrem Ehemann und verschwand in Richtung Stall, um sich dort mit Arida zu treffen.

Arida war schon dort, als sie bei Siancas Box ankam. Sie empfing sie mit einem Lächeln. „Ich freue mich, dass du wieder da bist. Hier ist einiges passiert, in der Zeit, in der du nicht da warst."

Sie setzten sich in den Pavillon neben der Stallung. Arida blickte sie gespannt an. „Erst einmal das Wichtigste", sagte sie. „Was läuft da zwischen dir und Thor?" Gweny wurde kreidebleich.

„Wie bitte?", stieß sie erschrocken aus.

„Laut Gerüchteküche habt ihr euch am Abend deiner Hochzeit auf der Terrasse getroffen, heimlich und im Dunkeln." Gweny sah ihre Freundin fassungslos an. „Was wird noch erzählt?", drängte sie, ihre Freundin weiterzusprechen. Sie zuckte mit den Schultern. „Mehr eigentlich nicht, nur das ihr euch dort verabredet habt. Und? Was ist an den Gerüchten dran?" Sie sah sie erwartungsvoll an.

„Nichts", versuchte sie die Gerüchte zu entkräften. „Wir haben uns dort nicht verabredet." „Also wart ihr nicht zusammen auf der Terrasse?" Gweny sah auf den Boden. „Irgendwie schon", gab sie zu.

Urplötzlich schoss ein anderer Gedanke in ihren Kopf. Sie wurde noch bleicher. Mit Sicherheit wird auch Loki von diesen Gerüchten hören, wenn er versucht herauszufinden, wo Thor ist.

„Was ist mit dir?", fragte Arida nun besorgt. Sie erzählte ihr von ihrer Vermutung. „Oh ja, was für ein Dilemma", rief

Arida jetzt aus. Sie wurde nachdenklich und sagte: „Du wirst es ihm erzählen müssen." „Er wird ganz und gar nicht begeistert sein", ihre Stirn bekam Sorgenfalten. „Nicht begeistert, ist wahrscheinlich noch ziemlich milde ausgedrückt."

Gweny war immer noch bleich, sie wusste nicht genau, wie er reagieren würde. „Was ist denn jetzt genau auf der Terrasse passiert?", bestand Arida darauf, von ihrer Freundin die Wahrheit zu hören. Mit gesenktem Kopf erzählte sie ihr alles.

Welche Schwäche sie für Thor hatte, dass sie sich sicher war, dass es jetzt vorbei ist und was auf der Terrasse genau passiert war. Arida sah sie entgeistert an: „Warum hast du mir vorher nichts gesagt?"

Ihr Gesichtsausdruck wirkte gekränkt. „Ich wollte dich damit nicht belasten", sagte sie entschuldigend und sah ihr in die Augen. „Du belastet mich doch nicht", sagte Arida wieder versöhnlich. „Aber ab heute versprechen wir uns, uns immer alles zu erzählen, ja?" Gweny lächelte sie an und nickte. Sie war froh, dass ihre Freundin ihr nicht böse war.

„Also wenn wir uns jetzt die Wahrheit sagen", fing Arida geheimnisvoll an. „Dann muss ich dir noch von Ole erzählen." Gweny stütze ihren Kopf auf ihre Hände und hörte ihrer Freundin aufmerksam zu, die seit dem Fest auf Wolke Sieben zu schweben schien.

Als die Nacht vollends einbrach, machten sich die beiden wieder auf den Weg zum Schloss.

In der Eingangshalle verabschiedeten sie sich und Gweny ging mit einem beklemmenden Gefühl in Richtung ihres neuen Gemachs. Sie wusste nicht, wie er auf die Nachricht reagieren würde. Arida hat ihr geraten, ihm alles zu erzählen, nicht dass er die ganze Wahrhcit noch von jemandem anderem hörte.

Kurz bevor sie ankam, fiel ihr wieder ein, dass sie ja noch in die Bibliothek wollte. Erfreut, ihr Geständnis noch etwas hinauszögern zu können, drehte sie sich auf dem Absatz um und begab sich eiligst dorthin.

Sie war noch nie in der Bibliothek gewesen, aber bei einem der Schloss Spaziergängen hatte Loki ihr gezeigt, wo sie lag. Als sie ankam, schaute sie zu allen Seiten, aber es war niemand zu sehen. Sie zog an dem Eisenring, um die Tür zu öffnen. Sie war schwer, aber sie schaffte es mit aller Mühe. Als sie eintrat, war es dunkel. Sie holte eine Fackel vom Gang und entzündete die Feuerschale in der Mitte.

Der Raum war riesig und an jeder Wand standen hohe Regale mit Büchern. Sie sah sich erstaunt um. Sie hatte noch nie so eine riesige Bibliothek gesehen. In dem Schloss ihrer Eltern gab es auch eine. Die dortige war aber nicht mal halb so groß wie diese.

Sie ging durch die Reihen und fuhr mit ihren Fingern die Buchrücken entlang. Viele Bücher waren staubig und sahen sehr alt aus. Sie holte eins aus dem Regal und sah es sich an. Es hatte einen glatten Ledereinband und ein Baum zierte den Umschlag. Sie stellte es wieder zurück. Sie sah sich noch einmal um und suchte nach einem Hinweis auf das Buch, das sie suchte.

Wo soll ich bloß anfangen, überlegte sie. Sie streifte weiter durch die hohen Gänge in der Hoffnung auf einen Hinweis. Doch sie fand nichts.

Vielleicht sollte ich es mit Magie probieren, dachte sie, doch noch wusste sie keinen Spruch, der ihr helfen würde. Sie würde in Lokis persönlichen Bibliothek nach einem suchen müssen. So verließ sie die Bibliothek erfolglos und machte sich wieder auf den Weg zu ihrem Gemach.

Mit jedem Schritt wurde ihr Herz wieder schwerer. Sie zögerte kurz, als sie vor der Tür stand, drückte sie dann aber auf und trat ein. „Loki?", rief sie zögerlich. Aber es antwortete niemand. Sie schaute sich um und sah auch in dem gekachelten Raum nach, aber er schien nicht da zu sein.

Sie atmete erleichtert auf. Sie ging geradewegs zu den Bücherregalen, die in der Zeit während ihrer Abwesenheit aufgestellt worden waren. Dort durchsuchte sie die Schriften der Einbände nach etwas Hilfreichem.

Mit jedem Regal sank ihre Hoffnung, hier etwas zu finden, dass ihr weiterhalf. Sie war schon am vorletzten Regal angekommen, als ihr ein Titel ins Auge stach.

„Die große Enzyklopädie der größten Magier und Vorhersager seit Anbeginn"

Sie zog das Buch aus dem Regal. Es war dick und schwer. Sie nahm es mit rüber zu der Sitzecke und legte es dort auf den Tisch.

Dabei fiel ihr der Zettel auf, der dort lag.

Geliebte Gweny,

ich muss nochmal weg, um etwas zu erledigen. Warte nicht auf mich.

Dein dich liebender Loki

Sie las den Zettel und war wieder etwas hoffnungsvoller, denn wenn er nicht im Schloss war, hat er vielleicht noch nichts von den Gerüchten gehört, sagte sie beruhigend zu sich selbst.

Sie wand sich wieder dem Buch zu. Sie setzte sich auf ein Sofa und zog es auf ihren Schoß.

Wie hieß der Zauberer nochmal? Überlegte sie angestrengt. Ach ja, es war Artisnal, fiel ihr wieder ein und schon fing sie an, zum Inhaltsverzeichnis zu blättern. Sie strich mit ihrem Finger die Zeilen entlang. Ihr fiel auf, dass die Namen nicht nach dem Alphabet geordnet waren.

Doch auf der vierten Seite fand sie endlich seinen Namen, dahinter war ein kleines Symbol abgebildet. Es sah aus wie eine kleine, durchsichtige Kugel.

Sie blätterte zu der angegebenen Seite, um mehr über ihn zu erfahren. Dort war ein Mann abgebildet der Ähnlichkeiten mit einem Piraten aufwies. Er hatte lange schwarze Haare und trug ein langen, zerschlissenen Mantel. In der Hand hielt er eine Glaskugel. Darunter stand in großen Buchstaben.

„Berühmtester Hellseher der neun Welten,

Artisnal von Alexas und Abraxus"

Geboren: unbekannt, gestorben: unbekannt.

Hellseher, dachte Gweny, das würde ja zu dieser Geschichte mit der Prophezeiung passen. Sie schaute auf die nächste Seite, um noch mehr über ihn zu erfahren und las weiter:

Er war besonders für seine vielen wahrgewordenen Prophezeiungen berühmt geworden.

Seine Prophezeiungen umfassten viele Jahrtausende. Eine seiner bekanntesten ist die Bezwingung von Laufey, dem König der Eisriesen, durch Odin Allvater und dessen spätere Vermählung mit der Asin Freya.

Eine weitere wichtige und bisher noch nicht erfüllte Prophezeiung umfasst drei junge Wesen königlichen Geschlechtes.

Er sah, dass sich zwei von ihnen miteinander verheirateten, was zwei Königreiche miteinander vereint. Aber um die neun Welten für eine lange Zeit zu binden und immerwährenden Frieden zu bringen, ist eine weitere Hochzeit notwendig.

Er sah auch, wenn die Vorhersagung nicht erfüllt wird, wird ein Krieg ausbrechen, der alles zerstört.

Gweny fröstelte plötzlich. Das Feuer im Kamin war nur noch ein leichtes Glimmen.

Was hatte das zu bedeuten? Ob mit einem dieser „drei jungen Wesen königlichen Geschlechtes" sie gemeint sein könnte, aber sie verwarf diesen Gedanken gleich wieder. Sie las den Absatz nochmal durch. Aber hier steht auch, dass seine Vorhersagen viele Jahrtausende umfassten. Damit könnten theoretisch auch andere gemeint sein, überlegte sie. Aber warum sollte die Alte sonst gewollt haben, dass sie den Text von Artisnal las. Sie war verwirrt. Es ist noch eine andere Hochzeit notwendig, grübelte sie. Aber mit wem? Vielleicht mit einer anderen Prinzessin?

In ihr stieg ein Gefühl von Zorn und Eifersucht hoch. Sie wollte Loki nicht teilen. In diesem Moment hörte sie ein Poltern vor ihrer Tür.

Sie stellte das Buch wieder an seinen alten Platz ins Regal, um nachzuschauen, was da draußen los war.

Als sie die Tür öffnete, konnte sie Loki und Thor erkennen, die offenkundig miteinander in einer Rauferei verwickelt waren. „Was soll das?", fragte sie die beiden, aber sie waren so miteinander beschäftigt, dass sie sie nicht hörten.

„Was macht ihr da?", rief sie jetzt lauter. Die beiden hielten inne. Loki schaute sie ärgerlich an. Thor lächelte, als er sie sah und seine Augen begannen zu leuchten. Gweny, die sich sicher war die Gefühle für Thor hinter sich gelassen zu haben, wurde plötzlich ganz heiß, als er sie ansah.

Sie drehte sich schnell zu Loki um. Damit die Gefühle die, in diesem Moment, wo sie Thor sah, aus ihrem Versteck gekrochen kamen, wieder abebbten.

Loki kam auf sie zu und fasste sie unsanft am Arm und schob sie in das Gemach.

Thor kam hinterher. „Hast du mir nicht was zu sagen?", blaffte er sie in einem unfreundlichen Ton an.

Wut stieg in ihr auf, wie konnte er nur so mit ihr sprechen, aber sie hatte auch ein schlechtes Gewissen. Sie schüttelte seine Hand ab und sah ihn böse an, aber unter seinem Blick gewann ihr schlechtes Gewissen die Oberhand und sie schaute zu Boden. „Ja", gab sie kleinlaut zu.

Sie hörte, wie Thor die Tür hinter ihnen schloss und zu seinem Bruder ging. „Es ist gar nichts passiert", redete er auf ihn ein. „Da sagen die Gerüchte aber etwas anderes", gab er zurück.

„Gweny", sagte er nun etwas sanfter: „an unserem Hochzeitstag? Wie lange geht das schon mit euch?"

Er sah sie beide an und wartete ungeduldig auf eine Antwort. Thor ergriff das Wort und sagte: „Wir haben uns nur zufällig auf der Terrasse getroffen. Ich war betrunken und wollte sie küssen, aber sie wollte nicht", nahm er Gweny in Schutz. Gweny sah ihn mit großen Augen an, so etwas selbstloses, hätte sie nie von ihm erwartet. Loki sah nun zu Gweny:

„Stimmt das?", fragte er sie, nach diesem Strohhalm der Hoffnung greifend.

Gweny sah in mit schuldbewussten Augen an und nickte nur. „Ok" sagte Loki besänftigt und wirkte deutlich beruhigter als vor dem Gespräch. „Ihr beiden, seid das Wichtigste in meinem Leben und ich könnte es nicht ertragen, auch nur einen von euch zu verlieren", offenbarte er ihnen.

Thor ging zu ihm und sah ihm in die Augen: „Mir geht es genauso", sagte er wahrheitsgemäß. Wobei nicht klar war, ob er auch Gweny meinte oder nur Loki. Auch Gweny ging zu Loki und nahm ihn in den Arm.

Sie konnte Thors Gesicht sehen und sah, dass seine Augen einen schmerzerfüllten Glanz bekamen, als er sie in seinen Armen sah.

„Ich muss jetzt gehen ", sagte Thor kurz und verschwand durch die Tür. Gweny war froh, dass die Wahrheit ausgesprochen war, auch wenn es nur die halbe gewesen war. Als sie sich von Loki löste, fing sie an zu zittern, mittlerweile war das Kaminfeuer ganz ausgegangen. „Ist dir kalt?" fragte er sie und geleitete sie zum Bett, damit sie sich unter der Decke wieder aufwärmen konnte. „Ja", sagte sie. „und ich bin müde."

24

Am nächsten Morgen beschlossen sie heute in ihrem Gemach zu bleiben und ließen den Tag einfach an sich vorüberziehen.

Gweny hatte die Prophezeiung schon fast wieder vergessen, als am Nachmittag ein Bote mit einer Nachricht des Königspaares zu ihnen kam. Sie war für Gweny. „Und was gibt es Spannendes?", fragte Loki, der auf einem Sofa lag und ein Buch in den Händen hielt. „Deine Eltern wollen mit mir sprechen. Allein", sie sah auf und sah ihn fragend an. „Weißt du, was sie wollen?" „Nein", auch er war ratlos. „Wann?" Sie sah sich noch einmal den Brief an. „Sofort steht hier." „Wird schon nichts Schlimmes sein", sagte er gelassen und widmete sich wieder seinem Buch.

Gwenys Herz schlug ihr bis zum Hals. Sie ging in den gekachelten Raum, um sich frisch zu machen.

Als sie auf dem Weg zum Thronsaal war, machte sie sich Gedanken, warum der König und die Königin sie sprechen wollten, zudem allein. Vielleicht wegen den Gerüchten, überlegte sie, ein anderer Grund fiel ihr nicht ein.

Als sie vor dem Thronsaal eintraf, standen dort zwei Wachen. „Ihr werdet schon erwartet", sagte einer von ihnen mit einer Verbeugung und machte die Tür auf. Gweny straffte die Schultern und trat ein.

Bis auf das Königspaar war der Thronsaal leer. Gweny bekam ein mulmiges Gefühl, sie ging bis vor den Thron und verbeugte sich tief.

Als sie nach oben schaute, sagte der König: „Danke, dass ihr gekommen seid, wir haben etwas Wichtiges mit euch zu besprechen." Gweny schaute sie in nervöser Erwartung an.

Nun sprach die Königin: „Meine liebe Schwiegertochter, wir kennen euch nun schon etwas und sind uns sicher, dass ihr mit einer starken Persönlichkeit gesegnet seid. Deshalb vertrauen wir darauf, dass ihr auch die nächste Aufgabe, mit der wir euch betrauen werden, zu unserer vollsten Zufriedenheit bewältigen werdet. Wir wollen ehrlich mit euch sein", sagte sie nun ernst. „Hast du schon von den Prophezeiungen von Artisnal gehört?" Als Gweny nickte, fuhr sie fort. „Wir sind uns nun sicher das Thor, Loki und du die drei jungen Wesen königlichen Geschlechtes aus der Weissagung seid.

Gweny wirkte leicht überrascht. „Meint ihr wirklich?",
platzte sie heraus. „Durchaus" sagte der König. „Ich weiß,
es ist eine sehr spezielle Aufgabe, die wir euch stellen, aber
wie meine liebe Ehefrau schon sagte", er bedachte die Königin mit einem Lächeln: „Haben wir großes Vertrauen in
euch und sind uns sicher, dass ihr stark genug dafür seid."

„Was bedeutet das genau für mich?", fragte Gweny, ihre
Angst Loki teilen zu müssen, stieg mit jedem ihrer Worte,
mehr an. Sie schaute dem Königspaar mit ängstlichem Blick
entgegen. Der König stand auf und sah sie mit hoch erho-
benem Haupt an, dann sprach er weiter und Gweny hatte
das Gefühl, egal was er jetzt sagte, es würde ihre Liebe zu
Loki auf eine harte Probe stellen:

„Wir haben mit deinem Vater gesprochen und sind uns ei-
nig, dass es für die neun Welten und für Asgard von höchs-
ter Wichtigkeit ist", ihr Herz klopfte ihr bis zum Hals.

„Dass du nun auch mit Thor verheiratet wirst!

Die Hochzeit wird in zwei Monaten stattfinden."

Gweny war sprachlos, sie wurde blass und ihre Unterlippe
fing an zu zittern. Damit hatte sie nicht gerechnet.

„Ihr werdet dann Königin von Asgard, Midgard und Jötunheim sein und könntet so ein enges Band um die neun Welten knüpfen!" Fuhr er fort.

Auch wenn sie die Prophezeiung schon kannte, hatte sie an eine Ehe mit beiden Brüdern niemals gedacht. Sie wusste nicht, was sie sagen sollte. „Wir werden es Thor heute Nachmittag ebenfalls mitteilen", sagte der König. „Wir wünschen, dass du es auch Loki unverzüglich mitteilst. Denn beim nächsten Abendessen soll die frohe Botschaft verkündet werden." „Ihr solltet nun gehen, meine Liebe", sagte die Königin mit einer leichten Sorge in ihrer Stimme.

Gweny war so schockiert von dieser unerwarteten Nachricht, dass sie nicht fähig war zu sprechen. Deshalb drehte sie sich, ohne ein Wort des Abschieds um und verließ den Thronsaal. Sie war ganz aus dem Gleichgewicht gebracht, von der vorangegangenen Botschaft und musste sich erst einmal sammeln. Sie konnte in diesem Moment noch nicht wieder zurück in ihr Gemach zu Loki gehen.

Sie stand planlos in der Eingangshalle. Sie brauchte einen Platz, an dem sie sich zurückziehen konnte, um diese Worte zu verarbeiten und in Ruhe nachdenken zu können. Ich muss es ihm heute Nachmittag noch sagen, dachte sie voller Wehmut.

Hatte ich ihm heute nicht schon genug Kummer bereitet? Sie mochte es nicht, wenn es jemandem wegen ihr schlecht ging.

Ganz in Gedanken, hatten sie ihre Füße zur Dachterrasse geführt. Sie trat hinaus und sofort erblühten in ihr die Erinnerung an ihre magische Vereinigung mit Loki, an diesem Ort. Sie musste lächeln und ging hinaus, um sich auf die Bank zu setzen. Sie saß dort eine ganze Weile und starrte nur in den Rosengarten, sie ließ ihren Gedanken freien Lauf und überlegte, welche die beste Strategie war, um es ihm mitzuteilen. An sich dachte sie erst im zweiten Moment. Sie stockte in ihren Gedanken und fragte sich plötzlich, warum ihr erster Gedanke Loki war und nicht sie selbst.

Sie dachte an Thor und an die bevorstehende Hochzeit mit ihm. Sie wartete auf ein Gefühl des Verrates oder der Wut, dass normal bei so einer Nachricht gewesen wäre, aber es passierte eher das Gegenteil, wenn sie an die Hochzeit dachte, fing ihr Herz an schneller zu klopfen und es durchströmte sie ein Gefühl des Glückes. Aber das will ich doch nicht, dachte sie, ich liebe Loki und nur ihn. Doch ihre Gefühle waren da anderer Meinung. Das Feuerwerk des Glückes in ihrem Inneren wurde immer stärker.

Ihr Verstand drohte diesen Kampf zu verlieren. Als letzter Widerstand gegen dieses absolute Gefühlschaos versuchte sie die Gefühle für Thor wieder zu verdrängen, aber sie waren mittlerweile so stark, dass sie sich nicht mehr zurückdrängen ließen. Als ihr bewusst wurde, dass ihr Herz nun von zwei Männern bewohnt wurde, brach sie in Tränen aus. Der ganze emotionale Stress hatte sich sein Weg nach draußen gesucht. Es kamen immer neue Tränen und es tat so gut und war so befreiend.

Als der Tränenstrom langsam versickerte, ging es ihr wieder besser und sie konnte sich nun mit klarem Kopf, um die weiteren Schritte ihres neuen Lebens kümmern. Nach kurzer Zeit hatte sie sich auch eine Strategie für Loki zurechtgelegt.

Als sie gerade aufstehen wollte, hörte sie ein Geräusch hinter sich. Es waren schwere Schritte und das Klirren einer Rüstung. In diesem Moment wusste sie, ohne sich umzudrehen, dass es Thor war, der vermutlich gerade erfahren hatte, dass auch sie heiraten würden.

„Kannst du dir vorstellen, wie glücklich mich diese Nachricht gemacht hat?", hauchte er nah an ihrem Ohr. Sie merkte seinen heißen Atem in ihrem Nacken und bekam eine Gänsehaut. Ihr Herz fing schneller an zu schlagen und sie merkte, wie ein wohliges Gefühl sich durch ihre Lenden zog.

Ja, dachte sie mit gemischten Gefühlen. Aber sie sagte nichts und auch ihr Blick blieb mit dem Garten verankert. „Ich habe so lange auf diesen Moment gewartet", flüsterte er weiter. „Meine Mutter sagte immer, ich soll geduldig auf dich warten und irgendwann wird der Tag kommen, an dem du dich zu mir bekennen wirst."

Gweny wurde stutzig, seine Mutter wusste es damals schon, dachte sie und Wut keimte in ihr auf. Sie hat uns so ins offene Messer laufen lassen. Die Unterredung mit seiner Mutter, muss auch der Grund für seine Veränderung gewesen sein, spann der Gedanke in ihr weiter. Sie fühlte sich übergangen und obwohl diese Art von Bevormundung ein großer Teil ihres Lebens ausgemacht hatte, wollte sie dies nicht länger zulassen. Sie war mittlerweile so erwachsen geworden, dass sie ihre eigenen Entscheidungen treffen wollte. Auch wenn, die Gefühle in meinem Inneren sich über diese Fügung freute, werde ich es ihm nicht so einfach machen, nahm sie sich vor. Das naive Kind in ihr war mit ihrer ersten Hochzeit gestorben und das sollten sie alle merken, schwor sie sich in Gedanken.

Inspiriert von ihrem neuen Selbstbewusstsein, drehte sie sich abrupt zu ihm um. Sie sah sein Gesicht. Es sah sehr männlich aus. Es hatte eine markante Form, die von einem Vollbart eingerahmt wurden, seine langen blonden Haare fielen über seine Schultern. Sein Mund umspielte ein Lächeln und seine blauen Augen strahlten.

„Du bist die Frau meines Lebens und ich bin froh, dass dies auch unsere Eltern so sehen" gestand er ihr. Sie versuchte, ihn weiter emotionslos anzuschauen, doch um ihren Mund entstand ein kleines Lächeln, als Antwort auf sein Geständnis. Er sah ihre Mundwinkel zucken und sein Lächeln wurde breiter.

Er fasste sie am Kinn und schob es nach oben. Er kam mit seinem Gesicht immer näher an ihres. Sie spürte schon sein Atem auf ihrer Haut. Seine Augen schlossen sich und seine Lippen hatten fast die ihre erreicht. Doch im letzten Moment wurde sie wieder klar und konnte sich seinem Griff entziehen. Sie wich durch ein geschicktes Ducken dem Kuss aus und trat einen Schritt zur Seite.

Als er merkte, dass sie weg war, öffnete er die Augen und sah sich suchend um. Als er sie erfasste streckte er blitzschnell seine Hand hervor und fasste sie unsanft am Arm.

Sein Gesicht hatte einen zornentbrannten Ausdruck bekommen. Er beugte sich nach vorne und flüsterte ihr bedrohlich ins Ohr: „In wenigen Wochen wirst du auch meine Braut sein, ob du willst oder nicht!" Gweny sah ihn erschrocken an. Da war er wieder, dachte sie entsetzt und versuchte sich, aus seiner Umklammerung zu befreien. Aber das hatte nur zur Folge, dass er noch fester zudrückte. „Du solltest dich damit abfinden", spottete er, bevor er sie losließ und fing donnernd an zu lachen.

In diesem Moment drehte sie sich um. Sie lief so schnell sie ihre Beine trugen zur Tür und durch das Schloss, zu ihrem und Lokis Gemach.

Ganz außer Atmen kam sie dort an. Sie blieb ein Moment vor der Tür stehen, bis sie wieder bei Atem war. Sie drückte die Türklinke hinunter und trat, mit einem aufgesetzten Lächeln, ein.

Loki saß immer noch auf dem Sofa und war in sein Buch vertieft. Er sah kurz auf, als sie eintrat und lächelte sie an. „Und, was wollten meine Eltern von dir?", fragte er neugierig. Als er ihren Blick sah, erstarb sein Lächeln. „Was ist passiert?", wollte er besorgt wissen und stand auf.

Sie ging zu ihm und setzte sich ihm gegenüber. „Ich muss mit dir sprechen", sagte sie zögernd und ließ eine kleine Pause, weil ihr die nächsten Worte so schwer über die Lippen gingen. „Du kannst mir alles erzählen", ermutigte er sie weiterzusprechen. Sie sah auf den Boden, auch wenn es nicht ihre Entscheidung gewesen war, fühlte sie sich schuldig. „Was ist passiert?", drängte er sie besorgt weiterzusprechen. „Ist etwas mit deinen Eltern?" Er sah immer besorgter aus. „Nein", sagte sie, immer noch auf den Boden schauend. „Es hat etwas mit uns zu tun." Seine Augen wurden immer größer. „Jetzt sag schon", forderte er ungeduldig.

Ich muss ganz vorne anfangen, dachte sie, vielleicht hat er so mehr Verständnis für unsere Situation. Sie sah ihm nun direkt in die Augen, sie konnte die Nervosität darin erkennen und ihre Schuldgefühle wurden immer größer, so dass sie zum Feuer schauen musste, bevor sie anfing, ihm von der Prophezeiung zu erzählen. Nach dieser ersten Erzählung bekam sein Blick einen misstrauischen Ausdruck. „Und du und unsere Eltern, ihr glaubt, dass wir diese drei sind?", fiel er ihr scharf ins Wort. Sie versuchte noch, sich zu verteidigen und sagte: „Als ich das erste Mal davon hörte, dachte ich nicht gleich daran, dass wir diese drei sein könnten."

Der Ausdruck in seinem Gesicht wurde wütend: „Das erste Mal?", fuhr er sie in einem wütenden Ton an. „Wie lange weißt du schon von der Prophezeiung und warum hast du mir nichts davon erzählt?" Sie schwieg und sah wieder zum Boden. Diese Geste ließ Lokis Zorn noch mehr entflammen. Nach einem ewigen Moment sprach Gweny weiter, sie hatte gehofft, seinen Gefühlen mit dieser kurzen Pause etwas Ruhe zu gönnen.

„Deine Eltern und auch mein Vater verlangen von mir, dass ich zum Wohle der neun Welten nun auch Thor heiraten soll!", gestand sie ihm, immer noch auf den Boden schauend.

Jetzt waren sie raus, die Worte, über die sie so lange nachgedacht hatte und die ihr so schwerfielen.

Sie schaute nach oben in seine Augen, auf der Suche nach einem Gefühl, aber sie fand nur schwarz. Sein Gesichtsausdruck war nun nicht mehr wütend, er war gar nichts mehr. Sie versuchte, seine Hand zu nehmen, aber er ignorierte sie und fragte stattdessen nur:

„Wann?"

„In zwei Monaten", sagte sie betroffen.

Sein Ausdruck blieb emotionslos. „In Ordnung", sagte er nur und stand auf. Gweny starrte ihn entsetzt an. „Was sagst du dazu?" Sie sah ihn an. Auch wenn sie wusste, dass es nicht so war, machte er den Eindruck, als wäre es ihm egal. „Was soll ich dazu sagen?", meinte er genauso emotionslos, wie sein Gesichtsausdruck es vermuten ließ. „Es wäre egal, was ich dazu sage, es wird nichts ändern. Du kennst Odin noch nicht gut genug." Er sah sie immer noch nicht an, sondern ging an seine Kommode und holte ein paar Sachen heraus. Er nahm ein Tuch und wickelte die gerade herausgeholten Dinge und noch einige Bücher darin ein. Gweny war verwirrt: „Was tust du da?", schrie sie fast aufgelöst.

„Es tut mir leid, aber ich kann nicht länger hierbleiben."

Just in diesem Moment klopfte es an der Tür. Gweny ging hin, um zu öffnen. Es war Thor.

„Was willst du hier?", zischte sie ihn an. „Verschwinde, bevor Loki dich sieht."

Doch Thor selbstverliebter als je zuvor, lächelte sie an und schob sie zur Seite. „Loki, Bruder", donnerte er. „Es gibt einiges zu besprechen. Ich denke, du hast von meiner baldigen Hochzeit gehört."

Er klang schadenfroh, dann sah er fragend zu Gweny, die mit einem bösen Ausdruck nickte.

Gweny hatte Angst, dass diese Situation eskalieren könnte und stellte sich zwischen die Brüder. Sie sah Thor an und sagte: „Ich denke, es ist besser, wenn du jetzt gehst." Als er sich nicht rührte, sah sie zu Loki, der gerade damit fertig war, auch seine restlichen Sachen in den Beutel zu stopfen.

Er sah auf, seine Miene sah jetzt nicht mehr ganz so emotionslos aus und seine Augen funkelten vor Zorn. Am liebsten hätte er sich mit Thor jetzt und sofort ein Duell geliefert, aber er wusste, wenn es um den körperlichen Aspekte ging, würde er klar unterliegen.

Deshalb musste er hier weg, weg aus dem Schloss, weg aus Asgard, am besten weg aus den neun Welten.

Er sah Gweny ein letztes Mal an, trotz des ganzen Zorns in sich, war da noch die kleine Flamme der Liebe für sie, doch in diesem Moment glimmt sie nur noch. Er wusste, dass sie für diese ganze Sache nichts konnte, aber es war am einfachsten für ihn, auch ihr eine Mitschuld zu geben. Er formte mit seinen Lippen ein: „Es tut mir leid". Er sah den Schmerz, den sein Weggang verursachte, in ihren Augen. Doch in diesem Moment konnte er nichts anderes fühlen außer unsäglicher Wut. Er drehte sich um, ohne seinen Bruder zu beachten und rauschte zur Tür hinaus. „Ja, hau ab, dich braucht sowieso keiner mehr", lachte Thor ruhmreich. Gweny funkelte ihn böse an und lief hinter Loki her. Aber er war schneller und sie konnte ihn nicht mehr einholen.

Sie blieb auf der Eingangstreppe stehen und schaute in die Nacht, in der er gerade verschwunden war. Vor Verzweiflung über seinen Weggang liefen ihr die Tränen die Wangen hinunter.

Der Gedanke, dass sie nicht wusste, ob und wann er wiederkommen würde, hinterließ in ihrem Herzen eine große schwarze Stille, die sich immer mehr ausbreitete.

25

In den folgenden Tagen ging es ihr sehr schlecht. Sie schloss sich in ihr Gemach ein und ließ niemanden zu sich kommen. Noch nicht mal Serina oder Arida.

Die Trauer über Lokis Weggang wohnte in ihr, wie ein dunkler Zwerg, der ihr immer wieder zuflüsterte, wie schlecht sie sein musste, dass er einfach gegangen war.

Die Wunde, die sein Fortgehen auf ihrer Seele verursacht hatte, war einfach zu tief und zu schmerzhaft, um einfach weitermachen zu können. In den ersten Tagen hatte sie noch gehofft, dass er bald wiederkommen würde, aber nach einer Woche musste sie auf schmerzliche Weise begreifen, dass er erst einmal Zeit für sich brauchte, um selbst mit dieser Situation klarkommen zu können.

Nach dieser neu errungenen Erkenntnis machte sie ihm keinen Vorwurf mehr, dass er so reagiert hatte, sie verstand ihn sogar.

Er wollte sie nicht teilen und als sie an ihre eigenen Gedanken dachte, in denen sie sich vorgestellt hatte, ihn teilen zu müssen, wurde das Mitgefühl für ihn jeden Tag größer. Mit jedem Tag, den sie allein in ihrem Gemach war, beruhigte sie sich etwas mehr und nach einer Woche ging es ihr schon besser.

Doch auch in diesem neuen Zustand gab sie die Hoffnung auf seine Rückkehr nicht vollends auf. Und so nahm sie sich vor, in die Bücherei zu gehen und einen Weg zu finden, auf dem sie Kontakt zu ihm aufnehmen konnte.

Doch dafür, dachte sie, muss ich erstmal mein Gemach verlassen. Sie stand vor dem großen Spiegel und ihre Augen hatten, durch die ganzen Tränen der letzten Tage dunkle Ränder bekommen. Ich muss ein Bad nehmen, dachte sie sich und ließ nach Serina rufen. Kurze Zeit später, klopfte es an der Tür. Gweny ging hin, um den Schlüssel herum zu drehen und Serina eintreten zu lassen. Aber nicht nur Serina stand da draußen, sondern auch Arida.

Als Gweny ihr in die Augen sah, spürte sie neue Tränen in sich aufsteigen. Arida drängte sich an Serina vorbei und nahm ihre Freundin in den Arm. „Warum hast du mich nicht eingelassen?", fragte sie ohne Vorwurf. Gweny schluckte und antwortete bekümmert: „Ich hatte das Gefühl, als müsste ich diese Trauer erst mit mir selbst ausmachen." Arida nahm ihre Freundin nochmal in den Arm und flüsterte ihr zu „Ich weiß".

Nach einem weiteren Moment löste sich Gweny aus der Umarmung und wand sich an Serina, die sie bat Wasser für ein Bad zu erwärmen. Sie ging zu einem der beiden Wachposten, vor ihrem Gemach und befahl ihm, sie beim königlichen Abendessen anzumelden.

Danach drehte sie sich wieder zu Arida um und nahm ihre Hände. „Was hältst du davon, wenn wir es uns heute Abend in meinem Salon gemütlich machen?" Aridas Augen strahlten. „Ich freue mich, dass es dir wieder besser geht", sagte diese und lächelte sie an. „Dann sehen wir uns später", sagte Gweny und verschwand, um sich für das Abendessen zurechtmachen.

Als sie die Tür hinter sich schloss, atmete sie kurz laut auf. Das wäre geschafft dachte sie. Sie war ein wenig nervös, vor dem Zusammentreffen mit dem Königspaar, weil sie sich einfach in ihr Zimmer eingeschlossen hat und auch beim großen Ankündigungs-Abendmahl nicht erschienen war.

Ob sie sehr wütend auf sie war, dachte sie noch, als Serina aus dem gekachelten Raum kam, um anzukündigen, dass ihr Bad bereit war. „Serina, wie ist die Stimmung bei dem Königspaar?" Wollte sie von ihr wissen, als sie in der Badewanne lag und versuchte, dabei nicht zu neugierig zu klingen.

„Der Allvater war ziemlich aufgebracht in den ersten Tagen eures Einschlusses, Königliche Hoheit." Gweny schloss die Augen. Ich muss mich heute von meiner besten Seite zeigen, um ihn bestmöglich zu beschwichtigen, war sie in ihre Gedanken vertieft, als es an der Tür klopfte.

Serina, die in der Ecke Handarbeitssachen erledigte, stand auf. Gweny konnte hören, wie sie die Tür öffnete. Sie hörte eine raue Männerstimme, es klang nicht besonders freundlich, die Stimme wurde lauter. Sie konnte nicht genau verstehen, um was es ging, aber die Stimme redete offensichtlich permanent auf Serina ein.

Gweny stieg aus dem Zuber und kleidete sich mit dem Leinenmantel, welcher daneben über dem Stuhl hing, an. Sie ging langsam in Richtung der halbgeschlossenen Tür des gekachelten Raumes.

Nun konnte sie die Stimmen besser ausmachen. „...schuldet mir eine Erklärung", hörte sie die Männerstimme aufgebracht sagen. „Ich verlange jetzt sofort mit ihr zu sprechen." „Ja, mein König, ich verstehe das, aber sie liegt gerade im Badezuber, es wäre unangebracht, Hoheit, jetzt dort hineinzugehen", sagte Serina kleinlaut und verbeugte sich mehrmals nervös. „Dann wünsche ich, dass du sie hierher an die Tür holst, und zwar unverzüglich."

Serina drehte sich um und eilte in Gwenys Richtung, als sie schnell die Tür aufstoßen wollte, rannte sie fast in sie hinein. „Der König steht vor meinem Gemach nicht wahr", sagte Gweny in einem ruhigen Ton. Serina nickte nur und wirkte dabei nicht weniger nervös als gerade eben. Gweny legte ihr beruhigend die Hand auf die Schulter.

„Ich kümmere mich darum", sagte sie mit einer freundlichen Stimme. Sie schob sie zur Seite und atmete noch einmal tief durch, bevor sie die angelehnte Tür aufzog. Vor ihr stand der Allvater mit einem Gesichtsausdruck, der wütender hätte nicht sein können. „Gwenyfer, du kannst froh sein, dass ich so viel von dir halte und das meine Frau dich so sehr mag, sonst hätte ich dich für diese Frechheit, nicht beim Ankündigungsdinner zu erscheinen, bestrafen müssen", knurrte er zornig.

Gweny verbeugte sich tief und sagte mit gespielter Reue: „Es tut mir leid, mein König, so etwas wird nie mehr vorkommen", versicherte sie ihm. Er gab sich anscheinend mit der Entschuldigung zufrieden, denn beim nächsten Satz wirkte sein Gesicht schon nicht mehr so feindselig. „Gut", erwiderte er zufriedengestellt. „Die Ankündigung wird nochmal heute Abend stattfinden, ihr werdet zur gegebenen Zeit abgeholt." „Danke, mein König",

Gweny verbeugte sich nochmal. Der König drehte sich auf dem Absatz um und verschwand im Gang. Gweny ging zurück in ihr Gemach und in den Zuber, um sich die Haare noch waschen zu lassen.

Diese erste Begegnung mit dem König wäre auch geschafft, dachte sie zufrieden, während Serina ihre Haare zurechtmachte. Sie hatte sich für diesen Abend ein blaues Kleid ausgesucht, es sah wunderschön aus und die vielen kleinen Schmucksteine glitzerten im Kerzenschein.

Nach einer Weile klopfte es an der Tür, es waren die Wachen, die sie zur großen Halle begleiten würden.

26

Als sie den Saal betrat, saßen alle übrigen Gäste schon auf ihren Plätzen und unterhielten sich. Als ihre Eskorte den Speer auf den Boden stieß, um sie anzukündigen, verstummte es augenblicklich und alle Blicke richteten sich auf sie.

Gweny, ganz in ihrer Rolle, lächelte glücklich und verbeugte sich leicht in Richtung Königspaar. Der König hob die Hand und bedeutete ihr, sich zu seiner Rechten zu setzen. Auf dem Weg zu ihrem Platz überlegte sie, warum sie unbedingt neben ihm sitzen musste und nicht neben Arida sitzen konnte. Als sie an ihr vorbeiging, zwinkerte Arida ihr kurz zu, Gweny lächelte sie an.

An ihrem Platz angekommen, sah sie, wer ihr anderer Sitznachbar war und ihr Lächeln erstarb augenblicklich. Es war der Mann, der mit seinem Dasein, auch dafür gesorgt hatte, dass ihr Ehemann in seinem Zorn die Flucht ergriffen hat.

„Hallo", sagte sie kurz angebunden in seine Richtung und setzte sich. Schnell vertieften sich die Gespräche der übrigen Gäste wieder und Gweny konnte kurz durchatmen. Sie bemühte sich, nicht nach rechts zu schauen. Sie wollte auf keinen Fall, dass er dachte er besäße sie, nur weil sie ihn heiraten musste. Sie war fest entschlossen, ihm so oft es ging die kalte Schulter zu zeigen. Also starrte sie auf ihren Teller und dachte freudig daran, wie sie den Abend mit Arida gemütlich in ihrem Salon zusammensitzen würde.

Als sich eine Hand auf ihren Arm legte, fuhr sie, aus ihren Gedanken gerissen, leicht zusammen. Es war er, dachte sie in diesem Moment, nun muss ich doch zu ihm schauen. Als sie sich nach rechts drehte und in sein zugegebenermaßen schönes, markantes Gesicht sah, wurde ihr plötzlich ganz heiß. Seine Hand lag immer noch auf ihrem Arm.

„Bist du jetzt endlich wieder bei Sinnen?", fragte er in einem genervten Ton. „Ich hoffe, dass du dich, wenn wir erstmal verheiratet sind, vernünftiger benimmst."

Gweny war sprachlos. Wie kann man so taktlos sein, dachte sie immer noch nicht fähig, etwas gegen diese Bemerkung zu erwidern. Da für ihn alles gesagt zu sein schien, drehte er sich wieder um und unterhielt sich weiter mit seiner altbekannten Tischnachbarin, die ihr amüsierte Blicke zuwarf.

Zorn stieg in ihr auf. Zorn auf Thor, weil er sich wie ein taktloser Trottel benahm, Zorn auf Loki, weil er plötzlich spurlos verschwunden war und Zorn auf sich, weil sie keine gute Antwort auf seine Unverschämtheit parat hatte.

In ihrem Kopf klangen seine Worte noch nach „.... ich hoffe, dass du dich, wenn wir erstmal verheiratet sind, vernünftiger benimmst..." „..... vernünftiger benimmst..." Diese zwei Worte brannten sich in ihr Gedächtnis. Sie war sich nun sicher, dass ihr Verstand gewonnen hatte und das sogar, wenn sie ihn heiraten musste, sie ihn niemals lieben würde.

Der restliche Abend verlief eher langweilig für Gweny, nachdem Essen verkündete der König die baldige Vermählung zwischen seinem Sohn und Gwenyfer von Midgard. Die Menge bejubelte dies und Gweny, wieder ganz in ihrer Rolle belächelte, nach außen hin, die Ankündigung glücklich. Als der offizielle Teil überstanden war, entschuldigte sich Gweny beim Königspaar, mit der Entschuldigung müde zu sein und ging in ihr Gemach.

Der Königin entging es nicht, in welchen Gefühlschaos Gweny steckte. Sie hatte auch in der letzten Woche immer wieder versucht, Kontakt zu ihr aufzunehmen, aber leider war Gweny so gefangen in ihrer Trauer gewesen, dass sie nicht zu ihr durchdringen konnte. Sie würde am morgigen Tag noch einmal einen Versuch starten, es war wichtig, dass sie mit ihr sprach. Sie würde inzwischen wissen, dass sie von Anfang an von beiden Hochzeiten wusste, dachte sie, während sie ihr nachsah, als sie den Saal verließ.

Kurze Zeit, nachdem Gweny in ihrem Gemach ankam, klopfte es auch schon. Serina, die noch da war, weil sie Gweny beim Umziehen geholfen hatte, öffnete die Tür. Es war Arida. Sie ging an Serina vorbei und zu Gweny in den Salon.

Sie strahlten sich an und fielen sich in die Arme. „Ich bin so froh, dass es dir wieder besser geht", sagte Arida noch einmal. „Aber warum hast du mich nicht reingelassen? Ich hätte dir helfen können", setzte Arida leicht beleidigt hinterher. Gweny schaute ihr in die Augen und lächelte: „Es gibt Sachen, die muss ich allein durchstehen," sagte sie nachsichtig. „Aber ich danke dir, dass du trotzdem noch an meiner Seite bist." „Natürlich bin ich das", lachte Arida sie jetzt wieder an. „Ich kann dir einfach nicht böse sein." Nun lachten sie beide und waren glücklich darüber, wieder vereint zu sein.

„Was ist eigentlich passiert?", fragte Arida sie jetzt ernst. Gweny setzte sich auf ein Sofa und blickte nach draußen. Nach einer Weile sagte sie: „Am besten fange ich von ganz vorne an." In den nächsten Stunden erzählte sie ihr alles, was sie wusste und erlebt hatte, über die Prophezeiung, dem Gespräch mit dem Königspaar, den Streit mit Loki, über Thor und seine unzähligen Male, in denen er sich wie ein unsensibler Trottel verhalten hatte, über diesen Abend, über ihre Gefühle, die so gemischt sind, dass sie sie selbst nicht mehr verstand, über den Kuss mit Thor bei der Hochzeit, sie erzählte ihr einfach alles.

Nach diesem Gespräch fühlte Gweny sich überaus befreit, sie atmete tief durch und genoss das Gefühl der Erleichterung. Arida schaute sie gutmütig an: „Geht es dir jetzt besser?" „Ja", antwortete Gweny erlöst. Den restlichen Abend, erzählte Arida ihr, wie es ihr ergangen war, in der Zeit ihrer Abwesenheit. Gweny freute sich, dass auch Arida jemanden hatte, der sie glücklich machte. Und am meisten freute sie sich darüber das derjenige Ase war und Arida nun auch in Asgard bleiben würde.

Weit nach Mitternacht nahm Arida Abschied. Auch Gweny zog sich zurück, da erneut eine Hochzeit bevorstand und zahlreiche Vorbereitungen getroffen werden mussten. Sie wusste, dass sie dringend Schlaf brauchte.

In dieser Nacht träumte sie von Loki, er saß an einem Flussufer und winkte ihr lächelnd zu. Ein warmes, vertrautes Gefühl durchströmte sie, als sie ihn sah. Doch als sie weiter auf ihn zu kam, verwandelte er sich in eine Schlange und verschwand zwischen den Steinen, die am Ufer lagen. Sie rannte dorthin, konnte ihn aber nicht mehr erblicken. Ich werde hier auf dich warten, rief sie ihm noch hinterher, dann wachte sie auf.

Sie brauchte einen Moment, um zu begreifen, dass dies nur ein Traum gewesen war. Bei dieser Erkenntnis füllten sich ihre Augen mit Tränen. Unter Tränen schlief sie, aber nochmal ein, auch in der Hoffnung nochmal von ihm zu träumen. Aber die restliche Nacht blieb traumlos.

27

Als sie am nächsten Morgen von Serina geweckt wurde, war sie immer noch müde und hätte alles dafür gegeben, sich nochmal umdrehen zu können. Aber weil das Morgenmahl bald beginnen würde, musste sie jetzt aufstehen.

Als sie den großen Saal betrat, schaute sie sich suchend nach ihrem alten Platz um. Aber als ihr Blick den des Königs traf, bedeutete er ihr, zu ihm zu kommen. „Guten Morgen, meine Liebe", sagte er nun wieder in einem freundlichen, väterlichen Ton. „Als zukünftige Königin der neun Welten bekommt ihr ab heute, einen neuen Platz zugewiesen." Er zeigte mit dem Finger auf einen Platz neben seiner Frau. „Wie ihr wünscht, mein König", antwortete Gweny andächtig und verbeugte sich leicht. Sie ging zu ihrem neuen Platz und setzte sich. „Guten Morgen", begrüßte die Königin sie freudig. "Guten Morgen, meine Königin", entgegnete Gweny etwas kühler. Sie sah die Königin an und war in einem Zwiespalt, zum einen wusste sie, dass die Königin von Anfang an gewusst hatte, dass sie beide Söhne heiraten sollte und zum andern mochte sie sie wirklich gerne, besonders für ihre mütterliche Art ihr gegenüber und wollte keinen Streit mit ihr.

Als ob die Königin etwas von dem Gefühlschaos in ihr bemerkt hatte, legte sie ihr ihre Hand auf den Arm und sagte mit ihrer vertrauten, mütterlichen Stimme: „Ich weiß, dass du es nicht verstehen kannst, warum ich dir die Tatsache mit dem beiden Hochzeiten nicht früher erzählt habe, aber glaub mir bitte, ich hatte nur euer Bestes im Sinn."

Nach diesen versöhnlichen Worten ebbte der Zwiespalt in Gweny ab und es blieb das wohlige Gefühl, welches die Berührung ihrer Hand hinterließ. Sie lächelte sie an und drehte sich herum, um zu sehen, wer an ihrer anderen Seite saß. Überrascht stellte sie fest, dass die Alte ihre Sitznachbarin war. Sie unterhielt sich gerade mit einem Mann, der auf ihrer anderen Seite saß. Gweny kam der Mann bekannt vor, aber sie konnte ihn nicht einordnen. So drehte sie sich wieder nach vorne und überlegte angestrengt, wo sie den Mann schon einmal gesehen hatte. Als das Essen aufgetragen wurde, war es ihr noch nicht eingefallen.

Nach einer Weile schob sie den Gedanken etwas weg und dachte bei sich, es wird mir schon einfallen. In diesem Moment spürte sie eine Hand auf ihrem Arm. Sie drehte sich nach links und sah in das Gesicht der Alten, welche Sie zahnlos anlächelte.

"Meine liebe Gweny", sagte sie zu ihr, mit einer vertrauten Stimme.

„Es freute mich, als ich hörte, dass es dir schon wieder besser geht. Ich konnte deine Trauer spüren und kann dir sagen, wenn die Zeit gekommen ist, wird er zurückkehren. Ich weiß, dass er dich liebt und nicht mehr ohne dich leben kann. Doch auch er muss erst einmal zu sich selbst finden und er wird merken, wenn er sein Geist gänzlich geöffnet hat, dass nur du seine Sehnsucht befriedigen kannst."

Bei diesen Worten stiegen Gweny wieder die Tränen in die Augen. „Er war bei meinem Bekannten in Jötunheim und ich kann dir sagen, körperlich geht es ihm gut. Aber es wird noch eine Weile vergehen, bis er diese Erkenntnis erlangt und zu dir zurückkehrt. Du solltest dich in dieser Zeit, um den anderen Königsbruder kümmern und viel Zeit mit ihm verbringen."

Die letzten Worte der Alten wühlten Gweny innerlich auf und sie wusste im ersten Moment nicht, was sie erwidern sollte. Noch innerlich aufgewühlt, bedankte sie sich höflich und dachte bei sich, ihre Worte werden mir in seiner Abwesenheit Stärke verleihen. Doch was Thor betrifft, bin ich mir nicht sicher, ob wir wirklich zueinanderfinden werden.

Vor den nächsten Worten sah sie sich kurz um und senkte ihre Stimme: „Er ist immer so selbstgefällig und arrogant." Die Alte lachte auf. „Ja, das ist er", sagte sie. „So war er schon als Kind. Auch mit Loki hatte ich oft dieses Gespräch und ich werde dir das Gleiche raten, wie ihm schon so viele Male zuvor. Sei geduldig mit ihm und zeig ihm, was wahre Liebe bedeutet. Dir kann ich zusätzlich noch sagen, verbringe viel Zeit mit ihm und zeige ihm, dass er dir blind vertrauen kann. So wird er dir noch vor der Hochzeit ewige Treue schwören."

Gweny verzog leicht das Gesicht. „Das hört sich nach viel Arbeit an", meinte sie und auch jetzt lachte die Alte wieder. „Ja, das wird es und auf eine magische Vereinigung brauchst du hier nicht zu hoffen", gab sie ihr noch augenzwinkernd zu bedenken, bevor sie sich wieder zu ihrem anderen Tischnachbarn umdrehte. Gweny sah wieder auf ihren Teller und musste über die eben gesagten Worte nachdenken. Aus einem unerklärlichen Grund hatte sie ein tiefes Vertrauen in die Alte und wusste, dass ihre Worte wahr waren. Sie würde also die Initiative ergreifen müssen und es anstreben viel Zeit, mit Thor zu verbringen, wenn sie auch nach der Hochzeit ein angenehmes Leben führen wollte. Sie war sich sicher, dass sich ihre Gefühle ihm gegenüber nicht so schnell ändern ließen. Besonders nach diesen vielen kleinen Malen, in der er sich so erniedrigt hatte. Beim Gedanken daran stieg in ihr wieder die Wut über seine unzähligen Anmaßungen auf. Gerade als sie weiter darüber nachdenken wollte, wie unfreundlich und rücksichtslos er gewesen war, räusperte sich die Königin leise.

Gweny sah in ihre Richtung und war überrascht Thor hinter ihr zu sehen. Die Königin drehte sich so, dass sie Thor und Gweny anschauen konnte und sagte: „Ich denke, es wäre Zeit für euch beide, euch damit abfinden, dass auch ihr die Zukunft miteinander verbringen werdet. Und zwar nicht jeder für sich, sondern ihr gemeinsam mit Loki", sagte sie bestimmend. „So wie es die Prophezeiung vorhergesagt hat. Ihr werdet euch ab heute jeden Tag sehen und mindestens ein paar Stunden miteinander verbringen."

Thor sah sie entgeistert an und wollte gerade den Mund aufmachen, um dagegen zu protestieren, als sich der König umdrehte. Er sah Thor an und legte den Finger an die Lippen. Thor schnaubte und sein Gesicht bekam einen wutverzerrten Ausdruck. Er warf Gweny, die ziemlich betreten schaute, noch ein grimmiger Blick zu, bevor er wieder zu seinem Platz ging.

Gweny die immer noch fassungslos war, drehte sich wieder zu ihrem Platz um. Darüber muss ich unbedingt mir Arida sprechen, überlegte sie und sah sich suchend nach ihr im Saal um. Doch sie konnte sie nicht entdecken. Da schon viele fertig waren und der König die Runde schon aufgelöst hatte, konnte es auch gut sein, dass sie den Saal bereits verlassen hatte. Auch Gweny wollte gerade aufstehen, aber eine Hand hielt sie zurück. „Für den Anfang wäre es vielleicht eine gute Idee, eure gemeinsame Zeit mit Unternehmungen zu füllen", sagte die Königin sanft. „Vielleicht findet ihr ja weitere gemeinsame Interessen, welche euch verbinden." Sie lächelte Gweny an. „Das ist eine gute Idee", überlegte Gweny laut. „Auf jeden Fall können wir die Fahrt mit der Kutsche, durch die Stadt als gemeinsames Interesse ausschließen." Bei der Erinnerung an die langweilige Kutschfahrt musste Gweny grinsen. „Das denke ich auch", meinte die Königin und lachte leise. „Danke für deine Bemühungen", hauchte ihr die Königin noch zu, bevor Gweny aufstand, um den Saal zu verlassen.

An der Eingangstür des Saales stand Thor, der anscheinend auf sie gewartet hatte. Sie ignorierte ihn und ging weiter zu ihrem Gemach, um sich für den Stall umzukleiden. Nach wenigen Schritten holte Thor sie ein. „Warte", rief er grimmig. Gerade als er wieder ihren Arm unsanft festhalten wollte, machte sie eine Drehbewegung. Nun stand sie direkt vor ihm. In seinem Gesicht war zu lesen, dass er damit nicht gerechnet hatte. „Wag es dir nicht nochmal mich derart grob anzufassen", zischte sie ihn an.

Eine Sprachlosigkeit durchzuckte sein Gesicht. Wie konnte sie es wagen, dachte er und wollte gerade den Mund aufmachen, um etwas zu erwidern, da hatte sie sich schon wieder umgedreht und war weitergelaufen.

Gweny musste grinsen, sie hatte diese kleine Unterredung so lange mit sich selbst geübt und war glücklich darüber, dass es ihr so gut gelungen war. Sie musste leise über seine Sprachlosigkeit lachen. Aber sie hörte immer noch Schritte hinter sich, das musste wohl bedeuten, dass er nicht vorhatte sich seinem Vater zu widersetzen. Und auch sie musste sich dem König beugen, also blieb sie stehen und wartete auf ihn. Als er neben ihr auftauchte, hatte er immer noch diesen wütenden Ausdruck im Gesicht. Sie ignorierte diesen und während sie langsam weiterging, sagte sie versöhnlich zu ihm: „Ich wollte jetzt in den Stall gehen und etwas ausreiten." „Und was ist, wenn ich darauf keine Lust habe", sagte er provozierend. „Das ist mir egal", sagte sie lässig und ging durch ihre Tür, an der sie mittlerweile angekommen waren.

Nachdem sie sich umgezogen hatte und wieder in den Flur trat, stand er immer noch da und wartete auf sie. Trotz seiner Proteste folgte er ihr zum Stall.

Auf dem Weg dorthin liefen sie nur stumm nebeneinanderher. Thor, der mit einem unerwarteten Chaos in seinem Inneren kämpfen musste, war zu sehr mit sich selbst beschäftigt und merkte nicht, dass sich noch jemand auf dem Weg zum Stall befand, genau hinter ihnen.

Es war Sith, Thors zeitweilige Gefährtin. Eigentlich waren sie für den heutigen Tag miteinander verabredet gewesen und da sie von der Anordnung des Königs nichts mitbekommen hatte, wunderte sie sich, warum er mit dieser Midgard Prinzessin zusammen war. Obwohl er ihr immer versicherte, wie schrecklich er sie fand. Die Eifersucht kochte in ihr hoch, schlimm genug, dass er sie heiraten musste, jetzt verbrachte er auch noch Zeit mit ihr.

Als die beiden am Stall ankamen und Gweny ihre Stute zum Ausreiten sattelte, versteckte sich Sith hinter einem Baum, um die beiden zu belauschen. In der Zeit in der Gweny Sianca vorbereitete, holte sich Thor eines seiner eigenen Pferde, um nicht nebenher laufen zu müssen. Bis zu diesem Zeitpunkt hatten sie noch kein Wort miteinander gesprochen.

Das kann nicht so weitergehen, dachte Gweny, wir müssen noch die nächsten Wochen miteinander verbringen und können uns nicht die ganze Zeit anschweigen. „Wo möchtest du lang reiten?", fragte sie ihn deshalb freundlich. „Wie? Was?", erschreckt fuhr Thor aus seinen Gedanken hoch.

Für ihn war dieses Chaos, in seinem Inneren immer noch eine ganz neue Erfahrung, die ihn zugegebenermaßen überforderte. Zum einen war er wütend darüber, dass er seine Freizeit nicht mehr nach Belieben gestalten konnte und sich nun auch noch nach jemanden anderen richten musste. Zum anderen machte ihn der Umstand, dass Gwenyfer dieser jemand war, weniger aus als er dachte. Wenn sie nicht das tat, was er wollte und so kratzbürstig war, spürte er wieder ganz leicht unter seiner harten, männlichen Schale ein leichtes Kribbeln. Diese Art von Gefühlen hatte er schon mal für sie gehegt, aber dann hatte sie seinen Bruder geheiratet. Und ihm damit das Herz gebrochen. Damals hatte er geschworen, solche Art von Gefühlen nie wieder zuzulassen. Doch jetzt waren dort wieder diese Sprösslinge der Gefühle für sie. Sie waren stärker und keimten immer mehr in ihm auf. Dies überforderte ihn zusehends und er war froh, dass sie diesen Ausritt vorschlug, denn so konnte er seine Gedanken noch etwas länger schweifen lassen.

Da er nicht weiter antwortete und sie nur verdutzt anschaute, musste Gweny lachen. „Wo du lang reiten willst?" „Ach so", sagte er, immer noch leicht irritiert. „Entscheide du! Ich folge dir", danach versank er wieder in seine Gedanken. Das müssen anstrengende Gedanken sein, dachte Gweny amüsiert und schlug den Weg zum nördlichen Tor ein.

Sith, die jeden Reitweg des Königreiches kannte, wusste das auf diesem Weg nur die nördlichen Wälder zu erreichen waren. Sie hatte einen Plan geschmiedet, um Gweny aus dem Weg zu räumen. Sie hoffte, dass die Prinzessin diesen Zwischenfall nicht überlebe. Denn wenn sie nicht mehr da war, müsste Thor sie auch nicht mehr heiraten und dann könnte er gänzlich zu ihr zurückkehren. Für sie war es der perfekte Plan, um den Mann, den sie liebte, zurückzugewinnen. Sie lief in den Wald hinein, um sich ein geeignetes Versteck zu suchen.

Gweny ritt voraus und war, wie jedes Mal von den asgardischen Wäldern fasziniert. Die Sonnenstrahlen, schienen durch die dichten Blätter und fielen ihr wärmend ins Gesicht. Der Wald erstrahlte in allen möglichen Grüntönen und eine wohltuende Ruhe ging von den großen Bäumen aus. Sianca entspannte sich unter ihr, als sie die Zügel lockerte und ihr erlaubte den Weg selbst zu bestimmen.

Gweny schloss die Augen und zog den Geruch von feuchter Erde und würzigem Holz in sich ein. Mit jedem Atemzug entspannte sich ihr Körper mehr und sie fühlte sich freier. So konnte sie für diesen kurzen Moment all ihre weltlichen Probleme von sich abschütteln und einfach nur sein.

Nach einiger Zeit, sie hatte die Augen immer noch geschlossen, spürte sie, wie Sianca sich mit dem Kopf zu ihr drehte und ihr Bein mit der Nase anstupste. Gweny öffnete die Augen. Sie schaute sich um, konnte aber auf dem weiteren Weg nichts Verdächtiges erkennen. Sie wusste, wenn Sianca sich so benahm, dann hatte sie etwas gewittert. Beim letzten Mal war ein Rudel Wölfe in der Nähe gewesen, als sie diese schließlich von weitem erblickte, konnten sie noch ohne Probleme umkehren. Sie drehte sich zu Thor um, der ein ganzes Stück hinter ihr ritt und teilte ihm mit, dass Sianca etwas gewittert hatte und sie nun aufmerksamer reiten mussten. „Ok", kam nur von Thor, der anscheinend immer noch mit seinen Gedanken beschäftigt war.

Gweny ritt langsam um die nächste Kurve. Sianca die jetzt noch unnachgiebiger gegen ihr Bein stupste, fing leicht an zu tänzeln. Gweny beugte sich nach vorne, um ihr beruhigend den Hals zu streicheln.

In diesem Moment sprang Sith mit einem lauten Schrei und großen Ästen wedelnd hinter dem nächsten Baum hervor. Wie sie gehofft hatte, stieg Sianca bei diesem Anblick und Gweny drohte hinabzustürzen. Doch sie war eine gute Reiterin und konnte sich, gerade noch so, an der Mähne festhalten, drohte aber abzurutschen.

Sith, die sah, dass Gweny immer noch im Sattel saß, schrie nochmal laut auf und ging mit ihren riesigen Reisig Zweigen weiter auf die Stute zu. Sianca jetzt noch mehr in Panik, stieg nochmal und diesmal rutschte Gweny die Mähne zwischen den Fingern hindurch und sie fiel vom Pferd.

Just in diesem Moment sprang Thor von seinem eigenen Pferd, das sich auch erschreckt hatte und machte einen Satz hinter Sianca, um Gweny aufzufangen.

Dies gelang ihm gerade noch rechtzeitig, denn ein Augenblick später wäre Gweny auf den harten Waldboden aufgeschlagen. Sianca und Thors Pferd galoppierten rasend vor Schreck in den Wald hinein.

„Was ist passiert?", sagte er mit ehrlicher Sorge in der Stimme. Gweny, die noch unter Schock stand, stammelte nur unverständliche Wortfetzen: „...Jemand...hinter Baum .... Geschrien .... Sianca erschreckt ....!"

Bei dem Wort Sianca sah sie sich schnell um und konnte in der Ferne noch die beiden Pferde davon galoppieren sehen. „Was?" Thor ließ sie sanft auf die Füße gleiten, hielt sie aber noch ein Augenblick fest, um zu sehen, ob sie in der Lage war allein zu stehen. „Kannst du selbst stehen?", fragte er sie deshalb, als er merkte, dass sie noch leicht wankte. „Ja", sagte sie. „Meine Beine zittern nur etwas."

Thor ging zu dem Baum, auf dem Gweny vorhin bei ihrem Gestammel gezeigt hatte. Dort war aber niemand mehr. Sith hatte sich nach ihrem Auftritt schnell auf den Rückweg gemacht. Er untersuchte die Stelle hinter dem Baum genauer und konnte einige zerdrückte Baumfrüchte entdecken. Hier muss jemand gestanden haben, war er sich sicher und schaute sich weiter um. Doch was war das? Er sah in nicht allzu weiter Entfernung etwas glänzen.

Er trat näher heran und erkannte einen kleinen Dolch. Der Angreifer musste ihn verloren haben. Er sah sich den Dolch genauer an und konnte am Griff einen Namen erkennen. Es verschlug ihm die Sprache. Warum sollte Sith wollen, dass Gweny einen Unfall mit ihrem Pferd hat, fragte er sich. Es war ihm ein Rätsel. Er musste sie damit konfrontieren. Und zwar zuallererst allein, sie war seine älteste Freundin, das war er ihr schuldig.

Als er wieder bei Gweny ankam, hatte er den Dolch schon verstaut. „Und hast du was gefunden?", fragte sie ihn, mittlerweile in einem eher zornigen Tonfall. „Nein", log er sie an und fühlte sich augenblicklich schlecht dabei. „Das Gesicht konnte ich auch nicht erkennen", überlegte Gweny laut. „Derjenige oder Diejenige hatte große Zweige mit Blättern vor sich her gewedelt." Sie sah Thor an: „Warum macht jemand so etwas? Ich habe doch keinem etwas getan?" Er zuckte mit den Schultern und ging in Richtung Schloss zurück, er wollte dringend mit Sith sprechen.

Gweny blieb stehen und sah ihn fassungslos hinterher. In ihr stieg das Gefühl des Zornes auf. Als er merkte, dass sie nicht mehr hinter ihm war, drehte er sich um. Wenn er sie einfach hierließ, was ihm zu diesem Zeitpunkt nicht weiter gestört hätte, wären seine Eltern nicht besonders begeistert gewesen. Deshalb rief er ihr zu: „Komm jetzt!" Doch Gweny blieb wie angewurzelt stehen und schaute ihn zornig an.

Auch Thor war stehen geblieben und wartete. Zwischen den beiden entbrannte ein unausgesprochener Wettkampf, wer zuerst auf den anderen zuging, verlor seine eingebildete

Ehre. Da keiner von beiden vorhatte, dem anderen diesen Sieg zu gönnen, verharrten sie stur in ihren Positionen und schauten sich gegenseitig mit erbosten Gesichtern an. Doch ihr Wettkampf wurde prompt unterbrochen, denn einige Moment später hörten sie Hufe, die donnernd auf dem Waldboden galoppierten. Es kam auf sie zu und Gweny, welche mit dem Rücken zum Waldeingang stand, drehte sich um.

Nach einigen Sekunden bogen zwei Pferde um die Kurve. Die Pferde hatte keine Reiter auf ihren Rücken und in ihren Augen stand die blanke Panik. Schnell erkannte Gweny, dass es sich bei einem der beiden um ihre geliebte Stute handelte. Sie stellte sich mitten in den Weg und hob die Hände. Doch die Stute wurde nicht langsamer. Thor, der dies sah, spürte einen Anflug von Angst um Gweny und machte sich bereit, sie aus der Gefahrenzone zu ziehen.

Doch als Gweny ihren Namen rief, wurde die Stute tatsächlich langsamer und kam kurz vor ihr zum Stehen. Sie spürte direkt vor ihrem Gesicht einen leichten Windzug und nun stand Sianca mit ihren Nüstern direkt vor ihren Augen. Sie musste lächeln und tätschelte der Stute leicht den Hals.

Thor, der dem ganzen mit angehaltenem Atem zugesehen hatte, entschlüpfte ein erleichterter Seufzer. Sein Puls raste und in diesem Moment kroch ein neues Gefühl in ihm hoch. Er konnte es noch nicht ganz einordnen, es fühlte sich so anders an als alles, was er jemals für sie gefühlt hatte. Kann es sein, dass er eine Art Wertschätzung für sie fühlte. Außerdem hatte er das Gefühl, sofort zu ihr zu gehen zu müssen und sie in seine Arme zu schließen.

Bei dem Gedanken an diese Umarmung wurde ihm plötzlich heiß und er konnte nichts anderes, als auf sie zuzugehen. Als er zu ihr hinüber ging und sie dort so glücklich neben ihrer Stute stehen sah, musste er lächeln. Es machte ihn einfach glücklich. Gweny sah Thor auf sich zukommen und da sie immer noch wütend, wegen seiner rüpelhaften Art ihr gegenüber war, drehte sie sich weg, sobald er bei ihr ankam.

Sie schwank sich auf Siancas Rücken und sagte kühl: „Wir sollten wohl zurück zum Stall reiten." Thor, der völlig durcheinander, von ihrem unterkühlten Ton war, nickte nur und sah sich suchend nach seinem Pferd um. Dies graste in einiger Entfernung unter einem Baum und ließ sich ohne Mühe wieder einfangen.

Auf dem Rückweg sprachen sie kein Wort mehr miteinander, jeder hing seinen eigenen Gedanken nach. Gweny dachte an Loki und wann er wohl wieder heimkommen würde und Thor dachte daran, dass es nur eine Person gab, mit der er sein Gefühlschaos ordnen konnte.

28

Als sie wieder bei Stall ankamen, sagte Thor, er müsse jetzt gehen, denn er hätte noch etwas zu erledigen. Gweny war dies ganz recht. Sie wollte sowieso noch einmal in ihr und Lokis Gemach, um sich ein paar seiner Bücher zu holen.

Als sie vor der Tür ihres alten Gemachs stand, fühlte es sich an, als würde jemand einen Dolch in sie hineinbohren, der Schmerz über seinen Weggang, fühlte sich so frisch an, wie an dem Tag, an dem er sie verlassen hatte. Als sie endlich den Mut gefunden hatte, die Tür aufzustoßen, stutzte sie. Der Raum war leer. Sie ging hinein und sah sich um. Es war alles ausgeräumt worden, noch nicht mal ein Möbelstück gab es hier noch. Sie war verwirrt. Warum waren alle Sachen ausgeräumt worden, überlegte sie und viel wichtiger, wo waren sie hingekommen? Sie lief zu ihrem Gemach, um nach Serina zu suchen, sie wusste bestimmt, was mit den Sachen passiert war.

In ihrem Zimmer angekommen, reinigte Serina gerade den Badezuber. Als sie sie sah, sprang sie auf und verbeugte sich tief vor ihr. „Serina", sagte sie in einem freundlichen, aber etwas unruhigen Ton. „Warum ist das Gemach von meinem Ehegatten und mir ausgeräumt und wo wurden die

Sachen hingebracht?" Serina sah sie ratlos an und senkte den Blick. „Das weiß ich leider nicht, aber wenn ihr erlaubt, werde ich sofort gehen, um eine Antwort für euch zu finden." Gweny lächelte sie dankbar an und nickte. Sie war froh, so eine treue und loyale Kammerzofe bekommen zu haben.

Nach kurzer Zeit kam Serina wieder und berichtete, dass die Gemächer wohl ausgeräumt worden waren, weil sie nicht mehr benötigt werden. Gweny war nach dieser Aussage leicht verwirrt. Nicht mehr benötigt, dachte sie. „Und wo wurden die Sachen hingebracht?", forderte sie Serina auf weiterzusprechen. „Die wurden wohl in die alten Gemächer gebracht." „Danke", sagte sie zu ihr und entließ sie wieder in ihre vorherige Arbeit. Gweny setzte sich aufs Bett und überlegte, ob es in Ordnung wäre, wenn sie allein in Lokis Zimmer gehen würde. Hatte aber Angst, dass so die Trauer über sein Verschwinden wieder neu entfacht würde und beschloss deshalb nach einer Weile, dass sie lieber, solange sie noch Zeit für sich hatte, der Bibliothek einen Besuch abzustatten.

In der Bibliothek hatte sie aber leider auch kein Glück. Denn den Zauber, den sie suchte, konnte sie dort nicht finden. Es gab nur eine Person, die ihr vielleicht noch weiterhelfen konnte. Sie hoffte, diese beim nächsten Mal in der großen Halle zu treffen, sonst müsste sie sich unerlaubterweise noch einmal auf den Weg zu ihrem Haus machen müssen.

29

Als sie zurück zu ihrem Gemach gehen wollte, um sich dort die Zeit zu vertreiben, lief sie fast völlig in ihren Gedanken versunken, in Thor hinein. Sie prallten zwar nur leicht gegeneinander, aber Gweny reichte dieser Stoß aus, um nach hinten zu stolpern. Im letzten Moment bekam Thor sie noch zu fassen und zog sie eng an sich, um sie vor dem Fallen zu schützen.

Während dieses Moments, der ewig zu dauern schien, fing die Luft, um sie herum an zu knistern. Sie schauten sich tief in die Augen und Gweny glaubte für einen kurzen Moment, in ihnen einen neuen Glanz zu sehen, einen liebenswürdigen, der hinter der Mauer seiner schützenden Hochmütigkeit hervorblitze.

Er flüsterte: „Ist alles in Ordnung bei dir?" „Ja", hauchte sie leicht zurück und war überwältigt von der Woge der Zuneigung, die sie gerade so plötzlich überrollte. Am liebsten hätte sie ihre Arme auch um ihn geschlungen und ihn einfach nur gefühlt. Ihm schien es nicht unangenehm zu sein, so mit ihr hier zu stehen und auch er genoss augenscheinlich diesen Moment.

Gweny, die wie fremdgesteuert ihren Kopf leicht nach vorne beugte, um näher mit ihren Lippen an seinen zu sein, durchfuhr plötzlich ein Blitz.

Sie fasste mit ihrer Hand an die Schläfe, wo der vermeintliche Blitz in sie hinein gedrungen war. Plötzlich wurde alles hell und sie musste die Augen schließen, da sie das Gefühl hatte, sonst immens geblendet zu werden. Vor ihren inneren Augen schossen Bilder wild durcheinander. Sie konnte keins davon scharf erkennen, es war alles verschwommen. Immer wieder kamen neue Bilder hinzu. Gweny versuchte sich, auf einzelne Szenen zu konzentrieren. Sie konnte Umrisse erkennen, aber die Bilder zogen so schnell vorbei, dass sie nichts erkannte. Nach wenigen Momenten war es auch schon wieder vorbei. Sie fühlte, wie der Blitz den Weg suchte, auf dem er in ihren Kopf eingedrungen war, um dort wieder hinauszugelangen. Als sie ihre Augen öffnete, sah sie, dass sie nicht mehr auf einem der Gänge, sondern in ein ihr unbekanntes Gemach gebracht worden war.

Als sie sich umsah, sah sie die Königin an der Tür mit Thor sprechen. Sie lag auf einem Sofa. Gweny setzte sich auf. Sie räusperte sich, um zu signalisieren, dass sie wach war.

Im nächsten Augenblick eilten Thor und seine Mutter mit sorgenvollem Gesichtsausdruck auf das Sofa zu.

„Was ist passiert?", fragte Gweny. „Wie bin ich hierherge-
kommen?" Die Königin strich ihr übers Gesicht und warf
Thor einen Blick zu, der daraufhin den Raum verließ.
„Meine Liebe, du bist auf dem Gang bewusstlos geworden.
Thor hat dich gleich in mein Gemach gebracht. Was genau
ist aus deiner Sicht passiert?" Gweny überlegte kurz, dann
schilderte sie ihre Erlebnisse und auch, dass ihr dies nur wie
wenige Momente vorkam. Die Gesichtszüge der Königin
entspannten sich bei ihrer Geschichte zusehends. Als
Gweny mit ihrer Geschichte endete, lächelte sie sogar.
„Was war das?", fragte Gweny sie. Die Königin sah eine
Weile aus dem Fenster, bevor sie antwortet:

„Vor vielen tausend Jahren gab es nur eine Welt. Auf ihr
lebte unser aller Schöpfer Borr. Er schuf alles, was wir
heute kennen und auch alle Völker unserer neun Welten.
Aus dieser Vorzeit gibt es nur noch eine Schrift, die von
dem Schöpfer selbst verfasst wurde. Sie wird in seiner
Kammer, hier im Schloss, unter den höchsten Sicherheits-
vorkehrungen aufbewahrt. Ich hatte einmal das Glück in
meinem Leben, sie sehen zu dürfen. Eigentlich ist sie für
niemandem außer dem König zugänglich, aber die Schrift
wurde im Laufe der Zeit abgeschrieben, um sie auch für
den Hochadel zugänglich zu machen."

Die Königin machte eine kurze Pause. Gweny, welche die ganze Zeit gespannt zugehört hatte, fragte nun: „Und was wird durch diese Schrift überliefert?" Die Königin schaute sie mit einem nachsichtigen Lächeln an. Sie stand auf und ging an einen Schreibtisch, der in der Ecke stand. Sie holte ein zusammengerolltes Pergament heraus. Als sie sich wieder auf das Sofa setzte, rollte sie diese auseinander und gab es Gweny in die Hand.

Als sie das Pergament mit den Fingerspitzen berührte, fühlte es sich an, als würde ein Blitz durch ihre Hand zucken. Sie zog ihre Hand schnell zurück und sah die Königin verwundert an. Doch die Königin nickte und hielt es ihr nochmal hin.

Gweny umschloss das Pergament mit beiden Händen und sogleich erfüllte ein Blitz ihren ganzen Körper, es kribbelte überall. Es war kein unangenehmes Gefühl, sondern es fühlte sich an, als ob es sie stärker machen würde. Kurz bevor sie anfing zu lesen, sah sie im Augenwinkel, wie die Königin in Richtung Tür davon ging. Sie konnte eine alte Schrift sehen, die sie nicht kannte. Aber auf eine eigenartige Weise konnte sie die Schrift ohne Probleme lesen. Dort stand:

Heute soll der erste Tag der Ewigkeit sein.

Heute werde ich alles erschaffen, was Leben bedeutet.

Ich werde Tiere, Völker und neun Welten erschaffen.

Pflanzen und die Meere.

Und alles, was man mit bloßem Auge nicht erkennen kann.

So soll Liebe unter den Wesen herrschen.

Sie sollen friedlich bis zum letzten Tag miteinander leben.

Damit dieser Frieden ewig währt, soll mein eigener Sohn Odin der Allvater über alle neun Welten wachen.

Nach genau fünftausend Jahren soll es jemanden geben, geboren unter der Krone und im Zeichen der Sonne.

Mit einer männlichen Bürde belegt, aber stark genug, um den Frieden zu erhalten.

Ein Wesen wird dieser Schrift entsteigen und sich ihm zu erkennen geben, wenn dem Auserwählten seine Gabe erscheint.

Bei den letzten Worten lief es Gweny kalt den Rücken hinunter. Sie musste die Schriften des Schöpfers Burr nochmals lesen. Als sie dieses Mal geendet hatte, sah sie auf.

Die Königin stand nun in der Tür und neben ihr der König. Die beiden starrten sie an. „Hast du etwas gefühlt, als du das Pergament angefasst hast?", fragte sie der König in einem ernsten Ton. Gweny legte die Rolle auf den Tisch und stand auf. „Ja", sagte sie genauso ernst und ging auf den König zu. „Was hat das zu bedeuten?" Sie sah ihn fragend an. „Was hast du gefühlt?", wollte er wissen, ohne auf ihre Frage zu achten. „Ein blitzartiges Kribbeln im ganzen Körper", sagte sie, als ob es etwas ganz Normales wäre, so ein Gefühl beim Berühren von Pergament zu haben.

Der König drehte sich zu seiner Frau und nickte ihr zu. Er wirkt leicht nervös und bei diesem Anblick wurde auch Gweny ganz mulmig zumute. Sie verschwand durch die Tür und kam kurz danach mit zwei Wachen wieder.

Der König wand sich an Gweny: „Mein Kind, du musst uns jetzt begleiten." Die beiden Wachen gingen um sie herum und ehe sie sich versah, lief sie zwischen den zwei Wachen und dem König einen langen Gang entlang. Gweny wurde immer nervöser. Wo bringen sie mich hin, dachte sie ängstlich. Sie stiegen eine lange Wendeltreppe nach unten und gerade als Gweny sich fragte, ob sie überhaupt ein Ende hat, erschien am Ende der Treppe eine goldene Tür.

Odin nahm seine Halskette ab, um mit dem daran hängenden Schlüssel die Tür aufzuschließen. Als die Tür offen war, eilte einer der Wachen voraus, um die Fackeln zu entzünden.

Die drei anderen Besucher der heiligen Stätte gingen langsam hinterher. Nun kam der König an ihre Seite und erklärte ihr mit ehrfürchtiger Stimme, dass sie nun in den heiligen Hallen seines Vaters, dem Schöpfer von allem, waren.

Nachdem sein Vater alles erschaffen hatte, war er immer schwächer geworden, bis er in einen immerwährenden Schlaf fiel. Umso auf das Ende der neun Welten zu warten, wo alles wieder von neuem beginnt wird.

„Eigentlich ist es niemandem erlaubt hier einzudringen. Ja, eigentlich auch nicht mir", beantwortete er ihre unausgesprochene Frage. Aber jetzt haben wir eine Situation, in der es unumgänglich ist, in die Halle einzudringen und die Originalschriften zu berühren.

„Wir hatten immer gedacht, dass der Auserwählte männlichen Geschlechts sein muss", sagte er mehr zu sich selbst als zu ihr. „Aber so soll es wohl sein!" Er schaute mit einem

Seitenblick auf Gweny und musste lächeln. Er hatte von Anfang an gespürt, dass sie etwas Besonderes war und er hatte recht behalten, erst die Prophezeiung und jetzt dies.

Odin war gespannt, welches Wesen sein Vater als ihren Begleiter ausgesucht hatte. Er hatte damals ein kleines Rabenküken bekommen, welches ihm bis heute ein treuer Begleiter war.

Nach einigen Metern kamen sie in eine große Halle. Gweny sah sich um und konnte am Ende der Halle einen mäßig beleuchteten Glaskasten sehen, in dem jemand lag. Sie ging hinter dem König her und blieb neben ihm, vor dem gläsernen Sarg stehen. Der König verbeugte sich tief und sank auf die Knie. Er senkte den Kopf und sprach in einer fremdklingenden Sprache, welche sich anhörte wie ein Gesang. Gweny tat es ihm nach und spürte zugleich dieses elektrisierende Gefühl wieder durch ihren Körper strömen.

Als sie aufstand, fühlte sie die Macht, mit der sie gerade gesegnet worden war. Sie hielt ihre Handflächen nach oben und schon erschien eine kleine blaue Flamme, die zwischen ihren Fingern unruhig hin und her tanzte. Als der König dies sah, lächelte er zufrieden und hob als Antwort seine eigenen Handflächen hoch. Auf seiner tanzte nicht nur eine kleine blaue Flamme, sondern es wütete ein kleiner, blauer

Feuertornado. „Das lernst du noch", sagte er mit einem Anflug vom väterlichen Stolz. „Nun wissen wir, dass du die Auserwählte bist", sagte er hochachtungsvoll. „Dann bleibt uns nur noch eine Aufgabe, die die Schrift uns stellt."

Er wand sich zur rechten Seite und ging mit zügigen Schritten auf eine Vitrine zu, die am Rand der großen Halle stand. Er nahm wieder seine Halskette in die Hand und benutzte dieses Mal einen anderen Schlüssel, um die Vitrine zu öffnen. Es gab ein zischendes Geräusch, als einer der Wachen den Deckel anhob.

Odin schob Gweny nach vorne. „Nimm das Pergament in die Hand, mein Kind und du wirst deinen eigenen ewig treuen Begleiter bekommen, der von unserem Schöpfer für dich vorgesehen wurde."

Gweny zögerte kurz, bevor sie ihre Hand ausstreckte. Dann nahm sie das Pergament vorsichtig in die Hände. Wieder dieses Gefühl, dachte sie vertraut. Sie las den Text der Schriftrolle, welcher im Gegensatz zu dem, auf der Nachbildung schon sehr verwittert war. Aber mit etwas Anstrengung gelang es ihr doch. Es stand alles darauf, genau wie auf der Nachbildung.

Ganz unten auf dem Pergament erschien wie von selbst noch ein weiterer Absatz, der anscheinend nur für ihre Augen bestimmt war, den auf der Nachbildung war er nicht gewesen.

Liebste Tochter Gwenyfer,

ich bin froh, dass du den Weg zu mir gefunden hast.

Ich setze all meine Hoffnung in dich, dass du die neun Welten weiter in Frieden hältst.

Nur nimm dich in Acht vor den beiden Neiderinnen, sie werden dir immer wieder mit diabolischer Hinterlist nach dem Leben trachten.

Aber solange du und die Königsbrüder eins sind, wird alles gut sein.

Nun lege ich die Verantwortung in deine Hände und gebe dir als Zeichen meiner Verbundenheit zu dir, diesen Gefährten.

Er wird dir Trost geben und ein guter Freund sein, wenn es kein anderer sein kann.

Gib gut acht auf ihn, einem ehrlicheren Wesen, wirst du niemals mehr begegnen.

Just in dem Moment, in dem sie den letzten Satz fertigge-
lesen hatte, fing das Pergament in ihren Händen an zu brennen.

Der König, der neben ihr stand, hielt ihr eine Schale hin,
als ob er gewusst hatte was passiert. Kurz bevor es vollends
zu Asche zerfiel, gab es einen kleinen Knall und Rauch
hüllte den Teller ein. Als sich der Rauch verzog, saß dort
ein Wolfsjunge und schaute scheu in ihre Richtung.

Als sich sein Blick, mit dem von Gweny traf, lief er auf sie
zu, als ob er genau nach ihr gesucht hätte. Er sprang auf
ihren Arm und kuschelte sich dort ein, als ob er dies schon
viele hunderte Male vorher getan hatte. Gweny streichelte
sanft über seinen Kopf und spürte die tiefe Verbundenheit,
die zwischen ihnen anfing zu entstehen. Sie sah zum König
hinüber, der sie mit einem zufriedenen Blick ansah. Er bedeutete den beiden Wachen, die Fackeln zu löschen und
ging, nachdem er noch eine kurze Verbeugung in Richtung
des Sarkophags andeutete, zur Treppe um diese wieder hin-
aufsteigen. Gweny folgte ihm.

Nachdem sie wieder oben ankamen, trennten sich ihre
Wege. Der König ging zurück zur großen Halle und Gweny
nahm ihren neuen Gefährten mit in ihr Gemach. Sie spielte
den restlichen Nachmittag mit ihm. Sie musste ihn nur kurz

allein lassen, als sie zum Abendessen ging. Als sie wieder bei ihm war, kuschelten sie gemeinsam auf dem Sofa im Salon. Gweny hatte in der einen Hand ihr Buch und streichelte mit der anderen Hand den kleinen Wolf.

30

Am nächsten Morgen, als Gweny sich zurecht machte, klopfte es an der Tür. Da sie Serina schon entlassen hatte, stand sie selbst auf, um an die Tür zu gehen.

Draußen stand Thor, das schlechte Gewissen stand ihm ins Gesicht geschrieben. „Ja", sagte Gweny kühl. Er knete seine Finger und fing nach einigen Sekunden nervös an zu sprechen: „Hast du kurz Zeit, ich würde gerne mit dir reden?", er sah sie erwartungsvoll an. „Eigentlich wollte ich mich gerade auf den Weg zur großen Halle begeben", sagte sie immer noch in einem kühlen Ton: „Aber einen kurzen Moment werde ich wohl noch haben", meinte sie jetzt schon etwas versöhnlicher und ließ ihn eintreten.

Sie ging voraus, in ihren Salon und setzte sich auf eines der Sitzmöbel, die mitten im Raum standen. Er lief ihr nach und setzte sich direkt neben sie. Gweny, die fest davon überzeugt war, dass all ihre Gefühle für ihn längst erloschen seien, spürte plötzlich eine Hitze in sich aufsteigen, als er sich so nah neben sie setzte.

Sie ärgerte sich innerlich über ihre wieder aufkeimenden Gefühle und versuchte sie wie so oft in der Vergangenheit von sich zu schieben.

Ein Augenblick später nahm Thor ihre Hände in seine und streichelte sie zärtlich. Ihr Verstand wollte, sie sofort zurückziehen, aber ihr Körper gehorchte ihr nicht und so blieben ihre Hände in seinen. Sie wartete darauf, was er ihr zu sagen hatte.

„Meine liebste Gweny, zuallererst muss ich mich bei dir entschuldigen. Ich habe mich in der Vergangenheit wie ein eingebildeter Trottel verhalten", sagte er nervös, er hielt kurz inne und schaute ihr direkt in die Augen.

Dann sprach er weiter: „Die Situation gestern im Wald und als du ohnmächtig wurdest, haben mir gezeigt, dass ich meine Gefühle zu dir nicht weiter verstecken möchte und kann. Ich bin nicht besonders geübt darin meine Gefühle zu offenbaren", gestand er ihr nun mit unsicherer Stimme. „Es gab nie jemanden, den ich so sehr mochte und der für mich nicht erreichbar war", sein Stolz funkelte leicht in seinen Augen, er hatte ihn aber sofort wieder unter Kontrolle. „Was ich meine ist." Er sah sie weiter immer noch unsicher an. „Ich habe noch nie so, für jemanden gefühlt wie für dich. Bis vorhin wusste ich auch nicht genau, wie ich damit umgehen sollte, aber jetzt ist mir klar geworden, dass die einzige Lösung für mein Gefühlschaos du bist!"

Er sah ihr fest in die Augen und hoffte, bei diesen Worten eine positive Reaktion ihrerseits zu provozieren, aber ihr Gesicht sah absolut ausdruckslos aus.

„Gwenyfer", sagte er deshalb fast flehend. „Bitte erlöse mich von meinem Leid. Ich … Ich … Ich liebe dich und möchte nur mit dir mein restliches Leben verbringen." Als er den letzten Satz sprach, begannen seine Augen zu glänzen und er blickte sie voller Hoffnung an. Er sah ihre Mundwinkel zucken.

In Gweny, die die ganze Zeit über mit Erfolg versucht hatte, ihre äußere Erscheinung neutral wirken zu lassen, tobte ein Gefühlstornado. Besonders bei seinen letzten Worten, konnte sie nicht mehr anders und musste lächeln.

Als er ihr Lächeln sah, entspannte sich sein Körper. Er nahm ihre Hand und führte sie zu seinen Lippen. Er küsste diese zärtlich und sie ließ es geschehen und schloss die Augen. Sie merkte, wie er ihr Gesicht in seine Hände nahm und öffnete die Augen. Sie blickten sich lange an. Und in diesem besonderen Moment, in dem keiner der Beiden mehr die Kraft hatte, seine romantischen Gefühle für den anderen beiseitezuschieben, wurde auch ihr Schicksal unwiderrufbar miteinander verbunden.

Er zog vorsichtig ihren Kopf in seine Richtung und nur einige Augenblicke später trafen sich ihre Lippen. Erst waren sie sehr vorsichtig, doch es wurde immer leidenschaftlicher. Die Gefühle in ihnen fühlten sich an, wie Feuerwerke und ihre Leidenschaft füreinander beflügelte sie immer weiterzumachen, doch genau in diesem Moment klopfte es an die Tür.

Gweny löste sich widerwillig von Thor und ging zur Tür. Draußen stand eine Wache und teilte ihr mit, dass sie beim Morgenmahl erwartet wurde. Gweny besann sich mit einem traurigen Gefühl, denn nun wo Thor ihr die Treue geschworen hatte, hätte sie gerne noch etwas mehr Zeit allein mit ihm verbracht, aber sie musste ihre Pflicht dem König gegenüber nachkommen und bat ihn kurz zu warten.

Als sie die Tür schloss, kam Thor aus dem Salon mit einem Lächeln zu ihr hinüber und wollte gerade dort weitermachen, wo sie aufgehört haben. Doch sie musste ihm sagen, dass sie beim Morgenmahl erwartet wurden. Sie ging zu ihrem Spiegel in der Ecke und richtete ihre Kleidung, die ein wenig verrutscht war. Sie schämte sich so vor die Wache getreten zu sein.

Sie ging zum Bett, wo ihr kleiner Wolf schlief und streichelte ihm zärtlich über den Kopf. „Ich bin bald zurück", sagte sie liebevoll zu ihm und ging in Richtung Tür.

„Wer ist das?", fragte Thor sie überrascht beim Hinausgehen. „Ein Geschenk", sagte Gweny nur lächelnd.

Vor der Tür ließ sich die Wache, ihre Überraschung, dass auch Prinz Thor mit im Gemach gewesen war, nicht anmerken.

Er lief voraus und Thor und Gweny folgten ihm. Thor bot Gweny seinen Arm an und sie nahm ihn dankbar an. So gingen sie zur und in die große Halle hinein, wo schon alle anderen beim Essen waren. Thor geleitete sie zu ihrem Platz und küsste ihre Hand. Gweny lächelte und setzte sich zwischen die Königin und die Alte.

Bei deren Anblick bekam sie augenblicklich ein schlechtes Gewissen, weil ihre Gedanken zu Loki schwebten. Sie setzte sich auf ihren Stuhl und blickte bedrückt auf ihren Teller. Als das Essen aufgetragen wurde, stocherte sie nur darin herum und bekam vor lauter aufkommender Traurigkeit kein Bissen hinunter. Nach einer Weile merkte sie eine Hand auf ihren Arm liegen und wusste, ohne hochzublicken, dass es die der Königin war. Sie fühlte sich durch die trostspende Berührung gleich etwas besser.

Sie blickte zur Seite und sah in ihre glücklichen, funkelten Augen. „Er hat also mit dir gesprochen?", versuchte sie vorsichtig ein Gespräch zu beginnen. Gweny nickte zur Antwort mit einem Lächeln. „Ich bin froh, dass ihr euch nun besser versteht", sagte sie und nahm Gwenys Hand in ihre. „Ich auch", gab Gweny zu. „Aber was bedrückt dich dann, mein Kind?" „Es ist wegen Loki", gestand Gweny den Tränen nah. „Wenn ich wenigstens wüsste, wie es ihm geht." Nun mischte sich die Alte ein: „Meine liebe Gweny", sagte sie mit einem Augenzwinkern. „Ich habe eine Nachricht für dich von Loki bekommen", sie hielt eine Pergamentrolle in den Händen. Diese Nachricht löste in Gweny ein Gefühl der Erleichterung aus.

Sie wollte nach der Rolle greifen, aber die Alte zog sie schnell wieder zurück. Gweny sah sie fassungslos an. „Bevor du sie bekommst, würde ich gerne wissen, ob es stimmt, was man sich im Schloss erzählt. Bist du die Auserwählte unseres Schöpfers Borr?" Sie sah sie erwartungsvoll an. Gweny nickte und hob ihre Handfläche, in der augenblicklich ein blaues Feuer brannte. Eine Gabe, mit der außer ihr nur der Sohn Borrs gesegnet worden war und deshalb ein Beweis für ihre Verbindung zum Schöpfer selbst darstellte. Das Feuer tanzte, wie beim ersten Mal zwischen ihren Fingern unruhig hin und her. Die Alte schien beeindruckte.

„Ich sollte dir mehr über deine neuen Kräfte beibringen", überlegte sie laut. „Am besten, so bald wie möglich, damit du wohl bedacht mit ihr umgehen kannst. Ich werde gleich alle Vorbereitungen dafür treffen", sprach sie mehr zu sich selbst. Dann mischte sich die Königin ein. Sie lächelte die Alte an und sagte: „Aber nicht vor der Hochzeit." Die Alte guckte kurz grimmig, besann sich aber im nächsten Augenblick wieder zu ihrem zahnlosen Lächeln und nickte.

Dann wand sie sich nochmal an Gweny. „Was für ein Geschenk hast du von unserem Schöpfer bekommen?", wollte die Alte noch wissen. „Ein prächtigen Wolf", antwortete Gweny stolz und setzte noch grinsend hinzu. „Obwohl er jetzt noch ein kleiner Welpe ist." „Sehr schön", sagte sie. „Ihr werdet gut zusammenwachsen", sagte sie noch, dann stand sie auf, legte die Pergamentrolle vor Gweny auf den Tisch und ging mit dem Mann, der Gweny bekannt vorkam, schnellen Schrittes aus der großen Halle.

Gweny drehte sich wieder zur Königin um, die das ganze Gespräch verfolgt hatte und jetzt sagte: „Du kannst dich glücklich schätzen, dass sie dich unterrichten will, sie ist eine vorzügliche Lehrerin. Das war sie schon damals bei mir", sagte sie mit einem Augenzwinkern.

Gweny, die es gar nicht erwarten konnte, Lokis Nachricht zu lesen, entschuldigte sich und machte sich auf den Weg zu ihrem Gemach. Doch weit kam sie nicht. Die Königin kam ihr noch schnell hinterher, um sie daran zu erinnern, dass sie ihr versprochen hatte, sich den heutigen Tag, ganz der Hochzeit und den Vorbereitungen zu widmen. Gweny sah zu der Schriftrolle. Sie hätte sie zu gerne sofort gelesen, aber anscheinend musste das bis zum Abend warten. Sie versprach der Königin, sie gleich in ihrem Gemach zu treffen.

Deshalb brachte sie die Schriftrolle in ihr Zimmer und holte den kleinen Wolf. Dann machten sie sich auf den Weg zum Gemach der Königin. Die Vorbereitungen dauerten den ganzen Tag. Erst kurz vor dem Abendessen ging sie wieder zu ihrem eigenen Gemach, um sich umzuziehen. Als sie ins Zimmer traten, sprang ihr kleiner Gefährte sofort auf ihr Bett und rollte sich ein. Auch für ihn war das heute ein anstrengender Tag gewesen. Als sie umgezogen war, machte sie sich auf den Weg in die große Halle, nachdem sie noch einen sehnsüchtigen Blick auf Lokis Brief geworfen hatte. Ihr Herz begann schneller zu schlagen und sie konnte die Zeit gar nicht schnell genug herbeisehnen.

 Nach dem Essen eilte sie so schnell sie konnte zu ihrem Gemach zurück und schloss die Tür hinter sich. Der kleine Wolf lag noch immer schlafend auf dem Bett. „Morgen müssen wir uns mal einen Namen für dich überlegen", sagte sie und legte sich neben ihm. Sie entrollte die Schriftrolle und begann zu lesen:

Meine große Liebe,

stand dort in seiner sauberen, verschlungenen Schrift. Wie sehr vermisste sie ihn, ihr schossen Tränen in die Augen ...

Als Erstes, möchte ich mich bei dir für meine übereilte Abreise entschuldigen.

Ich weiß, dass ich dir damit das Herz brach und die Gedanken daran quälen mich seither jede Nacht.

Was ich jetzt gerade, für nur einen deiner Küsse geben würde. Mein Herz verzehrt sich so sehr nach dir, dass ich nicht beschreiben kann, wie sehr ich dich vermisse.

Aber leider, kann ich zurzeit noch nicht zu dir zurückkehren. Mein Geist ist noch nicht gänzlich besänftigt.

Gweny wischte sich mit dem Saum ihres Kleides über die Augen, um weiterlesen zu können ...

Ich bitte dich noch einen Moment, länger auf mich zu warten. Du wirst mich bald wieder in deine Arme schließen können.

In ewiger Liebe zu dir, dein Loki

Gweny las den Brief wieder und wieder und die ganze Verzweiflung, die sich in letzter Zeit in ihr über seinen Weggang und das schlechte Gewissen gegenüber ihm angestaut
hatte, drang nun aus ihr hinaus.

Der kleine Wolf wachte auf und kuschelte sich eng an sie,
was ihr half, nach einer Weile die Tränen versickern zu lassen. Nach dieser erneuten Tränenflut ging es ihr nun wieder
besser und mit neuen klareren Gedanken wusste sie, dass
er Verständnis für sie und ihre Situation mit Thor haben
würde.

Mit diesem Gedanken und dem kleinen Wolf im Arm fiel
sie in einen tiefen traumlosen Schlaf.

31

Als es am nächsten Morgen an die Tür klopfte, war Gweny gerade aus dem Badezuber gestiegen und saß nur mit einem Leinenmantel bekleidet auf ihrem Bett. Serina öffnete die Tür nur einen Spaltbreit, um zu sehen, wer der frühe Besucher war.

Es war wieder Thor.

Er bat darum eintreten zu dürfen. Serina schloss die Tür wieder etwas und sah zu Gweny hinüber, als diese nickte, öffnete sie die Tür ganz, um den Besucher hereinzulassen.

Gwenys Augen strahlten, als sie ihn sah und ihr Glücksgefühl von gestern stieg erneut in ihr auf. Thor kam auf sie zu und setzte sich neben sie. Ihr wurde schon wieder heiß und ihr Atem beschleunigte sich. Er nahm ihr Gesicht in seine Hände und gab ihr ein Kuss auf die Wange. „Wie sehr ich dich vermisst habe, in der Zeit, als du nicht bei mir warst", sagte er nun mit einer glückseligen Stimme und streichelte sanft über ihre Haare.

Dann beugte er sich vor und flüsterte in ihr Ohr: „Ich habe eine Überraschung für dich. Lass deine Zofe ein paar Sachen für dich packen, am späten Vormittag geht es los."

„Wohin?", wollte sie neugierig wissen, aber er lächelte nur geheimnisvoll. Dann sagte er etwas lauter: „Ich warte vor dem Gemach, um euch zum Morgenmahl zu begleiten."

Bei diesen Worten stand er auf und ging zur Tür. Als er den Raum verlassen hatte, beeilte sie sich, um sich zurecht zu machen. Nach kurzer Zeit stand sie fertig, vor der noch verschlossenen Tür. Sie drehte sich noch einmal lächelnd zu Serina um und bat sie ihr ein paar Sachen für eine Reise zu packen. Dann öffnete sie die Tür, vor der sie schon von einem ihrer Prinzen erwartet wurde.

Thor holte sie später ab und ging mit ihr in die große Eingangshalle und hinaus auf den Vorhof. Dort wartete schon Serina mit ihrem Gepäck und dem kleinen Wolf. Das Gepäck wurde schon eingeladen, der kleine Wolf hüpfte auf Gwenys Arm und so konnten die drei in die königliche Kutsche einsteigen. „Oh, schon wieder eine Kutschfahrt?", argwöhnte Gweny und musste bei Thors verwundertem Gesicht lachen.

Es dauerte einen Moment, bis auch er ihre Anspielung verstand, dann lachte er und erwiderte: „Diese wir sicher mehr in deinem Sinne sein als die letzte!" Als sie in der Kutsche saßen, erzählte ihr Thor endlich mehr über das geheime Ausflugsziel.

Sie fuhren nach Honnigsoya, dies war eine Insel auf Vanaheim. Als die Kutsche den Bifröst passierte, dauerte es nicht mehr lange bis sie ihr Ziel, die Küste der Halbinsel Torsholm, erreichten. Von dort aus ging ihre Reise mit einer Fähre weiter. Als die Kutsche schließlich endgültig ihr Ziel erreicht hatte, war Gweny gespannt, wie ihre Unterkunft für die nächsten paar Tage aussehen würde.

Als sie ausstiegen, tauchte vor ihnen eine Burg auf. Es schien eine Herberge zu sein, denn auf einem großen Schild über dem Eingang stand das vanische Wort für Herberge und dahinter noch etwas in einer Schrift, die sie nicht lesen konnte. Sie sah Thor fragend an, er erklärte ihr, dass die Schrift Altvanisch war und nur noch sehr wenige Vanen dies beherrschten. Das Schild stamme auch noch aus der alten Zeit, erklärte er weiter. Die Burg hatte lange Zeit leer gestanden. Aber vor einiger Zeit, gab es neue Besitzer und diese beschlossen eine Herberge zu eröffnen. Und weil die neuen Herbergsbesitzer, die Schrift so schön fanden, war das Schild mit der altvanischen Schrift geblieben.

„Es heißt: Mögen die Götter euch ewiglich behüten", setzte er noch lächelnd nach, als er ihr immer noch fragendes Gesicht sah. Er nahm ihren Arm und ging mit ihr zum Eingang.

Als ihnen ihre Zimmer gezeigt wurden, war Thor erstaunt, warum ihnen zwei Schlafzimmer zugeteilt wurden.

Er erkundigte sich beim Wirt und bekam als Antwort, dass dies ein strikte Anweisung des Königs war. Thor verdrehte die Augen in Gwenys Richtung und sie musste lachen. Es störte sie nicht besonderes ein eigenes Zimmer zu haben.

In den nächsten Tagen verbrachten die beiden viel gemeinsame und glückliche Stunden miteinander und ihre Zuneigung zueinander wuchs stetig.

Thor, der sich nach dem Gespräch mit seiner Mutter über seine Gefühle vollends bewusst geworden war und von seinem selbstverliebten Ego Abschied genommen hatte, war noch nie so glücklich und ausgeglichen gewesen, wie in diesen Tagen. Und auch Gweny, die zwischenzeitlich immer wieder an Loki denken musste, konnte auf der Insel zur Ruhe kommen und nach den vergangenen ereignisreichen Wochen ein wenig ihre Kraftreserven auffüllen.

Da die Hochzeit von Thor und Gweny immer näher rückte, machten sich die beiden nach einigen Tagen wieder auf den Heimweg gen Asgard. Denn dort wurde sie schon sehnsüchtig erwartet.

32

Als die Kutsche um die Ecke vor das Schloss bog, konnte Gweny etwas Grünes vor dem Eingang stehen sehen.

Ihr Herz fing mit einem Mal an schneller zu schlagen. Kann es sein, schoss es ihr durch den Kopf, steht er da vorn und wartete auf sie?

Sie drehte sich zu Thor um. „Hast du ihn auch gesehen?", fragte sie ihn aufgeregt, er brummte nur zustimmend und drehte sich weg.

Eifersucht stieg in ihm hoch. Er wollte sie nicht teilen, auch wenn er wusste, dass er es musste.

Umso näher die Kutsche dem Schloss kam, umso deutlicher wurde Lokis Gestalt vor dem Portal. Als die Kutsche zum Stehen kam, stürmte Gweny aus der Kutsche und in seine Arme.

Ihr rannen Tränen die Wangen hinunter und sie konnte ihr Glück über seine Heimkehr gar nicht fassen. Nun stieg auch Thor aus der Kutsche aus. „Oh, du bist wieder da, Bruder", sagte er in einem säuerlichen Ton. „Ich will doch die Hochzeit meines kleinen Bruders nicht verpassen", erwiderte er und ging auf ihn zu, um ihn zu umarmen.

Doch Thor drehte sich weg und ging schnell die Treppe hinauf.

Gweny sah ihn fragend nach, was ist mit ihm, dachte sie, er wusste doch, dass der Tag kommt, an dem Loki zurückkehren würde. Diesen störte das Verhalten seines Bruders weniger und er nahm sie wieder in die Arme, um sie zu küssen. Sie genoss seine Berührungen und war froh, dass er wieder da war. „Seit wann bist du wieder hier?", fragte sie ihn, während sie Arm in Arm in das Schloss gingen.

„Seit wenigen Tagen erst", er lächelte sie an. Wie sehr er sie wirklich vermisst hatte, wurde ihm erst jetzt bewusst und auch das er nie wieder von ihr getrennt sein wollte.

Sie standen nun in der Eingangshalle. „Geht es dir nun wieder besser?", erkundigte sie sich bei ihm, mit Sorge in der Stimme, denn sie hatte Angst, dass er nochmal weggehen würde. „Ja", antwortete er auf ihre Frage und lächelte sie glücklich an. „Wollen wir im Park ein bisschen spazieren gehen?" „Gerne." So schlenderten beide die Hände ineinander verschränkt, durch den Schlossgarten und Loki erzählte ihr, von seiner Reise und was er alles erlebt hatte. Er erzählte ihr auch, dass ihm klar geworden war, bevor er sie jemals verlieren wollte, würde er sie auch mit seinem Bruder teilen.

Sie verbrachten einen schönen gemeinsamen Nachmittag. Als sie wieder zurück in Richtung Schloss gingen, fiel Gweny noch ein: „Sie haben unser Gemach leergeräumt." „Ich weiß", meinte er daraufhin. „Wir haben jetzt ein neues gemeinsames Gemach, zusammen mit Thor", erklärte er ihr. „Es ist der große Raum, den wir durch die Geheimtüren in unseren Gemächern betreten können." „Ja?", fragte sie und setzte in Gedanken hinzu, warum ist mir das nicht eingefallen, dass dies das neue Gemach sein musste. Sie musste lachen.

„Eigentlich wollte ich in deinen Büchern nach einer Möglichkeit suchen, um Kontakt zu dir aufzunehmen", sagte sie daraufhin. „Denn in der Bücherei, bin ich nicht fündig geworden." Sie lächelte ihn entschuldigend an. „Oh, meine Liebe", sagte er liebevoll. „So sehr hast du mich vermisst?" Gweny wurde etwas rot „Ich bin die erste Woche nicht aus meinem Gemach gekommen, weil es mir so schlecht ging", gab sie nun etwas beschämt zu. Loki blieb stehen und sein Gesichtsausdruck wurde ernst, er nahm ihren Kopf in seine Hände. „Ist das wahr?", fragte er sie in einem besorgten Ton. Gweny wurde noch röter und nickte. Er sah ihr fest in die Augen und versprach ihr, sie nie wieder zu verlassen.

Dieses Versprechen löste in Gweny die Tränen aus, die sie schon die ganze Zeit über versucht hatte herunterzuschlucken. Er zog sie an sich und gab ihr die Zeit, die sie brauchte, um sich wieder zu beruhigen.

Einige Zeit später war es bereits dämmrig und Zeit für das Abendmahl.

Als Gweny die große Halle betrat und zu ihrem Platz gehen wollte, hielt der König sie abermals zurück und wies ihr ab heute Abend wieder einen neuen Platz zu.

Sie saß nun auf der rechten Seite des Königs, zwischen Thor und Loki. Als sie sich setzte, merkte sie schnell, dass eine eisige Stimmung zwischen den beiden Brüdern herrschte. Sie warf zuerst Loki ein Lächeln zu und drehte sich dann zu Thor. Dieser sah sie mit grimmigem Gesichtsausdruck an.

„Was ist los?", fragte sie ihn gespielt unschuldig. Sein Gesicht bekam ein trauriger Ausdruck und er sagte so leise, dass nur sie es hören konnte: „Es fällt mir schwer, dich, nach dieser wunderschönen Zeit, die wir hatten, teilen zu müssen." „Aber du wusstest doch von Anfang an, dass ich nicht nur dir allein gehören kann", sagte sie nachsichtig und legte ihre Hand auf seinen Arm. Er sah ihr tief in die Augen.

„Ja, das weiß ich", gab er zu. „Aber meine Gefühle interessieren sich nicht für diese Erkenntnis." Sie lächelte ihn an und nahm seine Hand.

„Ich verspreche dir, dass ich versuchen werde, auch immer genug Zeit für unsere Zweisamkeit zu finden." Diese Worte beruhigten ihn ein wenig. „Ich weiß, dass du deinen Bruder liebst und ich bin mir sicher, dass wir zu dritt diese Situation meistern werden, auch wenn jetzt noch alles ungewohnt ist. Wir sollten uns später, in unserem gemeinsamen Gemach treffen und über unsere neue Beziehung zueinander sprechen." Sie gab ihm einen Kuss auf die Wange.

„Ich denke, das wäre eine gute Idee" Sein Gesichtsausdruck wirkte nun weniger traurig als zu Beginn ihres Gesprächs. Wir müssen eine gemeinsame Lösung finden, überlegte Gweny noch, als sie sich zu Loki drehte, um ihm ihren Plan des gemeinsamen Gesprächs zu berichten. Als sie sich umdrehte, war er gerade in ein Gespräch mit einer anderen Frau vertieft. Sie hatte blonde lange Haare und grüne Augen, ihr Gesicht war wunderschön und sie strahlte Loki an.

Wie ein Messer stach die Eifersucht in Gwenys Herz, als sie sie so ausgelassen lachen hörte. Nun wusste sie, wie es sich für Thor anfühlen musste. Um sich bemerkbar zu machen, legte sie Loki eine Hand auf die Schulter. Auf diese

Berührung hin, drehte er sich augenblicklich ihr zu und auch seine ganze Aufmerksamkeit, war nun nur noch ihr gewidmet. Mit innerer Genugtuung registrierte sie, wie die Frau ihr einen bösen Blick zuwarf und sich wieder ihrem Teller zuwandte.

Loki, der nur noch Augen für sie hatte, strich ihr das Haar zur Seite und lächelte sie glücklich an. „Ich bin so froh, wieder bei dir zu sein", sagte er liebevoll. Gweny durchstreifte bei diesen Worten ein Kribbeln durch ihren ganzen Körper und sie fühlte sich einfach nur glücklich. Sie erzählte ihm, was sie gerade mit Thor besprochen hatte und auch er fand die Idee hilfreich, um ihre ungewöhnliche Situation zu klären.

„Ich denke, was uns vielleicht helfen kann, um auch zukünftig unsere gegenseitigen Gefühle zu bewältigen, ist ein Zauber für eine tiefe Verbundenheit zueinander", überlegte er laut. „Ich werde mich gleich auf die Suche nach einem Geeigneten machen."

Er sah Gweny noch einmal tief in die Augen, dann stand er auf und verließ den Saal in Richtung Bibliothek. „Wie kann er bloß so zwanglos mit der Situation umgehen?", hörte Gweny jemanden hinter sich sprechen. Sie drehte sich um.

Thor, der anscheinend ihr Gespräch mitbekommen hatte, seufzte. „Er hat auch einige Wochen gebraucht", erinnerte ihn Gweny an seine Abwesenheit. „Und nun hat er gelernt, dass es wichtiger ist, dass wir drei zusammenhalten, als uns untereinander zu bekämpfen."

Thor drehte sich um, als müsste er über diesen schwierigen Satz nachdenken. Um ihm seine Zeit zu geben, stand Gweny auf. „Wir sehen uns später", sagte sie zu ihm mit einem liebevollen Lächeln. Sie wollte nochmal nach Arida suchen. Sie hatte sie nun schon eine ganze Weile nicht gesehen und hoffte, dass sie heute vielleicht in der großen Halle erscheinen würde.

Sie machte sich langsam auf den Weg zur Tür und schaute sich im kompletten Saal um, aber sie konnte sie leider nicht entdecken. Etwas traurig beschloss sie, zu Sianca zu gehen.

Als sie am Stall ankam, saß Arida auf einer Bank davor. Ihr Mund durchzuckte ein Lächeln und sie stürmte auf ihre Freundin zu. Arida stand auf und umarmte sie, als hätten sie sich jahrelang nicht gesehen. „Wo warst du die ganze Zeit?", fragte Gweny sie. Arida zwinkerte ihr zu und sagte geheimnisvoll: „Ich musste noch etwas vorbereiten."

Gweny sah sie verwirrt an. Doch Arida wollte, anscheinend nicht näher darauf eingehen, denn sie fragte Gweny nun wie ihre letzten Tage verlaufen waren. Sie setzten sich in den kleinen Pavillon, neben den Stall und Gweny fing an, ihr zu erzählen, dass sich die Lage mit Thor entspannt hatte, dass sie die Auserwählte von Borr war, von ihrer Zeit auf der Insel und das Loki wieder da war.

„Ich bin immer wieder erstaunt, wie aufregend dein Leben ist", sagte Arida mit leichter Anerkennung in der Stimme. Gweny musste lachen: „In Zukunft darf es auch gerne wieder etwas weniger werden." Nun musste auch Arida lachen. Erst jetzt fiel Gweny auf, wie hoch der Mond schon gewandert war. „Oh", bemerkte sie. „Ich muss los. Ich hoffe, wir sehen uns in den nächsten Tagen", sagte sie zu Arida und winkte ihr im Gehen noch zu. Sie beeilte sich, zu ihrem Gemach zu kommen, eigentlich hatte sie sich noch vor dem Treffen umkleiden wollen, aber dafür blieb keine Zeit mehr. In ihrem Zimmer angekommen, warf sie ihren Mantel auf das Bett. Direkt neben den kleinen Wolf.

„Hallo, mein kleiner Gefährte", sagte sie liebevoll zu ihm. „Wir haben heute wieder nicht, über deinen Namen nachgedacht." Sie nahm sich fest vor, sich mit dieser Entscheidung in den nächsten Tagen zu beschäftigen. Doch nun hatte sie keine Zeit mehr zu verlieren, sie nahm den Kleinen auf den Arm und lief in ihren Salon.

Durch die dortige Geheimtür gelangte sie in den Korridor, welcher sie zu dem neuen gemeinsamen Gemach von den Brüdern und ihr führte. Als sie in den hohen Raum trat, sah sie die beiden schon in der Sitzecke vor dem Kamin sich unterhalten.

Als sie näherkam, sagte Thor gut gelaunt: „Wir dachten schon du lässt uns sitzen?" „Ich habe kurz darüber nachgedacht", gab sie zurück und alle drei mussten lachen. Sie setzte sich auf ein freies Sofa und fragte die beiden, über was sie gerade gesprochen hatten.

„Wir haben uns ausgesprochen", erklärte ihr Loki. „Und überlegt, was uns bei unserem Verbindungszauber am wichtigsten ist. Wenn du möchtest, können wir auch gleich anfangen?", meinte Loki und stellte schon mal eine Schüssel auf den runden Tisch zwischen ihnen. Thor guckte ein wenig misstrauisch, sagte aber nichts. „Als Allererstes muss jeder von uns, eine Strähne seines Haares in die Schüssel legen", las Loki aus einem Buch vor, welches auf seinem Schoß lag. „Sobald du die Haare mit deiner neuen Fähigkeit entzündet hast und sie farbig leuchten, sprechen wir alle zusammen den Bannspruch von dieser Seite.

Sobald das Feuer erlischt, legen wir unsere Hände in die Schüssel und bekommen ein Zeichen, welches uns auf ewig verbinden wird." Er stellte das Buch auf den Tisch, so dass alle den Spruch gut lesen konnten. Danach sind unsere drei Seelen für immer in tiefer Verbundenheit miteinander verwoben. Es wird uns dann nicht mehr möglich sein, negative Gefühle gegen einen Verbündeten zu empfinden. Jeder der drei schnitt nun eine Strähne seiner Haare ab und legte sie in die Schüssel.

Loki sah in die Runde: „Seid ihr bereit?", fragte er ein letztes Mal. Die beiden anderen nickten. Er seinerseits nickte Gweny zu und signalisierte ihr, dass sie anfangen könne.

Sie hob ihre Hand und zugleich leuchtete das bekannte, blaue Feuer in ihrer Handfläche. Sie schloss die Hand leicht und versuchte, die Flammen an ihrem Zeigefinger zu bündeln. Dies gelang ihr erstaunlich gut und so konnte sie, die miteinander vermischten Haare in der Schüssel entzünden.

Als die Haare brannten, leuchteten sie kurz in alle Farben auf, dies war ihr Zeichen, um den Zauberspruch gemeinsam zu sprechen:

Ab diesem Moment jetzt und hier,

sind wir drei verbunden bis zum Ende der Zeit.

Nichts und niemand wird es schaffen uns zu entdreien.

Hiermit versprechen wir einander ewige Treue und Rache gegenüber jedem der versucht uns zu trennen.

In diesem Moment ging das Feuer aus und die drei legten ihre Hände in die Schüssel.

Geliebter Vater Borr, gib uns nun unser gemeinsames Mal, dass die ewige Verbundenheit unter uns besiegelt und jedem zeigt, zu wem wir gehören.

Bei den letzten Worten merkte Gweny einen spitzen Schmerz auf ihrem Handrücken. Sie zuckte leicht, ließ die Hand aber liegen.

Nach einem kurzen Augenblick war es schon wieder vorbei und der Schmerz verebbte. Als sie ihre Hand zurückzog, sah sie auf ihrem Handrücken Yggdrasil und in ihm stand in runischen Schriftzeichen, die Namen der Drei.

Es sah wunderschön aus und erinnerte Gweny an die Kette, die sie damals von Thor geschenkt bekommen hatte. Sie sah zu den anderen beiden hinüber und in diesem Moment überkam sie eine gewaltige Woge der Verbundenheit und ein tiefes Gefühl von Vertrauen für die Beiden.

Als sie in ihre Augen sah, konnte sie erahnen, dass es ihnen genauso ging. Auch sie hatten das gleiche Mal bekommen, wie sie und es machte sie glücklich, dass sie nun auf ewige Zeit miteinander verbunden waren.

Loki fing sich zuerst wieder und nahm sich das Buch in die Hand. „Hört zu", sagte er zu ihnen. „Unser Mal hat auch noch andere Fähigkeiten. Wenn ihr es berührt, spüren auch die beiden anderen das."

Thor probierte es gleich aus und Gweny konnte seine Berührungen tatsächlich spüren, als würde er ihre Haut mit seinem Finger berühren. „Hier steht noch, dass es weitere Fähigkeiten gibt, aber die sind bei jeder Konstellation unterschiedlich. Mehr steht hier aber nicht dazu", sagte er abschließend und klappte das Buch zu.

Immer noch von absoluter Glückseligkeit beflügelt, saßen sie die halbe Nacht zusammen und unterhielten sich über viele verschiedene Sachen.

Gweny freute sich auch, zu sehen wie gut sich die beiden Brüder nach diesem Bann wieder verstanden und freute sich auf eine glückliche Zukunft mit den beiden.

33

Am nächsten Morgen war Gweny ziemlich müde, als Serina sie weckte. Es war doch sehr spät geworden, aber es war auch eine wunderschöne Zeit und sie hatte jede Sekunde genossen. Und wenn ihr kleiner Wolf, nicht nochmal raus gemusst hätte, hätten sie vermutlich bis zum nächsten Morgen dort zusammengesessen.

„Es sind nur noch wenige Tage bis zur Hochzeit", sagte Serina gut gelaunt und zog die Vorhänge zur Seite. Gweny stöhnte leise bei dem hellen Licht und zog sich die Decke über den Kopf.

Stimmt, dachte sie, als Serinas Worte vollends zu ihr durchgedrungen waren. Es sind nur noch wenige Tage. Mit einem Mal war sie hellwach, sie sollte sich heute mal hinsichtlich der letzten Vorbereitungen an die Königin wenden.

Sie hatte noch kein Kleid, fiel ihr bestürzt ein. Sie warf die Decke zurück und setzte sich auf. Serina sah sie lächeln an und erklärte ihr, dass der Badezuber schon bereit sei. „Danke", sagte sie. „Du weißt, was ich brauche." Bei diesem Kompliment wurde Serina rot im Gesicht und drehte sich schnell weg. Gweny musste lächeln und freute sich auf ihr Bad.

Beim Frühstück blieben ihre neuen Male nicht unentdeckt. Die Königin trat hinter sie und bewunderte die Kunstwerke auf ihren Handrücken. Sie fasste Gweny an die Schulter und meinte zu ihr, für die nächsten Tage wäre ihre Anwesenheit bei den letzten Vorbereitungen unabdinglich.

Gweny lächelte Thor an und er lächelte glücklich zurück. Sie verabschiedete sich von den Brüdern und ging mit der Königin aus der großen Halle.

Nun hatten die beiden Prinzen noch etwas Zeit, um sich zu unterhalten. „Wo ist eigentlich Sith?" Loki sah sich suchend um. „Sie wird wohl nicht begeistert von der Hochzeit gewesen sein." Er lachte. Thors Gesicht bekam ein grimmiger Zug. „Sie ist weg", sagte er nur knapp und knirschte mit den Zähnen.

„Und von mir aus, braucht sie auch nicht mehr wiederzukommen."

„Was ist passiert?", fragte Loki ihn nun ernst. Thor erzählte ihm die Geschichte von dem Ausritt, der dank seiner schnellen Reaktion keine weiteren Konsequenzen für Gweny gehabt hatte. „Gweny ritt vor und plötzlich stieg ihre Stute und sie fiel herunter. Sie hätte sich ernsthaft verletzen können. Ich konnte sie gerade noch auffangen. Gweny weiß nichts davon, aber als ich später den Busch untersuchte, hinter dem jemand hervorgesprungen sein musste, fand ich Sith Dolch dort liegen. Ich habe sie darauf angesprochen", erzählte er. „Sie war eifersüchtig und wollte Gweny umbringen, sodass ich wieder für sie frei war. Ich habe ihr gesagt, dass es nicht so einfach ist und ich keine Wahl hatte, ob ich sie heirate. Danach schrie sie mich nur noch an und meinte ich werde schon sehen, was ich davon habe, sie so zu verletzen. Danach habe ich sie nicht mehr wieder gesehen." Thor zuckte mit den Schultern.

Für ihn war Sith nie mehr gewesen als eine zeitweilige Gefährtin. Loki seufzte „Dann hoffe ich mal, dass es mit ihr nicht noch ein diabolisches Ende nimmt, wir kennen sie ja. Sie kann sehr rachsüchtig werden. Wir werden immer ein wachsames Auge auf Gweny haben müssen." Er bekam einen besorgten Gesichtsausdruck und sah, dass es Thor genauso ging. „Das werden wir, Bruder", setzte Thor noch abschließend hinzu.

In den nächsten Tagen war Gweny von morgens bis abends mit der Hochzeit beschäftigt.

Auch diesmal würde die Zeremonie auf dem Thingplatz stattfinden und die Dekoration wird größtenteils aus roten Rosen bestehen.

Es wird eine Kutsche geben, die von sechs Schimmeln gezogen wird, um sie dorthin zu fahren.

Und obgleich es schon ihre Zweite war, wuchs ihre Aufregung mit jedem Tag, an dem die Hochzeit näherkam.

34

Als sie am Morgen ihrer Hochzeit aufwachte, schossen ihr hunderte Gedanken durch den Kopf. Sie hatte schon lange nichts mehr von ihren Eltern gehört, ob sie wohl dieses Mal auch kommen würden. Und ob sie Ismerva mitbringen?

Auch Arida hatte sie in den letzten Tagen nicht oft gesehen. Bei der letzten Hochzeit hatten sie, die Zeit bis zur Zeremonie gemeinsam verbracht, sie wünschte sich, sie hätten dies auch für den heutigen Tag verabredet.

Serina, die gerade die Vorhänge aufzog, ging aus ihrem Zimmer, um ihr Frühstück zu holen. An diesem Tag war es ihr erlaubt worden, in ihrem Salon zu essen.

Gweny stand auf und zog sich ihren Leinenmantel über. Sie ging zum Fenster und schaute in den Schlossgarten. Sie war immer noch beeindruckt von diesem wunderschönen Rosengarten, der immer zu blühen schienen.

Just in diesem Moment klopfte es an die Tür. Gweny, die dachte es könnte Serina sein, ging hin, um zu öffnen. Aber vor der Tür stand nicht nur Serina, sondern einige Leute. Gweny war kurz überrumpelt.

Vor ihrer Tür standen Arida mit ihren Zofen, Ismerva stand dort, bei deren Anblick sich Gwenys Augen gleich mit Tränen füllten, neben ihr stand ihr Vater, dahinter standen freudestrahlend Thor und Loki.

„Wir wollten alle zusammen mit dir frühstücken", sagte Thor glückselig. Gweny, die immer noch sprachlos über ihren unverhofften Besuch war, trat zur Seite, um sie hereinzulassen.

Als Erstes fiel sie ihrem Vater in die Arme. „Ich soll deine Mutter entschuldigen, sie möchte lieber in der großen Halle bei der Königin essen." „Das ist ok", meinte Gweny den Tränen nah zu ihm. „Hauptsache du und Ismerva sind da."

Als Nächstes schloss sie Ismerva in die Arme, sie hatte ihre mütterliche Freundin so lange schon nicht mehr gesehen. „Wie geht es dir?", fragte Gweny sie voller Sorge, als sie merkte, dass sie noch dünner geworden war. „Du kennst doch deine Mutter", raunte sie ihr ins Ohr, lächelte sie aber tapfer an. Nun stiegen Gweny endgültig die Tränen in die Augen: „Ich bin so froh, dass du da bist." Und drückte sie noch ein weiteres Mal.

Als sie Arida sah, fiel sie auch ihr in die Arme. „Ich habe heute Morgen noch an dich gedacht", sagte Gweny. „Ich hoffte, dass du die Zeit vor der Zeremonie wieder mit mir verbringen würdest, obwohl wir es nicht vereinbart hatten." „Natürlich tu ich das, ich lass doch meine beste Freundin nicht allein!" Arida lächelte sie an und ging dann an ihr vorbei in den Salon.

Nun stand sie vor den beiden Brüdern, „Danke", begrüßte sie die beiden und umarmte sie. „Aber ich dachte, wir dürfen uns vor der Hochzeit nicht sehen?", sagte sie etwas spöttisch. „Also da ich schon mit dir verheiratet bin, kann ich ja wohl hierbleiben", witzelte Loki und ging grinsend an ihr vorbei. Nun stand nur noch Thor vor ihr. Er strahlte sie mit seinen blauen Augen an und zog sie in seine Arme.

„Ich habe so sehnsüchtig auf diesen Tag gewartet", gestand er ihr.

„Ich liebe dich so sehr, mein Herz."

Sie löste sich von ihm und sah ihm in die Augen.

„Ich liebe dich auch", sagte sie mit glücklicher Stimme und strahlte ihn an. „Ich werde dich jetzt mit deinem Besuch allein lassen," sagte er. „Ich muss mich auch noch vorbereiten." Er gab ihr einen letzten Kuss, der nach mehr verlangte und doch musste sie sich widerwillig von seinen Lippen lösen. „Wir sehen uns auf dem Thingplatz", sagte er noch mit einem Augenzwinkern, bevor er im Gang verschwand.

Gweny drehte sich um und ging in den Salon, wo die anderen schon auf sie warteten. Es gab viel zu erzählen und zu lachen an diesem Vormittag. Zur Mittagszeit war aber der Zeitpunkt des Abschiedes gekommen, denn nun musste sie sich für ihre zweite Hochzeit zurechtmachen. „Ich hole dich nachher ab, mein Herz", flüsterte ihr Loki zu und gab ihr einen letzten Kuss als einziger Ehemann.

Nachdem alle, außer Arida, gegangen waren, fing Serina an, den Badezuber nochmal vorzubereiten.

Arida stand vor Gwenys großen Spiegel und sah sich prüfend an. Dann drehte sie sich um und sagte in einem nachdenklichen Ton: „Weißt du, was mich wirklich interessiert?" „Nein", gab Gweny ehrlicherweise zurück und sah sie neugierig an. „Wie fühlst du dich bei dem Gedanken, ab heute Abend zwei Ehemänner zu haben? Liebst du sie beide?"

Gweny musste ein Moment über ihre Antwort nachdenken und schaute aus dem Fenster. Nach einer Weile fing sie langsam an zu antworten: „Tatsächlich würde ich schon sagen, dass mich beide glücklich machen und ich mir nicht mehr vorstellen kann, ohne einen von ihnen zu sein. Und ja, ich liebe sie beide, jeden auf seine eigene besondere Art, aber keinen von beiden weniger als den anderen", sprach sie nachdenklich weiter.

Sie sahen sich an. „Ich hoffe nur, dass ich dem, auch auf lange Zeit gewachsen bin." Sie sah ihre Freundin ein wenig verunsichert an. „Also ich denke mit eurem Bann und eurer Liebe zueinander, habt ihr einen guten Grundstein für eure gemeinsame Zukunft gelegt. Und außerdem, weiß ich, dass meine beste Freundin die Stärke dafür besitzt, mit zwei so unterschiedlichen Männern umzugehen."

Beim letzten Satz grinste ihr Arida zu. „Danke", sagte Gweny lächelnd und war wieder mal froh, Arida an ihrer Seite zu haben. Als die beiden fertig waren, standen sie gemeinsam vor dem Spiegel. Gweny hatte sich für diese Hochzeit eine ganz andere Art von Kleid ausgesucht. Es war hellblau und mit vielen Glitzersteinen besetzt. Durch eine extra Lage Tüll wirkte es auch viel voluminöser als ihr Letztes.

Da sie mit dieser Hochzeit die Kronprinzessin der neun Welten werden würde, war es der ausdrückliche Wunsch der Königin gewesen, dieses Mal ein Kleid zu wählen, dass dies auch ausdrückte.

Ab diesem Abend waren ihre Worte gewesen, bist du die wichtigste Prinzessin in allen neun Welten.

Arida die neben ihr stand, hatte ein leichtes Glänzen in den Augen: „Du bist so wunderschön", sagte sie zu ihr und nahm ihre Freundin in den Arm.

Im nächsten Moment klopfte es an der Tür. Serina verkündete, nachdem sie die Tür geöffnet hatte, dass „Eure Königliche Hoheit, Prinz Loki Laufeyson von Jötunheim", vor der Tür auf sie wartete.

In Gweny stieg die Aufregung und ihr Puls fing an zu rasen. Als sie vor die Tür trat, war Loki überwältigt. Er überschüttete sie mit Komplimenten und hielt ihr den Arm hin, an dem sie sich einhaken konnte. Sie gingen hinaus, vor das Schlossportal, wo die große Kutsche wartete.

Bevor sie einstiegen, verabschiedete sie sich noch von Arida, die dieses Mal mit einer anderen Kutsche zum Thingplatz fahren sollte. Loki half ihr beim Einstieg und setzte sich dann auf den Platz neben sie. Auf der Fahrt sprachen sie nicht viel und jeder der beiden hing seinen eigenen Gedanken nach. Beim Ausstieg sah sich Gweny suchend nach ihrem Vater um. „Wen suchst du, meine Liebe?", erkundigte sich Loki. „Meinen Vater, er wird mich diesmal doch sicher auch wieder nach unten bringen." Sie sah ihn an, aber er schüttelte den Kopf. „Diesmal ist mir diese Ehre gestattet", sagte er liebevoll zu ihr und gab ihr ein Kuss auf die Stirn. „Ich liebe dich so sehr", sagte er liebevoll, bevor er sich umdrehte und ihr den Arm hinhielt.

Dankbar, dass er mit ihr kam, hakte sie sich bei ihm ein und sie gingen gemeinsam den Weg zum Hauptplatz hinunter. Gweny hatte das Gefühl, dass dieses Mal, mehr als doppelt so viele Gäste bei ihrer Vermählungszeremonie anwesend waren, als beim letzten Mal. Nach einer ganzen Weile, weil sie langsam zum Takt der Gesänge den Weg hinunter schritten, kamen sie am Hauptplatz an.

Schon von weitem hatte sie Thor gesehen. Es sah wunderschön und stark aus. Seine Rüstung glänzte im Licht der Fackeln, die wie beim letzten Mal, auch diesmal alles erleuchteten.

Loki brachte sie bis zu Thor und stellte sich dann auf ihre andere Seite. Auch heute war es wieder die Alte, die vor ihr stand und die Zeremonie leitete. Sie lächelte Gweny an und erhob dann wieder ihre Stimme, sodass alle sie hören konnten. „Heute in dieser wunderschönen Nacht auf dem Platz unserer Ahnen sollt ihr etwas ganz Besonderes bezeugen."

Sie schwieg ein Moment, bevor sie weitersprach.

„Liebe Gäste", sagte sie und machte eine ausschweifende Armbewegung. „Werdet heute Zeuge einer ganz besonderen Vereinigung. Von diesen drei jungen Geschöpfen, alle drei geboren unter der Krone und doch können sie verschiedener nicht sein.

Ein Jötune, geboren unter dem Zeichen der Schlange, gezeichnet mit einem bemerkenswerten Talent für Magie.

Ein Ase, geboren unter dem Zeichen des Donners, eine Kämpfernatur, gezeichnet mit einem wahrhaftigen Talent zum Führen von Waffen.

Und zum Schluss das Bindeglied, ein Mensch, geboren unter dem Zeichen der Sonne, gesegnet als Auserwählte von unser aller Schöpfer Borr, so ist sie der wichtigste Schlüssel für den Frieden in unseren neun Welten.

Durch eine Prophezeiung zusammengebracht und durch einen unbrechbaren Schwur aneinandergebunden.

Sie werden gemeinsam die Neun Welten beherrschen und unserer Heimat Glückseligkeit bringen."

Nun wand sie sich an Thor und Gweny:

„Ihr beiden steht heute hier vor mir, weil auch ihr ehelich miteinander verbunden werden wollt." Bei diesen Worten sah Gweny kurz zu Thor hinüber und sah, dass er sich im gleichen Moment zu ihr gedreht hatte.

Die Alte drehte sich zu Loki, der ihr zugleich die Ringe hinhielt. Gweny schenkte ihm ein Lächeln und drehte sich wieder zur Alten. „Thor Odinson von Asgard bist du bereit die hier anwesende Gwenyfer zu ehren und zu lieben in guten wie in schlechten Tagen und ihr dein gesamtes Vertrauen zu schenken für eure gemeinsame Zukunft." Thor sah sie glücklich an und antwortet, „Ja, das werde ich ihr geloben." Nun wand sie sich ihr zu: „Gwenyfer von Midgard bist du bereit den hier anwesenden Thor zu ehren und zu lieben in guten wie in schlechten Tagen und ihm dein gesamtes Vertrauen zu schenken für eure gemeinsame Zukunft." Gweny sah ihm tief in die Augen und antwortet sogleich: „Ja, das werde ich ihm geloben." „Auch euch hat das Schicksal zusammengeführt", sagte sie gutmütig zu den beiden, dann wand sie sich an Thor. „Du darfst sie nun küssen." Thor trat ein Schritt nach vorne und zog sie an sich, er nahm ihren Kopf in eine Hand und küsste sie leidenschaftlich.

Nach diesem Kuss waren Gwenys Beine ganz wackelig. Wie soll ich so bloß den langen Weg wieder nach oben schaffen, dachte sie noch, aber die Alte räusperte sich, anscheinend war die Zeremonie noch nicht vorbei.

Etwas irritiert wand sich Gweny ihr wieder zu. Thor und Loki schien dieser Programmpunkt nicht zu überraschen. Sie drehten sich zu den Gästen um und stellten sich so hin, dass Gweny zwischen ihnen stand. Loki an ihrer linken und Thor an ihre rechten Seite.

In diesem Moment wurden alle Fackeln gelöscht und es wurde augenblicklich stockdunkel auf dem gesamten Platz. Gweny war aufgeregt und fing an zu zittern. Sie tastet nach den Händen der Brüder, die sich warm und sanft anfühlen. So standen sie vor der Menge und warteten auf das, was jetzt kam. Gweny drehte sich zu Loki und flüsterte ihm zu: „Was passiert jetzt?" Loki beugte sich zu ihr hinunter und flüsterte ihr ins Ohr: „Nun, mein Herz, kommt für uns drei der wichtigste Teil des Abends. Wir stehen hier auf dem Thingplatz unseres Schöpfers Borr. Und um allen unseren Gästen zu beweisen, dass wir auch wirklich die Auserwählten aus der Prophezeiung sind, bitten wir ihn jetzt um seinen Segen."

Die Alte hinter ihnen begann mit einem lauten merkwürdigen Gesang. „Und wie zeigt er sich uns?" „Das weiß ich leider auch nicht, ich weiß nur, dass wir auf ein Zeichen seinerseits warten müssen."

Während die Alte weiter ihre Segenswünsche sang, drehten die drei und auch alle anderen ihrer Gäste die Köpfe und suchten den dunklen Nachthimmel nach einem Zeichen des Schöpfers ab.

Es dauerte eine Weile, aber dann tauchte ein goldschimmernder Sternenregen am Nachthimmel auf und fiel auf den Thingplatz. Inmitten dieses Sternenregens tauchte ein Mann am Himmel auf. Er schwebte langsam auf den Hauptplatz und die drei zu.

„Danke, meine Liebe für diese Ehre", sagte er mit donnernder Stimme zu der Alten. Dann wandte er sich an Gweny, Loki und Thor. „Ich sehe, ihr drei habt zueinander gefunden, wie es die Prophezeiung vorhersagte". Er klang sehr zufrieden. Nun ging er auf die drei zu und lächelte sie an. „Auch ich möchte euch ein Hochzeitsgeschenk geben", sagte er großzügig und nahm Gwenys Hand, auf der das Mal in Form von Yggdrasil erschienen war. Er strich langsam darüber und sie fühlte ein leichtes Stechen. Nun zog er sie zwischen den Brüdern hervor und beugte sich zu ihr hinunter.

„Meine liebste Gwenyfer", sagte er mit einem sanftmütigen Ton. „Du hast ein Teil deiner Gabe schon von mir erhalten", sagte er und hielt ihre Handfläche hoch. „Nun möchte ich dir noch eine andere Gabe schenken, die dir bei deiner großen und bei deinen neuen Aufgaben helfen soll." Gweny sah ihn etwas irritiert an. „Du wirst schon herausfinden, was ich meine", sagte er lächelnd.

Er nahm ihren Kopf in seine Hände und schloss die Augen. Augenblicklich durchzuckte Gwenys ganzer Körper ein Blitz und es tauchten wieder viele Bilder in ihrem Kopf auf. Die Bilder bewegten sich immer schneller und wurden schlussendlich zu einem. Sie sah, wie sie allein in einer Kutsche wegfuhr und die beiden Brüder zurücklassen musste. Im nächsten Moment war das Bild verschwunden und sie spürte die kalte Erde unter sich. Auch die geisterhafte Gestalt von Borr und der Sternenregen waren verschwunden.

Gweny hörte, wie die beiden Brüder aufgeregt nach ihr riefen. „Ich bin hier", sagte sie und versuchte aufzustehen, doch mit dem Kleid war das schwierig. Die Fackeln wurden wieder angezündet und sie sah, dass sie ein gutes Stück entfernt von den Brüdern, auf dem Boden lag. Sie eilten schnell herbei, um ihr beim Aufstehen zu helfen. „Was ist passiert?" fragte sie leicht verwirrt. „Wo ist er hin?" „Wer?"

Thor und Loki sahen sie fragend an. „Der Geist von Borr war hier auf dem Platz", sagte sie entgeistert. „Habt ihr ihn nicht gesehen?" Die Beiden sahen sich an. Nun kam auch die Alte von hinten und hörte ihnen zu. „Nein", erwiderten die Brüder. „Wir haben nur einen leichten, stechenden Schmerz auf unserem Malen gespürt, nachdem du unsere Hände losgelassen hast." Gweny sah sie erstaunt an. Dann drängelte sich die Alte nach vorn und legte Gweny eine Hand auf die Schulter. „Ist schon gut", sagte sie. „Ich habe ihn auch gesehen." Dies beruhigte sie. „Was genau hast du gesehen?" wollte Loki jetzt von ihr wissen. Er klang immer noch besorgt. „Er ist durch den Sternenregen, zu uns hinab geschwebt. Er meinte, er ist froh, dass wir nun vereint sind, da wir wirklich die Auserwählten aus der Prophezeiung wären.

Dann sagte er, er wolle uns auch ein Hochzeitsgeschenk geben und berührte mein Mal." Sie sah auf ihre Hand und war erstaunt. Das Mal war, nun nicht mehr schwarz, sondern erstrahlte in den schönsten Farben und zog sich auch den Unterarm entlang. Als die Brüder dies sahen, schauten sie schnell zu ihren und auch diese hatten sich dahingehend verändert. „Was ist dann passiert? Warum hast du so weit von uns entfernt auf dem Boden gelegen?", drängte Thor, sie weiterzusprechen.

„Er zog mich von euch weg und nahm mein Kopf in seine Hände. Er gab mir noch eine weitere Gabe. Ich konnte Bilder sehen, die schnell an mir vorbeigeflogen sind und schlussendlich zu einem wurden."

Nun mischte sich die Alte wieder ein, sie wirkte aufgeregt. „Er hat dir eine mächtige Gabe geschenkt, mein Kind", sagte sie beeindruckt. „Du musst ihm gut gefallen haben", setzte sich noch augenzwinkernd hinzu. „Was war auf dem Bild zu sehen, meine Liebe?" „Ich bin mit einer Kutsche gefahren", sagte sie traurig, sie schaute die Brüder an. „Und musste Thor und Loki zurücklassen. Ich weiß aber nicht genau, was das bedeuten soll", schloss sie aufgewühlt ihre Geschichte. „Das werden wir noch herausfinden", sagte die Alte. „Nur jetzt kommt erstmal zurück auf euren Platz, damit wir die Zeremonie beenden können."

Die Drei standen nun wieder vor der Menge und die Alte beendete die Zeremonie mit einem Segen, für die junge Liebe der Drei, von dem großen Schöpfer Borr, den sie gerade empfangen haben. Die Drei schritten gemeinsam die große Treppe hinauf und wurden von Jubelrufen gefeiert.

Als sie in der Kutsche saßen, konnten sie erstmal durchatmen und noch einmal die gerade erlebten Geschehnisse besprechen. Gweny fiel dazu noch ein, dass es vielleicht auch

317

der Abschied zu ihrer großen Prüfung sein könnte. Diese Erklärung beruhigte sie etwas, aber nicht gänzlich.

35

Einige Zeit später gingen sie durch die Tür der großen Halle, um die Hochzeit von Thor und Gweny und die Vereinigung der Drei zu feiern.

Sie saßen an einem Tisch, der auf einem Podest stand, von dem aus sie über alle Gäste hinwegsehen konnten. Nachdem sich Gweny gesetzt hatte, ließ sie ihren Blick durch den Raum schweifen.

Die ganze Halle war festlich in Blau und Grün geschmückt. Es sah atemberaubend aus und sie war mehr als glücklich. Auch die Brüder konnten nicht aufhören zu grinsen vor Glück. Gweny drehte sich zu Thor um und strahlte ihn an.

In diesem Moment erhob sich der König und sprach zu der Menge: „Meine lieben Gäste, der heutige Tag ist einer der glücklichsten in meinem Leben. Beide meiner Söhne sind verheiratet und die Zukunft der neun Welten ist so gesichert. Prinzessin Gwenyfer hat noch ihre große Prüfung vor sich. Nachdem sie diese bestanden hat, werden meine Frau und ich den Thron verlassen und die Herrschaft in die Hände der Drei weitergeben." Er sah zu ihnen hinüber und prostete ihnen zu, bevor er weitersprach. „Wir haben großes Vertrauen in sie und möchten auch dies heute mit euch feiern. Ich möchte euch auffordern, den zukünftigen Königen und der zukünftigen Königin die Ehre zu erweisen."

Er drehte sich wieder zu den dreien, erhob sein Horn und verbeugte sich leicht. Die Menge tat es ihm nach und verbeugten sich vor den dreien, als wären sie schon heute zu Herrschern geworden. „Nun wollen wir mit dem Essen auch nicht länger warten", sagte Odin lachend und setzte sich wieder.

Die Menge jubelte, während das Essen aufgetragen wurde und sie wurden erst leiser, als die Diener das Essen auf den Tellern verteilt hatten. Später fing ein Orchester an leise Musik zu spielen. Gweny sah zu Thor hinüber. „Ich denke, das ist das Zeichen für unseren ersten Tanz", sagte sie glücklich zu ihm und nahm seine Hand.

Den restlichen Abend tanzten alle viel und als der Glockenturm zur zwölften Stunde schlug, war für Gweny und Thor das Ende ihres Festes erreicht. Kurz bevor sie mit Thor das Fest verließ, wollte sie noch kurz mit Loki sprechen. Doch, bevor sie zu sprechen beginnen konnte, legte er seinen Finger auf ihre Lippen und sagte verständnisvoll: „Es ist in Ordnung, Liebling", und gab ihr einen letzten Kuss.

Thor wartete schon auf sie und gemeinsam gingen sie, in ein extra dafür hergerichtetes Gemach. „Ich dachte, dass es für dich heute beim ersten Mal leichter ist, wenn du weißt, dass er nicht in der Nähe ist."

Gweny lächelte ihn dankbar an. Sie hatte sich immer noch nicht ganz an den zuvorkommenden und liebevollen Thor gewöhnt, aber er gefiel ihr. Seit ihrem Bann war er noch rücksichtsvoller geworden.

Als sie dort ankamen, zog er die Tür auf, sodass sie eintreten konnte. Als sie den Raum betrat, war sie sprachlos, überall brannten Kerzen und in der Mitte stand ein großes Bett. Es hatte beigefarbene Samtvorhänge, auf den sich das Kerzenlicht spiegelte.

Er schloss die Tür hinter ihnen und ließ einen Teil seiner Rüstung von seinen Schultern gleiten. Darunter hatte er nur ein dünnes Hemd an, durch das sich seine Muskeln abzeichneten.

Sie fühlte das Gefühl der Erregung in sich aufsteigen, als er so vor ihr stand. Sie berührte vorsichtig seine Brust und fuhr mit ihrem Finger seine Brustmuskeln nach. „Du kannst dir gar nicht vorstellen, wie lange ich auf diesen Moment gewartet habe", sagte er nun erregt zu ihr und küsste sie leidenschaftlich. Das Gefühl des Verlangens in ihr wurde immer drängender. Er öffnete langsam die Schnüre an ihrem Rücken und das Kleid floss langsam an ihrem Körper hinab. Er küsste ihren Hals und sie genoss diese Liebkosungen im vollen Maße. Er hob seinen Kopf wieder und sah ihr in die Augen. Ihr Herz begann immer schneller zu schlagen und sie fing an nervös zu werden.

Wie wird es wohl diesmal werden, dachte sie sich. Und ihre Gedanken schweiften ab zu Loki, was er wohl jetzt gerade machte? Sie fühlte sich, als würde sie ihn betrügen und bekam zugleich ein schlechtes Gewissen.

„Was ist los, Liebling?", fragte Thor sie besorgt. Sie blickte nach unten. „Es ist wegen Loki, oder?", sagte er geduldig und lächelte sie verständnisvoll an. „Ich weiß, Schatz, aber ich habe mit ihm gesprochen und für ihn ist das in Ordnung. Er wird keine bösen Gefühle gegen uns hegen", sagte er und erinnerte sie nochmal an ihren gemeinsamen Bann. „Bist du dir sicher?", fragte sie ihn unsicher. „Ja, meine Liebe, das bin ich." Dann küsste er sie und ihr Herz begann wieder schneller zu schlagen.

Nach diesem kurzen Geständnis ging es ihr besser und sie konnte den Gedanken an Loki von sich wegschieben, um sich vollkommen auf Thor einlassen zu können.

Nachdem sie sich befreit hatte, kam auch ihr Gefühl der Erregung zurück und warf sie fast um. Sie vergrub ihre Hände in seinen Haaren und sie küssten sich noch leidenschaftlicher als vorher.

In einer kurzen Pause nahm er sie auf den Arm und trug sie zum Bett, auf das er sie sanft gleiten ließ. Er stand noch vor dem Bett und zog seine restlichen Sachen aus.

Als sie ihn dort so nackt sah, wurde ihr ganz heiß und sie wollte, dass er sich augenblicklich neben sie legte, aber er nahm ihre Hand und zog sie wieder hoch. Sie war leicht verwirrt: „Ich finde, dass du noch viel zu viel anhast!", flüsterte er ihr ins Ohr, dass es kitzelte. Sie musste lachen und ließ sich von ihm aus ihren restlichen Kleidungsstücken helfen.

Nun warf er sie sanft zurück auf das Bett und bedeckte ihren gesamten Körper mit Küssen, als er wieder bei ihrem Mund angelangt war, war das Gefühl, dass sie ihn spüren wollte, so immens, dass sie wie eine kleine Wildkatze, ihren Fingernägeln in seinen Rücken vergrub.

Als Antwort darauf wurde auch er ein wenig gröber und drückte mit leichter Gewalt ihre Schenkel auseinander. Ihr gefiel seine grobe Art und sie antwortet darauf mit einem leisen entzückenden Schrei. Beflügelt von ihrer Lust, ließ er sich zwischen ihre Schenkel sinken und drang in sie ein.

Diesmal reagierte sie mit einem lauten erregten Stöhnen und er bewegte sich, von sich aus, immer schneller in ihr. Sein Mund suchte ihre Brüste und ihre innere Erregung kletterte immer weiter den Berg hoch. „Gleich" hauchte sie und er wurde nochmal schneller und wenige Augenblicke später, tobte in Beiden ein Feuerwerk der Erleichterung.

Er ließ sich auf die Seite fallen und war ganz außer Atem nach diesem Abschluss. Gweny lag flach auf dem Rücken und war vor Erleichterung nicht mehr in der Lage, sich zu bewegen.

Thor drehte sich zu ihr auf die Seite und zog sie zu sich. Sie strahlten sich an und Thor küsste sie auf die Stirn, bevor er sie an seine Brust zog. Sie hörte sein Herz schnell schlagen und wickelte sich um seinen Körper wie eine Schlange, die ihre Beute nie wieder loslassen wollte. So schliefen sie zufrieden und glücklich ein.

36

Gweny wachte am nächsten Tag als erste auf. Sie drehte sich zur Seite und musste lächeln, als sie Thor neben sich liegen sah.

Ab heute würden zwar alle drei ihr eigenes Gemach behalten, aber dass ihr schon Bekannte als Gemeinsames nutzen können, überlegte sie, während sie ihn beim Schlafen beobachtete. Sie wollte gerade über die Frage nachdenken, wie das wohl mit den Schlafgewohnheiten wird, da schlug Thor die Augen auf.

„Guten Morgen", sagte sie sanft zu ihm. „Ich hoffe, du hast gut geschlafen." Er lächelte sie an: „Du warst doch bei mir", sagte er und küsste sie. Er hob den Arm und sie kuschelte sich nochmal ganz nah an ihn heran. Sie wollte noch nicht aufstehen und ihm schien es genauso zu gehen. Gerade als sie gemeinsam beschlossen hatten, noch ein wenig weiter zu schlafen, klopfte es an die Tür.

Gezwungenermaßen schlüpfte Gweny aus dem Bett und hüllte sich in ein Laken, das am Ende des Bettes lag. Sie ging zur Tür und öffnete sie einen Spaltbreit. Es war eine Wache des Königs. „Ja?", sagte sie und sah ihn fragend an. „Das Königspaar und ihre Eltern möchten etwas mit ihnen besprechen, Königliche Hoheit", sagte er und verbeugte sich leicht. „Sie erwarten euch im privaten Speisesaal des Königspaares. Ich werde hier draußen auf sie warten, um sie dorthin zu begleiten." „Jetzt?", Gweny sah ihn entsetzt an. „Ja, Königliche Hoheit", sagte er und verbeugte sich nochmal entschuldigend.

Gweny nickte nur und schloss die Tür und ging zurück zum Bett. Sie setzte sich und überlegte, um was es gehen könnte. Thor fing an, ihren nackten Rücken zu küssen und sie so dazu zu bewegen, wieder ins Bett zu kommen. Doch Gweny drehte sich zu ihm um und erklärte: „Deine und meine Eltern wollen etwas mit mir besprechen." Sie sah ihn ratlos an. „Nur weiß ich nicht, was es sein könnte."

Thor, der noch nicht aufgegeben hatte und nun ihre Schulter mit Küssen bedeckte, zuckte nur mit den Schultern. „Wann musst du los?", wollte er nun wissen. „Jetzt" antwortete sie und stand auf, um sich frisch zu machen und ihr Kleid, das schon für heute bereit hing, anzuziehen.

Bevor sie zur Tür ging, kam sie nochmal zum Bett zurück. „Sie wollen mich in ihrem privaten Speisesaal treffen", sagte sie bekümmert. „Ist das ein gutes oder schlechtes Zeichen?" Nun setzte sich Thor im Bett auf und sah sie sorgenvoll an. „Also besonders gut ist das nicht. Wir mussten dort immer hin, wenn wir etwas angestellt hatten." „Könnt ihr davor auf mich warten?", sie sah ihn bittend an. „Natürlich, Liebling", sagte er und stieg auch aus dem Bett. Als sie ihn nackt vor sich sah, wäre sie am liebsten wieder mit ihm zurück ins Bett gegangen. Sie ging zu ihm und gab ihm einen langen Kuss.

„Es war wunderschön mit dir heute Nacht", sagte sie noch zum Abschied und verließ das Gemach. Draußen wartete die Wache und ging, als er sie kommen sah, voraus. Sie gingen an diesem Tag an der großen Halle vorbei und in einen, ihr noch unbekannten Bereich.

In diesem Teil des Schlosses bin ich noch nie gewesen, dachte sie auf dem Weg, aber es sah nicht viel anders aus als im restlichen Schloss.

Nach einer Weile kamen sie an eine eher großen Holztür an. Die Wache klopfte dreimal dagegen und öffnete sie dann, damit Gweny eintreten konnte. Der Raum war ungefähr ein Zehntel so groß wie die große Halle und in der Mitte stand ein großer runder Tisch. Sie trat ein und ging auf den Tisch zu. Sie hätte erwartet, dass nur das Königspaar und ihre Eltern hier sein würden, aber es saßen noch weitere Personen dort.

Sie erkannte die Alte und den Mann, der immer bei ihr war. Außerdem saßen dort noch zwei ältere Männer. Als sie weiter auf den Tisch zukam, lief die Königin schon freudig auf sie zu und nahm sie in die Arme. „Ich hoffe es geht dir gut, mein Kind?", sagte sie mit ihrer mütterlichen Stimme, bei der sich Gweny immer gleich ein bisschen wohler fühlte. Auch ihr Vater kam zu ihr: „Du sahst gestern wunderschön aus. Ich bin sehr stolz auf dich." „Danke", hauchte Gweny ihm zu. „Was ist das hier?", sagte sie so leise, dass nur er es verstehen konnte. „Warte nur ab", er zwinkerte ihr vielsagend zu und ging wieder zu seinem Platz. Sie sah zu ihrer Mutter, diese hatte nur ein kühles „Guten Tag, Gwenyfer" für sie übrig. Nun sprach der König zu ihr: „Meine liebste Schwiegertochter, wir haben dich heute hierher bestellt, weil wir etwas Wichtiges mit dir besprechen wollen. Setz dich bitte." Er deutete mit der Hand auf einen freien Stuhl. Während sie langsam zu ihrem Platz ging, sprach er weiter. „Unsere Zauberkundige kennt ihr ja schon und neben ihr ist ihr Gemahl Ole Burigson." Ole?, überlegte Gweny angestrengt, auch der Name kam ihr bekannt vor, genauso wie das Gesicht des Mannes.

Doch bevor sie weiter nachdenken konnte, stellte der König die letzten beiden unbekannten Besucher vor, die mit am Tisch saßen. Es waren die beiden asgardischen

Botschafter Bjarne Jarlson und Hakon Fjellson. Als sie sich endlich auf ihren Platz niedergelassen hatte, wurde das Essen aufgetragen.

In der ersten Zeit waren alle Anwesenden sehr gespannt, die Erlebnisse mit dem Schöpfer Borr von Gweny selbst nochmal zu hören. Nachdem der Hunger und die Neugier befriedigt waren, wanderten alle Blicke allmählich wieder zu Gweny. Sie hielt die Anspannung in diesem Raum kaum noch aus. Ihr wurde ein bisschen schwindelig vor Nervosität und sie hoffte, dass endlich der Grund für ihr Kommen besprochen werden sollte.

Schließlich fing der König an zu sprechen. Er sah ihr direkt in die Augen:

„Es ist so weit, meine Liebe, eure Prüfung soll nun bald beginnen.", sagte er freudig.

„Jetzt schon?", platzte es entsetzt aus ihr heraus. Sie sah ihren Vater entsetzt an.

„Ja, meine liebe Tochter, deine Zeit ist gekommen. Ein wenig Zeit wird noch vergehen, bevor du dich auf den Weg machen wirst, aber lange ist es nicht mehr."

„Unsere asgardische Zauberkundige hat sich bereit erklärt, den letzten Unterricht in den nächsten Wochen mit dir durchzugehen und in ungefähr drei Monaten bekommst du deinen ersten versiegelten Umschlag.”

Gweny war fassungslos, ihre Gedanken rotierten nur noch um die Worte ...in drei Monaten ...! Noch verzweifelter wurde sie, als sie an die Brüder dachte. Ihr gemeinsames Leben hatte doch gerade erst angefangen. Wie sollten sie das bloß ohneeinander aushalten, sie war den Tränen nah.

„Diese beiden Herren”, sagte der König und zeigte auf die Botschafter, wirst du immer zum Ende jeder Aufgabe sehen. „Sie werden entscheiden, ob du sie bestanden hast und dir den nächsten Umschlag geben.” Die beiden nickten Gweny freundlich zu und sie lächelte matt zurück. „Deine ganze Aufgabe und die weiteren Abläufe wird dir unsere Älteste erklären.” Gweny sah zu ihr hinüber und sie lächelte sie an. „Wir treffen uns morgen das erste Mal an den Ställen, wenn das Morgenmahl vorüber ist”, sagte sie zu ihr. „Danke”, war das einzige Wort, was sie noch fähig war zu antworten.

Die Königin stupste ihren Mann an. „Meine liebste Schwiegertochter, wenn du möchtest, darfst du jetzt gehen”, sagte er in einem sanften Ton.

Gweny stand mechanisch auf, verabschiedete sich höflich und ging zur Tür hinaus.

Draußen warteten wie verabredet die Brüder auf sie. Als sie ihr niedergeschlagenes Gesicht sahen, kamen sie zu ihr geeilt. „Was ist passiert?", fragten sie besorgt, wie aus einem Mund. Aber Gweny konnte im Moment nicht sprechen. Ab dem Zeitpunkt, in dem sie die beiden in den Arm nahmen, fingen ihre Tränen an über ihr ganzes Gesicht zu laufen.

Die ganze Trauer über den baldigen Abschied, lief ihre Wangen hinunter. Nach einer stillen Konversation zwischen den Brüdern führten sie sie durch Lokis Zimmer in ihr gemeinsames Gemach. Sie setzten sich mit ihr in die Sitzecke und warteten geduldig darauf, dass ihr Tränenstrom versiegte und sie ihnen endlich erzählen konnte, was im Speisesaal besprochen wurde.

Nach einer Weile hatte sie sich etwas gefasst und konnte ihnen schließlich berichten, welche erschütternde Botschaft sie soeben vom König und ihrem Vater erfahren musste.

Das Gefühl, über den Verlust ihrer geliebten Ehefrau bündelten sich bei den Brüdern eher in Wut als in Tränen. Thor bekam ein zorniges Gesicht. Er stand auf und trat so hart gegen den Stuhl in der Ecke, dass er zerbrach. Auch Loki ballte die Fäuste, aber seinen Zorn wühlte ihn eher innerlich auf.

Gweny, die mit roten Augen immer noch zusammengesunken auf der Sitzecke saß, konnte ihren Schmerz nachempfinden.

„Was machen wir jetzt?", rief Thor immer noch zornig von der anderen Seite des Raumes. „Wir müssen sie bitten, ob wir sie begleiten dürfen", sagte Loki hoffnungsvoll. In Thors Gesicht kam ein Lächeln zurück: „Ja, das werden sie uns erlauben müssen." Ihre ganze Hoffnung lag in diesen Gedanken. So machten sich die Beiden sofort auf, um mit ihrem Vater zu sprechen. Sie ließen Gweny zurück, die wusste, dass es ihnen niemals erlaubt sein würde, mit ihr zu gehen. Auch wusste sie, dass für die Zeit der großen Prüfung, jeglicher Kontakt zu Freunden und Familie untersagt war. Aber sie wollte den Beiden nicht auch noch ihre letzte Hoffnung nehmen.

In diesem Moment sprang der kleine Wolf neben sie und als ihr bewusst wurde, dass sie auch ihn zurücklassen musste, brach sie erneut in Tränen aus. Da sie sich nicht anders zu helfen wusste, versuchte sie den großen

Schöpfer, um seinen Segen zu bitten, damit wenigstens er mit ihr kommen durfte.

Großer Schöpfer, fing sie in Gedanken an mit ihm zu sprechen, bitte hilf mir und lass wenigstens meinen Gefährten, der mir anvertraut wurde mit mir reisen.

Sie schloss die Augen und hoffte auf eine Antwort. Nach einem kurzen Moment erschien die geisterhafte Gestalt von Borr vor ihrem inneren Auge. Er kam auf sie zu und blieb direkt vor ihr stehen. „Gwenyfer von Midgard, du überrascht mich immer wieder", sagte er mit seiner dunklen rauchigen Stimme. „Du bist ein bemerkenswerter Mensch. Noch nie, nicht in all den Jahrtausenden hat es jemand außer dir geschafft, mich so zu überraschen. Ich freue mich schon, wenn ich dabei zusehen darf, wie du mit Hilfe von Arida, dein wahres Potenzial entwickelst. Er lachte donnernd und es hörte sich an, als würden hunderte Blitze durch die Wolken schießen. In Gwenys Kopf erschienen wieder Bilder. Sie rasten an ihrem inneren Auge vorbei, bis sie bei einem stehen blieb. Dort stand sie vor einer kleinen Stadt in Midgard, an ihrer Seite war ein mittlerweile groß gewachsener Wolf. Er hatte ein Halsband um, mit einem Anhänger auf dem Pukka stand. Just in diesem Moment hörte sie wieder Borrs Stimme. „Nun, mein Kind, da hast du deine Antwort. Ich freue mich schon, dich weiter wachsen zu sehen", er lachte noch einmal donnern und löste sich in Luft auf. Gweny öffnete wieder ihre Augen und kniff sie gleich darauf wieder zusammen.

Die Sonne aus dem großen Fenster blendete sie. Sie musste sich erst wieder an das helle Licht gewöhnen. Sie tastete neben sich und konnte flauschiges Fell fühlen. Sie drehte sich zur Seite und öffnete langsam ihre Augen, jetzt war es besser.

Sie sah ihren kleinen Gefährten an und musste lächeln. „Pukka heißt du also." Als wenn das schon immer sein Name gewesen wäre, spitze der kleine Wolf die Ohren und wedelte heftig mit seiner Rute. Er sprang in ihren Arm, als ob sie stundenlang weg gewesen wäre.

Gweny musste lächeln: „Wenigstens du darfst mich begleiten", sagte sie zu ihm und drückte ihn sanft an ihre Brust. Sie dachte über die gerade gesagten Worte von Borr nach und wiederholte sie in ihren Gedanken. Hatte er Arida gesagt, dachte sie verwirrt. Sie konnte sich darauf keinen Reim machen. Sie sollte sie vielleicht mal fragen, ob sie ein Geheimnis vor ihr hatte. Wo mag sie jetzt wohl gerade sein? Vielleicht kommt sie heute Abend zu großen Halle, überlegte sie noch, als sie eine der Geheimtüren hörte. Gefolgt von einer lauten dunklen Stimme, die sehr verärgert klang.

„Und?", fragte Gweny, obwohl sie die Antwort schon kannte. „Wir dürfen dich nicht begleiten", sagte Loki mit trauriger Stimme.

Er setzte sich neben sie und nahm sie in den Arm. „Wie kann er nur so stur sein?", sagte Thor, noch so in Rage, dass seine Stimme ziemlich laut war. „Wie lange geht die Prüfung?" Loki sah sie abwartend an. „Ganz genau weiß ich das auch nicht. Es kommt wohl darauf an, wie viele Aufgaben es werden und wie lange ich für die Einzelnen brauche.", versuchte sie sich an die wenigen Details, die sie in ihrer Ausbildung über die große Prüfung gelernt hatte, zu erinnern. „Woher weiß du, wie viele es werden?" „Das weiß ich leider auch nicht so genau, ab morgen bekomme ich diesbezüglich jeden Tag Unterricht von der Weisen und ihrem Mann."

Da fiel ihr plötzlich ein: „Sagt euch der Name Ole Burigson etwas?" Beide Brüder schüttelten den Kopf. „Schade", meinte Gweny und erklärte den beiden, dass es sich um den Gemahl von der Alten handelte, der ihr die ganze Zeit schon irgendwie bekannt vorkam.

„Du guckst andere Männer an?" Loki zog die Augenbrauen hoch, musste aber Grinsen.

Doch Gweny war noch in Gedanken versunken. „Ich bin gespannt, was sie mir erklärt." Erst jetzt sah Gweny, dass das große Sofa aus der Mitte des Raumes verschwunden war. Sie sah sich um. „Was suchst du, meine Liebe?", erkundigte sich Loki. „Wo ist das Sofa?" Er zuckte mit den Schultern, als ich gestern Abend hierherkam, war es schon weg. „Hmm", machte Gweny und kuschelte sich näher an Loki heran. „Wenn wir schon beim Thema sind", flüsterte er zaghaft: „Wo willst du heute Nacht schlafen?" „Darüber habe ich noch nicht nachgedacht", sagte sie und plötzlich wurde sie so müde, dass ihr die Augen zufielen und einen Moment später, war sie an Lokis Brust gekuschelt eingeschlafen.

37

Sie hatte wirre Träume und schreckte kurze Zeit später wieder aus ihrem Schlaf hoch. Loki saß nicht mehr neben ihr und auch Thor war nirgends zu sehen. Sie lag unter einer dicken Decke und hatte ein Kissen unter dem Kopf. Sie war immer noch müde. Deshalb beschloss sie, die Augen wieder zu schließen. Die Wärme von Pukka, der an ihren Füßen lag, war beruhigend und so wurde ihr zweiter Schlaf erholsamer.

Als sie wieder aufwachte, war sie immer noch allein. Sie stand auf und ging zurück in ihr Gemach. Bei einem Blick aus ihrem Fenster konnte sie sehen, dass es laut der Sonne Nachmittag sein musste, sie hatte also noch ein wenig Zeit, weshalb beschloss sie, zu Sianca zu gehen.

Als sie an diesem Abend in die große Halle trat, hielt sie von Anfang an Ausschau nach Arida, aber leider war sie nirgendwo zu sehen. Sie hatte auch gehofft, sie vielleicht am Stall zu treffen, aber auch dort war sie nicht aufgetaucht.

Also setzte sie sich, auf ihren Platz und begann appetitlos in ihrem Essen zu stochern. Die Königin sah mit einem besorgten Gesichtsausdruck zu ihr hinüber. Sie drehte sich zu ihrem Gemahl und flüsterte ihm etwas ins Ohr. Nun schaute auch er zu ihr hinüber, sagte aber nichts. Aber auch seine Miene wurde kurz sorgenvoll. Thor drehte sich zu ihr um und auch er machte sich Sorgen um sie, deshalb versuchte er, sie ein wenig abzulenken.

„Hast du Lust heute Abend noch eine kleine Kutschfahrt mit uns zu unternehmen?", er sah sie erwartungsvoll an.

Gweny hatte dazu nicht besonders viel Lust, aber auch ihr kam der Gedanke der Zerstreuung, deshalb nickte sie. Thor winkte einen Diener heran und trug ihm auf, den Kutscher zu suchen und die Kutsche anspannen zu lassen.

Sie gingen von der großen Halle aus direkt zum Schlossportal, wo schon eine kleine offene Kutsche wartete. Sie wurde von zwei Rappen gezogen, die in der Abendsonne glänzten. Die drei setzten sich auf die hintere Bank und Thor gab dem Kutscher das Zeichen zum Losfahren. In welche Richtung möchtest du?" „Mir egal", sagte sie traurig. Thor legte den Arm um sie und sie schmiegte sich an ihn. Loki, der auf ihrer linken Seite saß, nahm ihre Hand.

So schauten sie eine Weile, nur den ganzen Asen zu, die geschäftig durch die Straßen Asgards eilten. Als Gweny auf der rechten Seite das Goldschmiedeviertel sah, kam ihr die Idee, nochmal an dem Haus der Alten vorbeizufahren.

Sie setzte sich plötzlich auf und sagte dem Kutscher, er sollte nach rechts abbiegen. Sie würde sich gerne die schönen Häuser dort ansehen. Augenblicklich lenkte der Kutscher die Pferde sanft in die ihm aufgezeigte Richtung. Als sie in die Nähe der Gasse kamen, reckte sie ihren Kopf in die Richtung, um besser sehen zu können.

„Suchst du etwas?", Nun schaute auch Loki dorthin. „Nein", sagte sie so beiläufig wie möglich. Aber Loki konnte sie nichts vormachen. Er nahm ihre Hand und schon tauchte in ihren Gedanken die Frage auf, ob sie nach der Alten Ausschau hielt. Gweny sah ihn schuldbewusst an. „Bruder", sagte Loki nun laut. "Was hältst du davon, wenn wie hier einen Spaziergang machen?" Thor schaute entgeistert: „Denkst du wirklich, dass das eine gute Idee ist?", er sah ihn grimmig an. „Wir sind doch bei ihr", sagte er. „Und wenn wir sie nicht beschützen können, wer dann."

Dies überzeugte seinen Bruder, aber ganz einverstanden war er nicht. Er hatte ein schlechtes Gefühl, denn irgendwo hier könnte sich auch Sith noch herumtreiben. „Aber nur kurz", sagte er noch und half Gweny beim Aussteigen. Sie gingen zielstrebig in Richtung Gasse und wollte gerade hinein biegen, als Thor sie zurückhielt. „Ich denke, wir sollten auf der Hauptstraße bleiben", meinte er und sah sich nervös um.

Zum Glück für Gweny gab es an der Ecke zur Gasse ein Haus mit sehr vielen Inschriften, sodass sie so tun konnte, als ob sie diese las, aber eigentlich das Haus der Alten beobachtete.

Nach einer Weile, als sie schon die Hoffnung aufgegeben hatte, überhaupt etwas zu sehen, sah sie, dass sich ein Schatten in der Gasse, auf das kleine Haus zubewegte. Sie versuchte, zu erkennen, wer es war, aber es war bereits zu dunkel. Gweny hielt den Atem an. Die Person klopfte wohl an, denn kurz darauf öffnete ein Mann mit einer Fackel die Tür. Die Person schaute zu allen Seiten, bevor sie eintrat und die Tür hinter sich schloss. Gweny erschauderte. Konnte das sein. Nein, sagte sie zu sich selbst, was sollte sie dort. Und doch, in dem kurzen Feuerschein hatte sie eindeutig Aridas Gesicht erkannt.

Gweny wäre am liebsten zum Haus gelaufen und hätte auch an die Tür geklopft, aber Thor, der sich sowieso die ganze Zeit nervös umschaute, würde es nicht zulassen, dass sie allein in die dunkle Gasse ging. So besann sie sich darauf die Alte morgen früh anzusprechen, warum Arida bei ihr gewesen war.

Sie gingen zurück zur Kutsche und fuhren noch ein wenig durch die Stadt. Gweny bemühte sich, sich nichts anmerken zu lassen, aber es war mal wieder Loki, der so feinfühlig war und sie auf ihre gemeinsame, besondere Art darauf ansprach, was sie gerade so erschreckt hatte.

Sie erzählte ihm, dass sie glaubte, Arida gesehen zu haben. Wir werden sie morgen suchen und fragen, während du bei der Alten bist, versprach er ihr und das beruhigte sie ein wenig, auch wenn sie dieses Gespräch lieber selbst mit ihr geführt hätte.

Als sie zurück zum Schloss kamen, stand der Mond schon hoch am Himmel und Gweny war sehr müde. Loki, der ihr diesmal aus der Kutsche half. Fragte sie auf dem Weg zu ihren Gemächern nochmal, wo sie heute schlafen wolle. „Ich denke, ich werde mich heute allein in mein Gemach zurückziehen", entschied sie. Sie wollte in aller Ruhe noch über die richtigen Worte nachdenken, mit der sie die Alte morgen konfrontierte.

38

Als sie am nächsten Morgen von Serina geweckt wurde, war sie mal wieder nicht richtig ausgeschlafen. Denn, obwohl sie so müde gewesen war, hat es sehr lange gedauert, bis sie in den Schlaf gefunden hatte. Zwischendurch hatte sie überlegt, zu Loki zu gehen, sich dann aber dagegen entschieden, weil sie ihn nicht wecken wollte.

Am Vormittag ging sie auf dem direkten Weg zu den Ställen. Sie wollte noch kurz zu Sianca, bevor der Unterricht begann.

Doch sie sah die Alte mit ihrem Gemahl Ole schon vor den Ställen auf sie warten. „Guten Morgen", begrüßte die Alte sie. „Schön dich zu sehen, meine Liebe, dann können wir ja gleich anfangen. Wollen wir uns in den Pavillon setzen?" „Gerne", entgegnete Gweny, noch einen sehnsüchtigen Blick auf ihre Stute werfend und lief voraus. Sie setzte sich und wartete darauf, was nun geschah.

„Zuerst" begann die Alte. „Möchte ich dir erklären, was genau die große Prüfung ist, wie die Regeln lauten und wie deine Aufgaben aussehen werden." Dies machte Gweny neugierig und sie beugte sich vor, um besser zuhören zu können.

„Also" begann sie zu erklären. „Wie jeder zukünftige Herrscher von Midgard musst auch du an der großen Prüfung teilnehmen. Diese Kugel", sie zeigte auf eine unscheinbare, faustgroße Glaskugel, die auf dem Tisch lag. „Wird uns verraten, wie viele Aufgaben du zu beschreiten hast. Wie lange eine Aufgabe dauert, hängt von dir und deinen Fähigkeiten ab. Mit jeder bestandenen Aufgabe werden deine magischen Fähigkeiten und deine mentale Stärke wachsen, sodass du zum Ende deiner Prüfung das Potenzial besitzt, eine große Herrscherin zu werden. Am Ende jeder Aufgabe wirst du Besuch von den beiden asgardischen Botschaftern bekommen, diese werden entscheiden, ob du die Aufgabe bestanden hast. Danach erhältst du den nächsten versiegelten Umschlag mit der nächsten Stadt. Am Tag nach der Wintersonnenwende bekommst du deinen ersten Umschlag. Er wird in der Kutsche liegen, die dich zum Bifröst bringt.

Der Schöpfer Borr hat entschieden, dass du deinen Wolf Pukka mitnehmen darfst." Gweny sah sie erstaunt an, woher wusste sie das. Als die Alte ihr erstauntes Gesicht sah, musste sie lachen. „Meinst du, nur du kannst die Zukunft sehen, mein Kind", sie zwinkerte ihr zu und fuhr mit ihren Erklärungen fort. „Eigentlich ist es streng verboten Kontakt zu seiner Familie und Freunden in der Zeit zu haben,

343

aber in deiner speziellen Lage, haben der König und dein Vater entschieden eine Ausnahme zu machen. In jeder Nacht des Vollmondes ist es deinen Ehemännern erlaubt, dich für eine Nacht zu besuchen. Von Mondaufgang bis Monduntergang."

Sie machte eine kurze Pause, um ein Schluck aus ihrem Becher zu trinken. Gweny, die ihr Glück über die eben gehörte Nachricht kaum fassen konnte, fing an dankbar und glücklich zu lächeln. Die Alte sah es mit Wohlwollen. Sie mochte die Prinzessin sehr und hoffte, dass sie ihr kleines Geheimnis nicht entzweite. Sie hätte es ihr schon früher sagen sollen, aber es war im Moment so viel los in ihrem königlichen Leben, dass sie lieber für sie da sein wollte, als sie weiter zu belasten.

Nach einem weiteren Moment der Stille sprach sie weiter. „Eine weitere wichtige Regel lautet, dass kein Mensch auf Midgard deine Magie sehen darf. Diese muss geheim bleiben. Das würde sie nur zu sehr verwirren."

Gweny nickte nun eifrig. „Das waren eigentlich die wichtigsten Regeln. Jetzt kommen wir zu deiner Aufgabe. Um ein Volk kennenzulernen, ist es wichtig, unter ihnen zu leben und mit den gleichen Problemen, wie sie

klarzukommen. Deshalb ist es deine Aufgabe, einem auserwählten Menschen zu helfen, sein wahres Glück zu finden.

Zu deiner ersten und zu jeder weiteren Aufgabe, bekommst
du einen Umschlag mit einem Stadtnamen, dort wirst du
den Auserwählten oder die Auserwählte finden. Sie wird für
dich ersichtlich werden, wenn du sie in Gestalt siehst. Du
wirst ihr Vertrauen gewinnen und ihren sehnlichsten
Wunsch herausfinden müssen, um ihr zu helfen."

Gweny atmete tief ein, das war also ihre Aufgabe, so schwer
klingt sie gar nicht, dachte sie. „Na", setzte die Alte nach,
als ob sie ihre Gedanken gehört hatte. „Täusch dich da mal
nicht." Die Alte lachte, als ob jemand gerade eine lustige
Bemerkung gemacht hatte.

Als sie fertig war, fragte sie Gweny: „Hast du noch Fragen?"

Gweny überlegte kurz, aber in diesem Moment fielen ihr
keine ein und sie schüttelte den Kopf. „Gut, mein Kind",
meinte sie. „Dann werden wir heute nur noch die Anzahl
deiner Aufgaben bestimmen." Sie schaute sich kurz um.
„Wir müssen noch auf die beiden Botschafter warten",
sagte sie. „Aber diese müssten bald eintreffen."

Sie sah Gweny kurz an und musste dann lächeln: „Du hast ja doch noch etwas auf dem Herzen", sagte sie gütig zu ihr.

Gweny, die in der letzten Nacht so viele Version dieses kommenden Gesprächs geübt hatte, fiel jetzt kein einziges mehr davon ein. Deshalb beschloss sie, sie direkt ohne Umschweife zu fragen: „Ich habe gestern Arida in euer Haus gehen sehen", sagte sie und sah sie erwartungsvoll an. „Ach ja, hast du das", sagte sie in einem ernsteren Ton. „Bist du dir sicher, dass sie es war?" „Ja, das bin ich. Ich konnte ihr Gesicht erkennen." Sie sah Gweny direkt in die Augen, aber diese hielt dem Blick stand und war nicht bereit, sich abschütteln zu lassen. In diesem Moment hörten sie Schritte den Steinweg zum Pavillon runterkommen.

Die Alte, froh über diese Ablenkung, drehte sich schnell um und begrüßte die beiden freundlich. Hinter den beiden liefen auch der König und ihr Vater. Anscheinend wollten sie alle dabei sein, wenn die Anzahl der Aufgaben bestimmt wurde. Sie setzten sich um den Tisch herum. Nun wand sich die Alte wieder an Gweny: „So, meine Liebe, nun nimm die Kugel in die Hand und konzentriere dich mit aller Kraft auf die Frage, wie viele Aufgaben du bekommen sollst." Gweny tat, was von ihr verlangt wurde und nahm die Kugel in die Hand.

Sie fühlte sich kalt und schwer an. Sie schloss die Augen und konzentrierte sich auf die Frage. Nach einem kurzen Augenblick wurde es warm in ihrer Hand. Sie öffnete die Augen und die Kugel war jetzt nicht mehr klar, sondern sah aus, als würde sie sich mit einem goldenen Rauch füllen.

Als die Alte sah, dass sich der Rauch in der Kugel ausbreitete, stellte sie einen metallenen Halter auf den Tisch und forderte Gweny auf, die Kugel hineinzulegen.

Nach einem kurzen Augenblick fing der Rauch an sich aufzulösen und entblößte eine Zahl, die in der Mitte kreiste.

Es war eine Acht.

Also musste sie genau acht Aufgaben bestehen. Die Anwesenden beglückwünschten sie zu dieser Zahl, anscheinend ist die Acht keine schlechte Zahl, dachte Gweny.

Nach der Verkündung der Zahl standen alle Anwesenden wieder auf und machten sich auf den Weg zurück zum Schloss. Gweny hätte gerne noch mit der Alten gesprochen, aber diese war schnell verschwunden. Dann eben morgen, dachte sie und ging zu Sianca, bevor auch sie wieder zurück ins Schloss ging.

Auf dem Rückweg zum Schloss konnte sie es kaum erwarten, den Brüdern zu erzählen, dass sie sich doch sehen durften. Sie hatte ein glückseliges Lächeln im Gesicht, als sie durch das große Schlossportal schritt.

Als sie in der Eingangshalle stand, wusste sie nicht genau, wo sie die beiden suchen sollte. Dann fiel ihr Blick auf ihr Mal auf der Hand. Ein Versuch ist es wert, überlegte sie. Sie strich über das Mal und dachte an die Worte, wir müssen uns in unserem Gemach treffen. Ich muss euch eine großartige Neuigkeit mitteilen. Beflügelt von dem neuen Glück, ging sie zum verabredeten Ort, um die Brüder dort zu treffen.

Als sie in ihrem Zimmer ankam, war Serina gerade dabei aufzuräumen. „Lass dich von mir nicht stören", sagte sie und eilte weiter in ihren Salon. Von dort konnte sie, durch die geheime Tür, in das gemeinsame Gemach gehen. Als sie in den Raum trat, war noch niemand da, also setzte sie sich auf das Sofa und wartete. Als sie nach einer ganzen Weile immer noch allein war, hatte sie schon die Befürchtung, dass es nicht funktioniert hatte.

Aber im selben Augenblick kamen Loki und Thor durch Lokis Geheimtür in den Raum. Sie waren ganz außer Atem. Als sie vor der Sitzgruppe stehen blieben, mussten sie

erstmal nach Luft schnappen. „Wo kommt ihr denn her?",
sagte Gweny lachend, weil es schon lustig aussah, wie sie da
am Sofa standen und nach Atem rangen. „Wir wollten doch
nach Arida suchen", sagte Thor, der als erster wieder genug
Luft dafür hatte. „Was sind das für schreckliche Neuigkeiten?", fragte Loki sie nun besorgt. „Schreckliche?" Gweny
sah sie erstaunt an. „Anschein sollten wir die Telepathie
über unser Mal noch etwas üben", lachte sie wieder. „Ich
habe Großartige gesagt." „Oh", sagten die beiden überrascht und erleichtert wie aus einem Mund. „Und welche
sind es nun?", drängte Thor sie ungeduldig weiterzusprechen.

Sie stand auf und setzte Pukka, der wie immer auf ihrem
Schoß geschlafen hatte behutsam auf den Boden. Sie ging
zu den Brüdern und nahm ihre Hände, bevor sie ihnen die
wunderbaren Neuigkeiten mitteilte. „Euer und mein Vater
haben entschieden", setzte sie langsam an. „Das wir uns zu
jedem Vollmond eine Nacht lang sehen dürfen", sie lächelte.

Für diesen Moment, in denen sie ihnen sagen konnte, dass
sie sich doch sehen konnten, war sie einfach nur glücklich.
„Immer von Mondaufgang bis zum Monduntergang." Die

Beiden blickten sie fassungslos an. „Ist das dein Ernst?",
fand Loki als Erster seine Worte wieder. Sie nickte.

Und nun breitete sich auch in seinem Gesicht ein Lächeln
aus. Sie sah zu Thor und auch seine Augen strahlten. Durch
diese fabelhafte Nachricht war auch die Trauer in Gweny
fast restlos verschwunden und sie freute sich nun sogar ein
bisschen auf die Prüfung. Den restlichen Tag verbrachten
die Drei glücklich im Schlosspark. Die Sonne schien warm
vom Himmel und sie machten es sich auf einer Decke, neben den Lavendelfeldern, bequem.

39

Mitten in der Nacht wachte Gweny plötzlich schweißgebadet auf. Sie hatte einen Albtraum gehabt.

Sie war durch einen dunklen Wald gegangen und auf einmal stand der Gemahl der Alten mit dem Rücken zu ihr. „Muss das schon wieder sein?", rief er ziemlich laut und genervt.

Gweny bekam jäh ein ganz eigenartiges Gefühl, was ihr sagte, sie sollte sich lieber bedeckt halten. Sie sah sich suchend um und fand ein Busch, hinter dem sie sich verstecken konnte. Sie beobachtete ihn weiter, es sah aus, als würde er sich mit jemandem unterhalten. Von hier aus konnte sie ihn, zwischen den Zweigen zwar sehen aber nicht verstehen, was er sagte, da er jetzt wohl wieder in einer normalen Lautstärke sprach. Die Stimme in ihrem Inneren sagte ihr, sie soll weiter gehen.

Sie schaute sich wieder um und konnte noch einen Busch erkennen, der näher bei ihm war. Wie eine Katze schlich sie hinter den Bäumen entlang, um zu ihrem neuen Beobachtungsposten zu kommen. Von hier aus konnte sie ihn gut hören. „…ist es wirklich nötig, auch sonst dieses Theater abzuziehen?", sagte er immer noch genervt. Dann hörte Gweny eine neue Stimme, die ihr irgendwie vertraut vorkam. „Sie hat schon gefragt." „Ich habe dir gesagt, mach es nur, wenn es notwendig ist." „Ja", sagte die vertraute Stimme jetzt ebenfalls genervt. „Das hast du. Was machen wir jetzt? Sie wird wissen wollen, was mit Arida passiert ist." „Ich weiß es auch nicht, vielleicht ist die Wahrheit manchmal der beste Weg", gab er zu bedenken.

Nun erschien der Körper zu der bekannten Stimme, auch auf der Lichtung.

Es war die Alte.

Sie sah sich um und schaute direkt zu Gwenys Busch. „Vielleicht müssen wir gar nichts mehr erklären. Ich bin gespannt, wie viel sie gehört hat." Sie kam langsam auf Gweny zu. Nun wurde die Stimme der Alten wieder sanft. „Jetzt weiß ich, warum Borr so fasziniert von dir ist. Du bist echt beachtenswert." Gweny duckte sich automatisch, noch ein wenig mehr hinter ihrem Busch, obwohl sie wusste, dass die Alte, nur sie gemeint haben konnte. Als sie direkt vor dem Busch stand, hielt Gweny den Atem an.

Doch in dem Moment, als die Alte die Zweige beiseiteschieben wollte, wachte Gweny auf. Sie war schweißgebadet und zitterte.

Sie brauchte einen Moment, um zu begreifen, dass sie nicht mehr im Traum war, sondern sicher in Lokis Bett im Schloss lag. Was für ein komischer Traum, dachte sie und ließ die gehörten Worte nochmal Revue passieren. Was ist mit Arida passiert, überlegte sie sorgenvoll und nahm sich vor, sich morgen von der Alte nicht abschütteln zu lassen.

Als sie sich zur Seite drehte, sah sie Loki, der ruhig neben ihr schlief. Sie überlegte erst, ihn zu wecken und von dem Traum zu erzählen, besann sich dann aber lieber darauf näher an ihn heranrücken. Er legte im Schlaf seinen Arm um sie und so beschützt schlief auch sie schnell wieder ein. Die restliche Nacht verlief traumlos.

Als sie sich am nächsten Tag am Stall ankam, war die Alte schon da. Gweny hatte nach dem gestrigen Traum ein seltsames Gefühl.

Sie führte sie wieder zum Pavillon. Gweny, die sich für heute fest vorgenommen hatte, sich nicht wieder so abspeisen zu lassen, fragte sie deshalb gleich zu Beginn: „Ihr wolltet mir noch erzählen, warum Arida bei euch war und wo sie ist? Ich habe sie schon ein paar Tage nicht mehr gesehen." Sie sah die Alte unruhig an und erwartete wieder, eine Ausrede von ihr zu hören.

Aber die Alte schaute nur ihren Gemahl an und der nickte ihr freundlich zu: „Sie wird es sowieso irgendwann herausfinden", sagte er mit einem Lächeln. „Wie viel hast du denn letzte Nacht gehört?", erkundigte sich die Alte.

Gweny war erstaunt. „Aber es war doch nur ein Traum?", stieß sie erschrocken aus. „Nun" meinte die Alte und setzte sich neben sie. „Anscheinend haben wir alle hier deine magischen Fähigkeiten unterschätzt. Weil eigentlich hat unser Schöpfer dir nur die Gabe der Vorhersehung geschenkt, aber allen Anschein nach hat seine Berührung noch mehr in dir ausgelöst. Für uns war das gestern Nacht kein Traum, wir waren wirklich im Wald. Und ich dachte, du hast dich auf der Suche nach Arida vielleicht aus dem Schloss geschlichen", sagte sie ohne Gweny anzuschauen. „Aber als ich die Zweige zur Seite schob, war dort nur noch ein silbernes Schimmern in der Luft und du warst verschwunden." „Ja", sagte Gweny jetzt. „Ich bin aufgewacht." Die Alte drehte sich zu ihr und sah nun direkt in ihre Augen. „Wie hast du das gemacht?" „Ich weiß es nicht", gab Gweny zu und blickte in die Ferne. „Vor dem Einschlafen habe ich nochmal über Arida nachgedacht und wo sie wohl ist?" „Faszinierend", sagte die Alte beeindruckt. „So etwas habe auch ich, in den letzten fünftausend Jahren noch nie erlebt. „Was bedeutet das?", fragte Gweny nun etwas verunsichert.

„Stimmt etwas mit mir nicht?" „Ganz im Gegenteil", sagte sie grinsend. „Der Schöpfer sagte mir schon, wie beeindruckt er von dir ist. Jetzt weiß ich, was er gemeint hat."

Gweny, der nun wieder Arida einfiel, drehte sich wieder zu ihr um und fragte sie zum wiederholten Male: „Aber was ist denn nun mit Arida passiert?" „Ich zeig es dir", sagte sie geheimnisvoll und zog ihre Kapuze tief über ihren Kopf.

Gweny war verwirrt. Doch als sie die Kapuze wieder hochschob, saß dort nicht mehr die Alte, sondern Arida. Gweny schaute noch verwirrter. Arida lachte und auch ihr Gemahl Ole lachte. „Es tut mir leid", sagte Arida und nahm Gwenys Hand. „Als du hier ankamst, warst du so traurig und alle deine Vertrauten, hat dir deine schreckliche Mutter entrissen. Ich weiß, es ist deine Mutter, aber ich mag sie nicht." Gweny musste kurz auflachen. „Ich mag sie auch nicht besonders", gab sie zurück. „Was ist dann passiert?", drängte sie. „Du hast uns so leidgetan. Ole und ich dachten, du kannst eine Freundin gebrauchen, in deinem Alter. Deshalb schmiedeten wir den Plan mit der Königin zusammen. Ich besitze die Gabe der Gestaltwandlung und kann mich deshalb in andere Personen verwandeln." Sie schaute sich um, bevor sie weitersprach. „So kann ich dir vielleicht auch, bei deiner großen Prüfung helfen", sagte sie augenzwinkernd.

„Außer der Königin, Ole, unserem Schöpfer Borr und mir weiß keiner, dass ich die Gestalt wandeln kann. Und jetzt gehörst du auch zu unserem Kreis", sagte sie hochachtungsvoll. „Du musst schwören, dass du es keinem verrätst, auch nicht deinen Ehemännern." „Ich schwöre es", gab Gweny bedeutsam zurück. „Gut", meinte Arida nun. „Aber wie werde ich erkennen, ob du es bist, die ich sehe?" „Ich habe ein Merkmal an mir, dass sich niemals ändert, egal in welche Gestalt ich mich verwandle. Ich habe ein Muttermal am Hals". Sie zeigte auf ihren Hals, auf dem Gweny ein Muttermal erkannte, das aussah wie ein Blatt.

Nach diesem Geständnis fühlte es sich an, als ob ihr ein Felsbrocken von der Seele fiel. Sie hatte sich doch mehr Sorgen um Arida gemacht, als sie geglaubt hatte. Gweny sah Arida in die Augen und nahm sie in den Arm. Arida atmete erleichtert aus. „Ich bin froh, dass du mir nicht böse bist. Wir hatten für dich immer nur das Beste im Sinn." „Danke", flüsterte Gweny ihr ins Ohr und auch Ole warf sie einen dankbaren Blick zu.

Und in diesem Moment wusste sie auch, warum er ihr die ganze Zeit so bekannt vorkam. An dem Abend des Balles hatte Arida ihr Ole vorgestellt. „Was hältst du davon, wenn wir den heutigen Tag dazu nutzen, uns mit der Decke in den Schlossgarten zu setzen und dort deinen Unterricht für die nächsten Wochen planen?"

Da es jetzt langsam Herbst wurde, würden sie wohl die meiste Unterrichtszeit im Schloss verbringen. Und heute schien die Sonne noch so kräftig, dass sich dieser Plan wunderbar anhörte.

„Warte", sagte Gweny noch. „Was erzähle ich Thor und Loki wegen dir? Ich weiß, dass sie nach dir suchen wollten."
„Sag ihnen doch einfach, dass wir uns heute gesehen haben und ich für eine unbestimmte Zeit verreisen musste."

Gweny nickte und sie machten sich auf den Weg in den Schlossgarten. Jetzt, wo sie wusste, wer Arida wirklich war und vor allem, dass es ihr gut ging, war auch die letzte Spur von Trauer in ihr verschwunden.

Während der Zeit, die sie im Park verbrachten, war sie einfach nur glücklich. An diesem Abend war Gweny ziemlich müde. Sie verzichtet auf das Abendessen und ging gleich in ihr Gemach. Sie schickte den Brüdern noch eine Nachricht und legte sich zu Pukka aufs Bett. Augenblicklich war sie eingeschlafen.

40

In den nächsten Wochen arbeitete Gweny mit Hilfe der Alten hart daran, ihre ihr gegebenen Gaben zu kontrollieren. Sie lernte, wie sie das blaue Feuer in ihrer Handfläche beherrschen konnte und die Form erzeugte, die sich benötigte.

Die Alte lehrte ihr außerdem, wie sie ihren Geist befreien konnte, um genauere Vorhersagen zu bekommen.

Sie zeigte ihr, wie die Nachrichten, die sie dank ihres Mals verschicken konnte, deutlicher wurden.

Nur bei ihrer Gabe, die sich selbst entwickelt hatte, konnte sie ihr nicht so recht weiterhelfen. Sie versprach ihr aber, während ihrer Abwesenheit, nach Antworten auf die Fragen, die sie sich über dieses Talent stellte, zu suchen.

Nach einigen Wochen war Gwenys Ausbildung abgeschlossen. „Du hast so schnell gelernt", sagte die Alte beeindruckt. „Nun sollst du die letzten Wochen mit den Brüdern verbringen dürfen."

Dies zauberte Gweny ein glückliches Lächeln ins Gesicht. Sie hatte so sehr gehofft, vor der großen Prüfung noch mit den Beiden verreisen zu können. Das war der Grund, warum sie so hart gearbeitet hatte.

„Nun, mein Kind, du hast gelernt was benötigt wird, um deine große Prüfung zu bestehen. Doch nun werden wir erstmal in der großen Halle erwartet", sagte die Alte lächelnd,. „Ja", gab Gweny glücklich zurück. „Vor morgen könnten wir sowieso nicht aufbrechen.

Als sie in die große Halle kam, wurde sie von den beiden schon sehnsüchtig erwartet. Sie kam an ihren Platz und musste nun, wo sie die beiden sah, umso glücklicher lächeln. „Was hast du?", erkundigte sich Thor und zog sie auf seinen Schoß. Auch Loki beugte sich gespannt zu ihnen hinüber. „Die Alte hat gesagt", sie machte mit Absicht eine kurze Pause. „Was hat sie gesagt?", drängte Loki sie zum Weitersprechen. „Sie hat gesagt", fing sie nochmal an und musste lächeln. „Das ich ab heute mit der Ausbildung fertig bin. Das heißt, wenn ihr Lust habt, können wir, bis zum Beginn meiner Prüfung noch ein wenig verreisen."

Das Strahlen in den Augen der Brüder verriet ihr, dass sie Lust hatten. „Wann können wir los?", fragte Thor nun. „Also ich denke, wir sollten dies mit euren Eltern besprechen aber eigentlich morgen", sie grinste.

Just in diesem Moment tauchte die Königin hinter ihnen auf. Schnell rutschte Gweny von Thors Schoß herunter und setzt sich auf ihren Stuhl. Die Königin lächelte sie an: „Wenn ihr drei glücklich seid, bin ich es auch", sagte sie mit ihrer mütterlichen sanften Stimme. „Ich habe mit der Alten gesprochen", wand sie sich nun an Gweny. „Sie ist überaus zufrieden mit dir und deinen Leistungen. Ich bin sehr stolz auf dich, mein Kind", sagte sie und streichelte über ihren Arm.

Diese Worte lösten Gefühle der Dankbarkeit in ihr aus und in ihren Augenwinkeln sammelten sich Freudentränen. Nun sah sie auch ihre Söhne an: „Ich bin sehr stolz auf euch alle drei und beeindruckt, wie ihr euch in diesen letzten Monaten zum Positiven entwickelt habt." Sie bedachte ihre beiden Söhne und ihre Schwiegertochter mit einem stolzen Blick. Hinter ihr tauchte der König auf. Auch er sah sie stolz an und sagte: „Auch mir geht es so. Auch ich bin sehr stolz auf euch drei."

Diese weiteren Worte des Stolzes ließ nicht nur Gweny schlucken. Auch die Brüder sahen ihren Vater mit einem dankbaren Lächeln an. Es schien, dass obwohl alles drei königlichen Blutes waren, sie solche Worte nicht oft gehört hatten.

Dann sprach der Allvater weiter. „Es sei euch erlaubt Asgard für vier Wochen zu verlassen. Dann hat Gwenyfer noch eine Woche für ihre letzten Vorbereitungen. Wann wünscht ihr aufzubrechen?", wollte er nun wissen. „Morgen", sagte Gweny in einem bestimmenden Ton. Odin musste lächeln. Die Stimme einer Königin, hat sie schon mal, dachte er ein wenig beeindruckt, auch über ihre Entwicklung in den letzten Monaten war er mehr als glücklich. Als sie hier ankam, war sie nicht mehr, als ein Häufchen Elend und jetzt ist sie eine starke, unabhängige Frau geworden.

„Wie ihr wünscht", sagte er immer noch lächelnd und verbeugte sich leicht vor ihr. „Sehen wir uns morgen früh nochmal?", fragte die Königin. Diesmal antwortet Loki für die Gruppe: „Ich denke, dass wir nach dem Morgenmahl aufbrechen werden." Er schaute zu den anderen Beiden hinüber, die ihm zu nickten, dann drehte er sich wieder zu seiner Mutter und sagte: „Ja, da werden wir uns noch sehen." „Dann, bis morgen", sagte sie und drehte sich um, um ihrem Mann hinterher zu gehen. Als sie weg war, verabredeten sich die Drei noch für später in der Sitzecke, um über ihr Reiseziel zu beraten.

Nach dem Abendessen ging Gweny zurück zu ihr Gemach, um Serina über ihre morgigen Reisepläne zu unterrichten und ihr aufzutragen, schon mal mit dem Packen zu beginnen.

Nach einem ausgiebigen Bad zog sich Gweny nur ein einfaches Leinenkleid und einen Mantel über. Sie rief ihren kleinen Gefährten und ging mit ihm durch ihre Geheimtür, in das gemeinsame Gemach von ihr und den Brüdern.

Während des Weges hoffte sie noch, dass der Kamin schon brannte, weil es mittlerweile abends sehr kalt geworden war. Als sie in den Korridor trat, konnte sie schon ein flackerndes Licht sehen. Sie ging zur Sitzecke. Bis jetzt war nur Thor da. „Wo ist Loki?", sie sah sich suchend um, während sie sich neben ihn kuschelte. Pukka nahm wie immer auf ihrem Schoß Platz. „Er muss noch etwas erledigen", sagte er geheimnisvoll. „Was ist es?", fragte sie ihn neugierig. Doch er zuckte nur grinsend mit den Schultern. „Na gut", sagte sie und kuschelte sich noch enger an ihn und kraulte dabei ihrem kleinen Wolf das Fell.

Sie schauten ins Feuer und jeder, der beiden, hing für diesen Moment, seinen eigenen Gedanken nach und genoss die Zweisamkeit.

Es verging eine ganze Weile, in der Gweny fast eingeschlafen war, bevor Loki zu ihnen kam. Er schaute triumphierend und hielt eine Pergamentrolle in die Luft. „Ich habe sie gefunden", sagte er erfreut. Gweny setzte sich auf, rieb sich die Augen und schaute ihn fragend an. „Was hast du gefunden?", wollte sie wissen.

„Ich habe die Karte von Dikbyr, dem Erkunder gefunden", sagte er, als ob sie wissen sollte wer dieser Dikbyr war. „Und was genau können wir damit machen?" „Angeblich soll es in der Karte eine Botschaft geben", sagte er geheimnisvoll.

Nun sprach Thor weiter: „Wir haben gehört, dass wenn wir es schaffen die Botschaft zu entschlüsseln und die Quelle zu finden, die dort beschrieben steht, unsere Vereinigung noch tiefer wird und wir so auch über größere Distanzen kommunizieren können." Auch er strahlte nun. Gweny war etwas misstrauisch. „Von wem habt ihr das gehört?", argwöhnte sie deshalb. „Ich hatte es mal in einem Buch gelesen.", sagte Loki aufgeregt. Das überzeugte sie nicht besonders. „Und nun wollt ihr nach dem versteckten Schatz suchen?" „Quelle" „Wie bitte?" „Es ist eine versteckte Quelle, in der wir baden müssen"

Gweny, die lieber auf irgendeine Insel gefahren wäre, um dort die vier Wochen mit den beiden zu genießen, war nicht überzeugt von der Idee irgendwo hinzufahren, um eine geheimnisvolle Quelle zu suchen. Sie zog leicht die Augenbrauen hoch.

„Lass uns, doch erstmal die Karte angucken", sagte Loki schnell, weil er merkte, dass sie nicht besonders begeistert von der Idee war. „Vielleicht finden wir ja auch gar keine Botschaft" „Ok", sagte Gweny nun besänftigend, weil sie ihnen nicht den Spaß an der Schatzsuche verderben wollte. „Gucken können wir ja mal." Daraufhin rollte Loki das Pergament auseinander und legte es zwischen ihnen auf den Tisch.

Es zeigte eine Abbildung der neun Welten. An der Seite waren alte Runen aufgemalt. Auf den einzelnen Welten waren Lebewesen eingezeichnet und Punkte mit Stadtnamen. Eine ganze Weile guckten sie angestrengt auf die Karte. Als Erstes mussten sie die alten Runen an der Seite übersetzen. „Was steht an der Seite?", fragte Thor, der mit Rune immer Schwierigkeiten hatte. Bisher war es für ihn eher wichtiger gewesen, der großartige Kämpfer zu sein und als ein solcher, da war er sich sicher, braucht man das Lesen von Runen nicht. Loki drehte die Karte in seinen Händen.

Schatzsucher, kommt und seht,

was an der Seite steht.

Wer finden will die Quellen,

der darf sich dem nicht allein stellen.

Zu zweit, zu dritt, zu viert das ist egal,

Hauptsache ist das gemeinsame Mal.

Wenn ihr bereit seid, fangt an,

am besten in Leberan.

Dort findet hier am großen Stein,

den nächsten Schritt, so soll es sein.

Die Drei schauten sich ahnungslos an.

„Leberan?", Gweny schaute die Beiden fragend an. „Habt ihr das schon mal gehört?" Die Beiden zuckten mit den Schultern. Sie schaute nochmal auf die Karte und las sich die Worte nochmal durch.

Dann verglich sie sich die Stadtnamen, über den Abbildungen der neun Welten. „Dort" sagte sie plötzlich und zeigte auf einem Punkt in Svartalfheim. „Gut" meinte Loki. „Dann kennen wir nun unser erstes Ziel."

Auch wenn Gweny noch nicht gänzlich überzeugt war, stimmte sie dem zu. Vielleicht gibt es dort auch keinen großen Stein und somit auch keine weiteren Hinweise, hoffte sie, dann können wir immer noch auf die Insel fahren.

41

Am nächsten Morgen verabschiedeten sie sich von ihren Liebsten. Auch von Pukka musste sich Gweny für diese Zeit verabschieden. Er sollte in der Zeit ihrer Abwesenheit von Arida weiter ausgebildet werden. Er saß winselnd auf Aridas Arm. Gweny kraulte ihm ein letztes Mal am rechten Ohr, dort mochte er es am liebsten. „Wir sehen uns bald wieder", erklärte sie ihm mit tränenerfüllter Stimme und zu Arida gewandt setzte sie hinzu: „Pass gut auf ihn auf!" Arida lächelte sie an und nickte.

Dann fuhren sie mit der Kutsche in Richtung Bifröst, der sie nach Svartalfheim bringen sollte. Als sie die lange Brücke entlangfuhren, konnte Gweny noch einen letzten Blick auf ihre geliebte neue Heimat werfen. Sie wurde wehmütig auch mit dem Gedanken, dass sie in ein paar Wochen zu ihrer großen Prüfung aufbrechen musste. Sie würde Asgard und auch ihre geliebte Stute eine lange Zeit nicht sehen können. Sie blickte noch so lange der Goldenen Stadt hinterher, bis sie durch das riesige Bifröst Tor in Richtung Svartalfheim fuhren. Erst dann drehte sie sich um.

Ihr Blick fiel auf die unbekannte Landschaft und sie war gespannt auf die Dinge, die sie nun erleben würde. Nach einer Weile holte Loki die Karte aus seiner Tasche und studierte die Himmelsrichtungen. „Wir müssen weiter in Richtung Westen", sagte er nach einiger Zeit.

Und so ging ihre Reise weiter, in das Landesinnere. Als sie endlich in Leberan ankamen, fuhren sie direkt in die Stadtmitte. Dort gab es einen großen Brunnen und da es gerade Mittag war, trafen sich hier die Frauen, um ihre Wäsche zu waschen. Als die prächtige königliche Kutsche vor dem Brunnen anhielt, sahen alle zu ihnen hinüber.

„Und jetzt?", fragte Gweny misstrauisch, als die Kutsche stoppte. „Ich denke, wir sollten die Frauen hier fragen, ob sie uns sagen können, wo wir den großen Stein finden", meinte Loki und stieg daraufhin gleich aus der Kutsche aus. Thor folgte ihm auf dem Fuße und auch Gweny wollte gerade aussteigen.

Doch Thor drehte sich ruckartig um und streichelte über ihre Wange. „Meine Liebe, ich denke, es ist sicherer für dich, wenn du in der Kutsche bleibst."

Gweny schaute ihn entgeistert an. „Ist das dein Ernst?", sie war fassungslos. „Ja", sagte er bestimmt und gab ihr einen Kuss. Ihre Laune rutschte in den Keller, aber sie blieb widerwillig in der Kutsche. Sie konnte vom Fenster aussehen, wie sie mit den Frauen sprachen. Sie machte die Tür der Kutsche auf, um zu verstehen, was genau sie besprachen.

Aber die Sprache, in der Loki zu ihnen sprach, konnte sie nicht verstehen. Sie sah, wie Loki die Hand einer Frau nahm und in ihre Innenfläche etwas mit seinem Finger zeichnete. Sie durchzuckte ein schmerzlicher Blitz der Eifersucht, besonders, als sie sah, dass die Frau ihn geschmeichelt anlächelte.

Sie setzte sich ganz zurück auf die Bank und schloss die Tür mit einem lauten Knall. Einige Zeit später kamen die Brüder lachend zurück in die Kutsche. Gweny sah sie mit einem kühlen Blick an. Loki, der sich neben sie setzte, erzählte ihr, dass sie nun wissen, wo der Stein sich verbirgt. „Hmm", machte Gweny nur und schaute in die andere Richtung aus dem Fenster. Thor gab dem Kutscher ein Zeichen und dieser ließ die Pferde anziehen. Es dauerte einige Zeit, bis sie den Stein erreichten, in all dieser Zeit sagte sie kein Wort.

„Darf ich nun mit aussteigen?", fragte sie Thor giftig und drängelte sich an ihm vorbei, ohne eine Antwort abzuwarten. Loki kam ihr nach. „Was ist mit dir?", erkundigte er sich sanft und wollte sie umarmen. Sie drehte sich von ihm weg und sagte gereizt: „Was hast du zu der Frau am

Brunnen gesagt?" Er wusste sofort, wovon sie sprach und musste, lächeln. „Bist du etwa eifersüchtig?", sie schwieg und versuchte, ihn so böse anzugucken, wie es ihr möglich war. Loki lachte. „Liebling", sagte er liebevoll zu ihr und hielt sie so am Arm fest, dass sie sich nicht wegdrehen konnte. „Du bist die Liebe meines Lebens und ich würde unsere Zukunft für niemanden aufs Spiel setzen. Das habe ich dir damals auf dem Thingplatz versprochen und ich verspreche dir heute nochmal, mein Schwur zu dir niemals zu brechen. Du und Thor, ihr seid die wichtigsten Personen in meinem Leben und niemand wird daran jemals irgendetwas ändern können."

Nach diesem Liebesgeständnis verrauchte Gwenys Wut augenblicklich und sie lächelte ihn an. „Mir geht es doch genauso", sagte sie voller Wehmut. „Vielleicht ist es nur die Angst, die mich geleitet hat." Sie sah auf den Boden und schämte sich, an ihm gezweifelt zu haben. Er hob ihren Kopf nach oben und küsste sie. „Muss ich die ganze Arbeit allein machen?", rief es aus der Ferne. Sie drehten sich suchend nach Thor um. Sie gingen in Richtung des Steines, der die Höhe eines kleinen Hauses hatte. Genau in diesem Moment kam Thor hinter dem Stein hervor und hatte ein triumphierendes Lächeln im Gesicht.

„Ich denke, ich habe es gefunden." Sie gingen zu der Stelle, von der Thor gerade gekommen war und sahen kleine Einkerbungen im Stein. Mit etwas Mühe konnten sie sie entziffern:

Wie ich sehe, seid ihr alle da und habt mich gefunden und auch das Mädchen hat ihren Schmerz überwunden.

Gweny schaute etwas irritiert, las aber weiter vor.

Jetzt guck nicht so verwirrt, mein Kind sondern ließ weiter geschwind.

Oh nein, ein Wahrsager bin ich nicht, aber die Menschen, die kenne ich.

Nun genug mit weisen Worten, ich muss euch sagen, nun müsst ihr zu den Pforten.

Welche, fragt ihr euch ganz sicher, dann fragt doch mal die südlichen Fischer.

Sie können euch erzählen, von einem Berg, dort drin lebt auch nur ein Zwerg.

Er heißt Archibald der Starke und wird euch fragen nach Mal und Karte.

Gebt ihm beides Schnelle, dann führt er euch zur Quelle.

Wenn ihr da seid, dann zieht euch aus und geht hinein, danach wird eure Verbindung für immer und ewig sein.

Sie schauten sich ratlos an. Dann holte Loki die Karte hervor. „Bis zum südlichen Ufer ist es gar nicht so weit", sagte er erfreut und schaute die andern beiden an. „Dann los in die Kutsche", sagte Gweny und ging voran.

Mittlerweile hatte auch sie, die Neugierde auf die Quelle gefesselt. Als sie, in der Stadt Havnensomfjell, am südlichen Ufer ankamen, war es mittlerweile Abend geworden. „Ich denke, dass wir uns für heute einen Schlafplatz suchen sollten", meinte Thor und schaute sich nach einer Herberge um.

Zum Glück sahen sie einen Stadtbewohner, den sie danach fragen konnten. Gweny stand dieses Mal mit draußen, obwohl es Thor lieber gewesen wäre, dass sie in der Kutsche geblieben wäre. Aber nochmal, hatte sie ihm gesagt, blieb sie nicht da drin. Und obwohl er es immer noch nicht mochte, wenn ihm jemand widersprach, fühlte er jedes Mal, wenn sie so kratzbürstig und stur wurde, eine gewisse Erregung in sich aufsteigen.

In der Zeit, wo Loki mit den Einheimischen sprach, ging er zu ihr und flüsterte ihr etwas ins Ohr. Sie musste kichern und beschloss in diesem Moment, die Nacht mit Thor zu verbringen. Loki kam zu ihnen zurück und sie stiegen wieder in die Kutsche. „Am Hafen gibt es eine Herberge", erklärte er.

Nachdem sie ihre Zimmer bezogen hatten, wollten sie noch einen kleinen Spaziergang machen, um zu sehen, wo die Fischerboote ankerten.

Als sie wiederkamen, war schon ein Tisch für sie vorbereitet. Da es sich im Dorf schnell herumgesprochen hatte, dass heute Fremde in der Herberge nächtigten, war der Gastraum mit vielen Schaulustigen gefüllt. Schon bald saßen die ersten Schwarzalben an ihrem Tisch und tranken und sangen mit Ihnen, ohne zu wissen, dass sie mit den zukünftigen Königen und der zukünftigen Königin an einem Tisch saßen. Weit nach Mitternacht war Gweny mittlerweile so müde, dass sie fast schon auf ihrem Stuhl eingeschlafen war.

Sie saß zwischen den Brüdern, die sich aber zu ihren anderen Seiten gewandt hatten und laut mitsangen und lachten.

Gweny schloss für einen Moment die Augen, weil sie so schwer waren. Just in diesem Moment tauchten wieder die Bilder vor ihr auf. Als sie stehen blieben, konnte sie eine Insel erkennen, auf der nur ein Berg stand, riesengroß und dunkel. Sie spürte, wie sich ihr die Nackenhaare aufstellen. An der einzigen Anlegestelle sah sie ein kleines Boot, über dessen Wände die Wellen schwappten. Direkt hinter dem Steg war eine Pforte. Dann wurde sie unsanft geschüttelt. Die Bilder verschwanden und sie öffnete die Augen widerwillig. Sie war immer noch genauso müde, wie vorher.

Es war Thor gewesen, der sie wecken wollte. Er sah sie nun schuldbewusst an, weil er so grob war. „Es tut mir leid", sagte er mit einem Anflug von schlechtem Gewissen. „Ich habe mich vergessen. Wollen wir zu Bett gehen?", fragte er liebevoll und streichelte ihr die Haare aus dem Gesicht. „Ja", sagte sie und lächelte ihn an. „Wir gehen nach oben", sagte sie noch zu Loki, aber er sang zu laut, um sie zu hören. Gweny lachte und ließ sich von Thor nach oben tragen.

42

Als sie am nächsten Morgen aufwachte, war es noch dunkel draußen. Sie schlüpfte vorsichtig, um Thor nicht zu wecken, aus dem Bett. Ihr Blick fiel zum Fenster. Dort konnte sie einen kleinen roten Strich über dem Meer erkennen. Dann habe ich aber nicht lange geschlafen, dachte sie und ging zurück ins Bett. Sie kuschelte sich an Thor und versuchte, wieder einzuschlafen. Aber sie war hellwach. Sie überlegte einen Moment, was sie jetzt tun könnte und entschloss sich dazu, schon mal zur Anlegestelle zu gehen.

Vielleicht waren die Fischer noch nicht hinausgefahren und sie konnte schon etwas herausfinden. Also zog sie sich sachte an und verließ, so leise sie konnte, das Zimmer.

Als sie durch den Gastraum lief, sah sie viele schlafende Schwarzalben auf dem Boden und unter den Tischen liegen. Und mitten zwischen ihnen lag auch Loki und schlief tief und fest. Gweny musste leise lachen, denn er hielt noch die Weinflasche in der Hand. Sie öffnete leise die Tür nach außen und trat in die kalte Morgenluft hinaus. Sie drehte ihren Kopf in alle Richtungen, um sich zu orientieren. Sie erkannte eine Statue, an der sie gestern Abend vorbeigelaufen waren und schlug diese Richtung ein.

Ihr Blick schweifte immer wieder hinüber zum Meer, wo die Sonne mit ihren roten Strahlen immer mehr den Himmel eroberte.

Sie blieb stehen, um diesen schönen Moment zu genießen. In der Ferne sah sie einige Boote, das erinnerte sie wieder daran, wo sie eigentlich hinwollte.

Nach kurzer Zeit erreichte sie die Anlegestelle für die Fischerboote, aber es war keines mehr zu sehen. Sie mussten schon hinausgefahren sein, ärgerte sie sich. Als sie sich umdrehte, um wieder in Richtung Herberge zu laufen, fiel ihr ein kleines Haus auf. Es war ein schönes Haus und davor stand eine Vielzahl von Tischen. An einem dieser Tische saß eine Frau, die ihren Mantel weit ins Gesicht gezogen hatte. Sie ging zu ihr hinüber und versuchte sich, mit ihr zu unterhalten. Aber sie sprach eine Sprache, die Gweny nicht verstand.

Just in diesem Moment kam eine zweite Frau durch die offene Haustür, sie trug ein kleines Tablett und stellte eine Tasse vor der sitzenden Frau ab. Dann wand sie sich zu Gwenyfer. „Sie wird euch nicht verstehen, Prinzessin", sage sie mit sanfter Stimme. „Hier im Svartalfheim wird eine andere Sprache gesprochen als in Asgard." Gweny sah sie fassungslos an. „Ihr wisst, wer ich bin?", sagte sie erschrocken.

„Natürlich, Hoheit", sagte sie und verbeugte sich kurz. „Ihr seid die zukünftige Königin unserer neun Welten und dank des Segens des Schöpfers Borr auch die Friedensbringerin." Gweny wurde rot. „Darf ich euch auf einen Tee einladen?", fragte sie nun und rückte einen Stuhl für Gweny zurecht. „Danke", entgegnete sie und setzte sich an einen der schönen Holztische.

Sie ließ ihre Finger über ihn gleiten und bewunderte die vielen zierlichen Schnitzereien. Die nette Frau ging zurück ins Haus und kam kurze Zeit später mit einer Tasse, aus der es dampfte, wieder zurück. „Was ist das für Tee?" „Es ist eine besondere Mischung aus schwarzem Mohn und Galeiunswurzel." „Danke", sagte sie noch einmal und roch an dem Tee. „Er duftet nach Rosen", stellte sie fest und setzte die Tasse wieder ab, um ihn abkühlen zu lassen. „Was führt euch in unser kleines Dorf, Königliche Hoheit?", fragte sie und versuchte, dabei nicht zu neugierig zu klingen. „Wir sind auf der Suche nach einer Insel, mit nur einem Berg", gab Gweny bereitwillig Auskunft. Die Frau am Nebentisch drehte sich unauffällig weiter zu ihnen um, um kein Wort zu verpassen. „Ich kenne die Insel", sagte die Alte und klang besorgt. „Sie ist nichts für eine Prinzessin, schon gar nicht für so eine Wichtige." „Aber ich bin nicht allein", sagte Gweny und lächelte sie an. „Trotzdem", ihre Stimme

klang ängstlich. „Bitte, Prinzessin, bleibt am Festland."
Gweny sah sie misstrauisch an. „Was ist dort genau, wovor
ich mich fürchten muss?" „Es gibt Geschichten", sagte sie
immer noch ängstlich und blickte sich um, bevor sie weitersprach: „Eigentlich habe ich schon zu viel gesagt." Sie
drehte sich auf dem Absatz um und verschwand im Haus.

Gweny sah ihr entgeistert hinterher. „Ich kenne eure Insel
auch", sagte plötzlich eine Stimme. Gweny sah sich um, die
Stimme kam von der anderen Frau, die ein paar Tische weiter saß. „Ich weiß, wie es dorthin geht, wenn ihr wollt,
bringe ich euch sofort dorthin", sagte sie mit einer rauchigen Stimme. Gwenys Mal fing schlagartig an zu stechen. Sie
rieb es, um dem Schmerz entgegenzuwirken.

Nun war die Frau aufgestanden und kam langsam auf sie
zu. Das stechen wurde immer schlimmer. Ein ungutes Gefühl durchfuhr Gweny und ließ sie aufspringen. Als die
Frau fast bei ihr war, hörte sie ein Rufen hinter sich. Sie
erkannte die Stimme und stolperte nach hinten, sodass der
Stuhl umkippte. Die Frau kam immer noch weiter auf sie
zu. Blitzartig zog sie ein langes Messer unter ihrem Mantel
hervor. Die Frau ließ pfeilschnell die Klinge vorschnellen
und verfehlte Gweny nur um Haaresbreite.

Von hinten hörte Gweny die Schritte immer lauter werden. Als sie erneute zum Stoß ausholen wollte, stand Thor plötzlich neben Gweny und zog sie hinter sich. Er hatte ein Schwert in der Hand und lieferte sich mit der Frau ein Duell. Nun kam auch Loki angerannt und stellte sich schützend vor Gweny. Nach einigen Schwerthieben ließ Thor das Schwert plötzlich sinken und fragte: „Sith, bist du es?"

Auch sie ließ ihr Messer sinken und zog ihre Kapuze weiter ins Gesicht. Sie drehte sich um und verschwand hinter dem Haus.

„Wer ist Sith?", wollte Gweny verärgert wissen. „Und warum wollte sie mich töten?" Doch Thor zuckte nur mit den Schultern und ging mit Loki und Gweny wieder zurück zur Herberge.

Wenige Zeit später saßen sie beim Essen. Thor, der die ganze Zeit nichts gesagt hatte, wand sich nun an Gweny: „Bitte versprich mir, dass du niemals wieder ohne Loki oder mich hinausgehen wirst." „Nur wenn du mir erzählst, wer die Frau vorhin war und was sie von mir wollte", sagte sie immer noch verärgert.

Thor sah zu Loki und der nickte ihm aufmunternd zu. Und so erzählte er ihr alles. Auch was damals im Wald passiert war und das Sith immer darauf gehofft hatte, die Frau an Thors Seite zu werden. Als er endete, war Gweny bestürzt. Sie hatte sogar Mitgefühl mit ihr. Und als beide Brüder ihr versicherten, dass Sith so rachsüchtig war, dass dieser Vorfall bestimmt, nicht ihr letzter Versuch gewesen war, versprach sie ihnen nicht mehr ohne Begleitung hinauszugehen. „Woher wusstet ihr, wo ich bin?", fragte sie die Beiden. „Ich habe ein leichtes Stechen auf meinem Mal gespürt, davon bin ich aufgewacht. Und als Thor dann, die Treppe runter gestürmt kam und sagtest du wärst weg, haben wir uns auf den Weg gemacht, um dich zu suchen.

Gweny fühlte in diesem Moment eine große Vertrautheit, zwischen ihnen und war froh zwei so fürsorgliche Ehemänner zu haben. „Und was hast du dort gemacht?", wollte Loki jetzt von ihr wissen. Gweny erzählte den beiden von der Frau und ihren Warnungen der Insel betreffend. „Hat sie dir gesagt, wo wir die Insel finden können?" Sie schüttelte den Kopf. „Dann wird Loki wohl nochmal mit ihr sprechen müssen", sagte er und zwinkerte ihm zu. „Bis gleich", sagte er noch und verschwand durch die Tür.

Als er nach einiger Zeit wiederkam, hatte er alle Information, die sie brauchten, um die Insel finden zu können. „Und ein Boot habe ich auch schon", sagte er stolz.

Sie beschlossen bald aufzubrechen, um diesen Ort wieder verlassen zu können. Sith wusste jetzt, dass wir hier sind und sie könnte zurückkommen, dachte Thor besorgt und schaute zu Gweny hinüber, die sich gerade für ihr Abenteuer umzog.

43

Einige Zeit später saßen sie in einem kleinen Segelboot und konnten die Insel am Horizont schon ausmachen. Als sie näherkamen, erkannte Gweny die Insel aus ihrer Vorhersehung. Sie kam ihr eigenartig vertraut vor. Als sie ausgestiegen waren, konnten sie schon die Pforte sehen. Als sie nähertraten, konnten sie auch die Inschrift darauf erkennen:

Traut euch und ruft mich.

- Archibald der Starke -

Die Drei sahen sich an und Thor rief mit seiner tiefen Stimme nach dem Besagten. Nach kurzer Zeit kam ein sehr alter Schwarzalbe auf sie zu. Seine Haut war so weiß, dass sie fast durchsichtig schien. Sein Gesicht war überzogen von Falten. Er sieht nicht besonders stark aus, kam es Gweny in den Sinn, als er so langsam auf sie zu schlurfte.

Als er bei ihnen ankam, sah er Gweny direkt in die Augen und lachte. „Lass dich nicht täuschen, mein Kind." Dann wand er sich an alle drei: „Ich habe schon auf euch gewartet", sagte er und verbeugte sich tief. „Willkommen, meine

Königlichen Hoheiten auf Katosha", er verbeugte sich nochmal. Sie waren kurz verwirrt, fingen sich aber schnell wieder. „Zeigt mir jetzt das, was euch das erste Mal vereinigt hat und das, was euch hierherführte." Loki gab ihm die Karte und alle hielten ihr Mal in die Höhe, als wäre es eine Eintrittskarte in den Berg. Er setzte eine Brille auf und studierte die Karte. Danach berührte er mit seinen langen Fingernägeln die Male auf den Händen der Drei. Es kribbelte leicht, als es berührte.

Dann nickte er und sagte mehr zu sich selbst: „Ihr seid es wahrhaftig und nun folgt mir." Thor ging voran, danach kam Gweny und als Letzter folgte Loki. Sie gingen in den Berg, der sich auf magische Weise vor ihnen öffnete. Es ging ein ganzes Stück hinein und es wurde immer dunkler.

Die Luft fühlte sich feucht an und es knirschte unter ihren Schuhen. Gweny streckte die Hand aus und glitt damit an der Felswand entlang. Sie hatte erwartet das sie kalt sein würde, aber das Gestein war eigenartig warm. Auch die Luft um sie herum war keineswegs kalt, sondern hatte eine angenehme Wärme.

Als ob Archibald wusste, was sie dachte, blieb er stehen und erklärte ihr, dass der Berg einem unterirdischen Vulkan besaß, weshalb es hier immer, egal zu welcher Jahreszeit, angenehm warm war.

Plötzlich, als sie um eine Kurve kamen, fing es im Gang vor ihnen an Blau zu leuchten und sie hörten ein leises Plätschern, dass sich wie ein kleiner Wasserfall anhörte.

Als sie um die nächste Biegung liefen, öffnete sich vor ihnen ein riesiger Raum. In der Mitte lag ein kleiner See, in den ein Wasserfall von der Decke mündete. Als sie am Ufer ankamen, drehte sich der Albe um.

„Nun sind wir hier an der Quelle", sagte er und machte eine ausschweifende Handbewegung. „Nehmt euch alle Zeit, die ihr braucht, um die Magie der Schwarzalben in euch aufzunehmen. Wenn ihr diesem Weg immer weiter folgt", er zeigte auf den Tunnel, aus dem sie gekommen waren. „Kommt ihr wieder zum Anfang. Ich ziehe mich nun zurück", sagte er und verbeugte sich ein letztes Mal. „Danke", sagte Gweny und drehte sich wieder zu dem See.

Das Wasser war klar, sodass sie den Boden sehen konnten. Aber trotzdem machte es den Eindruck, als würde es glitzern. Sie hockte sich ans Ufer und hielt ihre Hand hinein. „Und?", wollte Loki wissen. „Das Wasser ist auch ganz warm", sagte sie erstaunt, auch hier war sie sich sicher gewesen, es würde kalt sein.

Sie sah zu Thor hinüber, der sich schon fast ausgezogen hatte. Also fing auch sie an, sich zu entkleiden. Auch Loki tat es ihm nach. Als sie nackt waren, stiegen sie gemeinsam in das Wasser. „Es fühlt sich herrlich an", sagte Gweny glücklich und sie merkte augenblicklich, wie sie von einem warmen Strom erfasst wurde, der daraufhin durch ihren ganzen Körper zu strömen schien. Sie legte sich auf das Wasser und ließ sich einfach treiben. Nach einiger Zeit ließ das warme Gefühl langsam nach.

Sie schaute sich nach den Brüdern um. Sie sah Loki, wie er sie lächelnd beobachtete. „Was machst du da?", sagte sie lächelnd und schwamm zu ihm hinüber. Er nahm sie in den Arm und sie fühlte seinen nackten Körper an ihrem. Das warme Gefühl kam zurück und es fühlte sich an, als ob sie zusammengebunden wurden. Als auch hier das warme Gefühl nachließ, küsste sie ihn ein letztes Mal und löste sich langsam von ihm, um nach Thor zu schauen.

Er lag noch rücklings im Wasser und schien es zu genießen. Sie schwamm langsam auf ihn zu. Er hatte die Augen geschlossen. Sie berührte sein Oberkörper und er öffnete langsam die Augen und grinste. „Was für eine Erholung", sagte er. Er richtete sich wieder auf und schlang seine Arme um sie, auch hier hatte sie das Gefühl, an ihn gebunden zu sein.

Nach einiger Zeit lösten sich die beiden voneinander und jeder der drei genoss für sich noch einmal diese Quelle und den Augenblick der völligen Schwerelosigkeit im Wasser. Der Erste, der das Wasser verließ, war Loki, er drehte sich am Ufer noch einmal um und sagte zu seinen Gefährten: „Es ist Zeit", dann ging er zu seinen Sachen und zog sich wieder an. Auch Gweny und Thor kamen langsam aus dem Wasser. Als sie alle wieder angezogen waren, machten sie sich auf dem Heimweg zur Herberge, mit einem neuen und noch tieferen Vertrauen in alle Taten der anderen an ihrer Seite.

Als sie wieder in der Herberge waren, konnte Thor nicht schnell genug abreisen. Seine Angst, dass Sith zurückkam und ihm seine geliebte Ehefrau entriss, war für ihn allgegenwärtig.

Die Nachforschungen über Siths Verbleib waren ergebnislos geblieben, sodass sie ständig wachsam blieben und die Augen nach fremden Wesen offenhielten.

Thor schauderte auch bei dem Gedanken, dass Gweny ihre große Prüfung ohne ihn und Loki bewältigen muss.

Die restliche Zeit verbrachten die Drei auf der Insel, die sich Gweny auf Vanaheim ausgesucht hatte. Da die Insel leicht zu überblicken war, konnten sie sich wieder etwas sicherer fühlen und den Rest ihres gemeinsamen Urlaubs noch ein wenig entspannen.

44

Einige Tage vor der Wintersonnenwende kamen die Drei zurück nach Asgard. Sie hatten eine sehr schöne und intensive Zeit zu dritt gehabt. Sie waren glücklich, diese Möglichkeit gehabt zu haben. Auf der Rückreise hatten sie das Gefühl, dass es nichts gab, was sich je zwischen sie stellen konnte.

Als die Kutsche vor dem Schloss ankam, wurden sie schon erwartet. Als Gweny Arida und ihren Kleinen, der jetzt schon deutlich gewachsen war, draußen stehen sah, sprang sie aus der Kutsche und umarmte die beiden. „Ich habe dich vermisst", sagte sie zu ihr und auch Arida entgegnete, dass es ihr genauso ging.

Der Wolf sprang an ihr hoch und freute sich über die Maßen seine geliebte Gefährtin endlich wieder zu haben. Auch die Brüder stiegen aus und auch sie freuten sich darauf, Asgard wiederzusehen. Sie bedachten Gweny mit einem glücklichen Lächeln, als diese mit Arida Arm in Arm hoch zum Schloss ging. „Ihr habt euch bestimmt viel zu erzählen", sagt Loki. „Dann sehen wir uns später."

Er gab ihr ein Kuss und verschwand schnell in Richtung seines Gemachs. Auch Thor verabschiedete sich von ihr und meinte, er müsse unbedingt noch etwas erledigen. So hatten Arida und Gweny den ganzen restlichen Tag Zeit, sich über Gwenys Reise zu unterhalten.

Zum Abendessen trafen sich die Drei in der großen Halle wieder. „Was habt ihr heute noch gemacht?", wollte Gweny wissen. „Das erfährst du heute Abend, in unserer Sitzecke", meinte Thor mit einem Zwinkern zu Loki.

Gweny machte ein gespielt beleidigtes Gesicht und erwiderte: „Aber ich möchte es jetzt gerne wissen." „Nein", sagte Loki. „Das ist unser Geheimnis", setzte er noch leise nach und grinste sie an.

Plötzlich stand hinter ihnen ein Mann und räusperte sich. Die Drei drehten sich um und Gweny erkannte einen der asgardischen Botschafter. „Königliche Hoheit", sprach er sie an und verbeugte sich leicht. „Es wird Zeit für die finalen Vorbereitungen für eure Reise. Bitte kommt nach dem nächsten Morgenmahl in das private Speisezimmer des Königspaars." Gweny nickte und er drehte sich auf dem Absatz um und ging in Richtung Ausgang. „Was mögen wohl diese finalen Vorbereitungen sein?", überlegte Gweny laut. „Für deine Zeit auf Midgard benötigst du sicher noch die dort benutzte Technologie." „Ja, das könnte es sein", gab sie Loki recht und war gespannt, um was genau es bei der

Besprechung am nächsten Tag ging. „Nun nochmal zurück zu meiner Überraschung", wand sie sich an Thor.

Sie hoffte, dass er ihr mehr verraten würde. „Nein", sagte auch er lachend und gab ihr einen Kuss.

Als sie mit dem Essen fertig waren, verließen sie gemeinsam die große Halle und trafen sich etwas später in ihrer Sitzecke. Gweny sah die beiden erwartungsvoll an. Loki holte aus seiner Tasche, einen kleinen Samtbeutel hervor.

Er öffnete ihn und ließ sich etwas in die Hand gleiten. Nun fing Thor an zu sprechen: „Wir wollen ehrlich mit dir sein", sagte er in einem bekümmerten Tonfall. „Wir haben Angst um dich, wenn du allein nach Midgard gehst. Sith ist noch irgendwo da draußen und ich bin mir sicher, dass sie mittlerweile weiß, dass du dorthin gehen wirst. Ich kenne sie schon lange und sie ist ein sehr nachtragender Mensch", betonte er noch einmal. „Ich hätte ihr sicherlich nicht das Gefühl geben sollen, dass sie die Frau meines Lebens sein könnte", gestand er sich selbst ein. „Aber die Bewunderung, die sie mir entgegengebracht hatte, war eine Wonne für mein Ego." Während er diese Situation reflektierte, bekam er einen schuldbewussten Blick. „Jetzt weiß ich, dass es falsch war, aber es ändert nichts mehr an ihren verletzten Gefühlen."

Seine neu entwickelte Empathie konnte Sith verstehen, aber seine Liebe für Gweny war größer und er musste versuchen, sie so gut wie möglich zu beschützen.

„Also" kam er aus seinen Gedanken wieder hervor. „Möchten wir dir diese Halskette schenken." Loki übergab ihr die Kette. „Sie ist wunderschön", sagte Gweny andächtig. Es war eine feingliedrige Goldkette mit einem Anhänger. Der Anhänger war ein grüner Smaragd, um den sich eine Schlange wickelte. „Du musst ihn gegen das Licht halten", sagte Loki. Als sie dies tat, konnte sie im Inneren des Smaragds einen weißen Blitz erkennen. Er schien zu glitzern. „Der Anhänger ist verzaubert", erklärte ihr Loki. „Wenn du auf den Kopf der Schlange drückst, wirst du das Schwert Esmiralde in der Hand halten, welches dich beschützen wird, wenn du in Gefahr sein solltest und wir nicht bei dir sind. Probiere es aus", sagte er, als er sah, dass ihr Finger über den Schlangenkopf strich.

Sie drückte vorsichtig darauf und fast im selben Augenblick hielt sie ein kleines Schwert in den Händen. Sie schwang es kurz durch die Luft und balancierte es dann aus. Es liegt gut in der Hand, dachte sie und bewunderte den Griff. Er war reich verziert mit Smaragden. Außerdem waren drei Symbole in den Griff eingearbeitet worden. Unten gab es eine Schlange, oben ein Blitz und in der Mitte eine Sonne, die die beiden vereinte.

Thor war überrascht. „Ich wusste nicht, dass du so gut mit einer Waffe umgehen kannst", er wirkte beeindruckt. „Ja", lachte sie. „Leg dich nicht mit mir an", und hielt das Schwert vor sich. Nun mussten sie alle lachen und sie drückte ein weiteres Mal auf den Schlangenkopf und die Klinge verschwand wieder. „Wir wollten dich nicht schutzlos, in deine große Prüfung gehen lassen!" Loki klang besorgt. Sie ging zu ihm und umarmte ihn. „Mach dir bitte keine Sorgen. Ich bin mir sicher, es wird alles gut gehen." Auch Thor stand jetzt hinter ihr. Sie nahm beide in den Arm und hauchte mit glücklicher Stimme. „Danke, dass es euch gibt. Ich liebe euch so sehr."

In diesem Moment wurde ihr bewusst, dass sie für eine sehr lange Zeit nicht mit den beiden zusammen sein konnte. Und so füllten sich ihre Augen mit Tränen und es dauerte eine ganze Weile, bis sie wieder trockneten.

Als sie am nächsten Morgen ins Speisezimmer des Königspaares trat, war sie beeindruckt. Dort waren viele verschiedene Apparaturen aufgebaut. Ein paar davon hatte sie schon mal gesehen, aber es gab auch welche, die ihr nicht bekannt waren. Inmitten der ganzen Geräte standen die beiden Botschafter und unterhielten sich miteinander.

Als sie sie sahen, fingen sie an zu lächeln und kamen auf sie zu. „Guten Morgen, Königliche Hoheit", sagten sie und verbeugten sich vor ihr. „Wir freuen uns, mit euch gemeinsam in den nächsten Tagen, die letzten Vorbereitungen für eure Prüfung zu treffen." Er sah zu seinem Mitstreiter und dieser nickte ihm zu. Ich denke, wir sollten sofort beginnen", sagte er nun mit einer geschäftigen Stimme. „Es gibt noch so viel zu tun." Er machte eine einladende Handbewegung zur Mitte des Raumes.

Sein Kollege, der vorangegangen war, blieb vor einem großen schwarzen viereckigen Gerät stehen und fing an zu erklären, was es damit auf sich hatte. „Wie ihr sicherlich wisst, ist Midgard die Einzige der neun Welten in der es keine Magie gibt. Und so mussten sich die Menschen im Laufe der Zeit, andere Dinge einfallen lassen, um ihren Alltag einfacher und interessanter zu gestalten." Er machte eine kurze Pause und nahm nun etwas kleines Rechteckiges in die Hand und drückte darauf. Nur ein Augenblick später flackerte der große schwarze Kasten auf und dort erschienen Bilder auf der Oberfläche.

Gweny machte ein erstauntes Gesicht. „Dies", erklärte der Botschafter, „nennen die Menschen Fernseher. Es dient zur Verbreitung von Nachrichten und ist vor allem zur Unterhaltung gedacht." Gweny war immer noch überrumpelt von dieser Technologie.

„Aber ich habe doch auf Midgard gelebt", sagte sie nun, „Warum kenne ich so etwas nicht?" Sie sah ihn fragend an. „Nun, Prinzessin", sagte er freundlich. „Kurz nach eurer Geburt wurdet ihr recht schnell mit der Prophezeiung in Verbindung gebracht und es wurde beschlossen, dass es in eurer Ausbildung wichtiger sei, diese auf Grundlage von asgardischen Sitten und Gebräuchen zu stützen, als auf die von Midgard. Ihr habt also, nur die absoluten unumgänglichen Informationen über eure Heimat gelehrt bekommen.

Gweny war sprachlos, wie soll ich mich dort unten bloß zurechtfinden, dachte sie. Der Botschafter sah ihr an, dass sie etwas verwirrt war. „Aber, meine Hoheit, denkt daran, dass ihr Midgard später nicht so beherrschen werdet wie Asgard." „Ich denke, wir machen jetzt lieber weiter, sonst schaffen wir nicht alles.", schaltete sich nun der zweite Botschafter ein. Gweny war zwar immer noch etwas mulmig zumute, aber sie war auch bereit, sich auf diese Neue Welt einzulassen.

So lernte sie in den nächsten Tagen, viel über die Technologien von Midgard und auch etwas über die Interaktionen der Menschen. Als der letzte Tag des Unterrichts beendet war, hatte sie das Gefühl in diesen wenigen Tagen mehr über Midgard gelernt zu haben als in ihrer gesamten Ausbildung, die so viele Jahre umfasst hatte.

Die Abende verbrachte sie mit den Brüdern. Sie beschlossen, die letzten ihnen verbleibenden Tage so gut es geht, gemeinsam zu verbringen. Auch wenn es eine sehr schöne Zeit war, merkten alle Drei, dass sich ihre Grundstimmung mit jedem Tag, den der Abschied näher rückte, zum Traurigen veränderte.

45

Und dann war er da, der Tag des Abschiedes war gekommen.

Als Gweny an diesem Morgen aufstand, hatte sie Magenschmerzen. Sie nahm heute Morgen noch ein letztes Bad und dachte dabei an die schönen Stunden, die sie hier in Asgard gehabt hatte.

Wie lange ich wohl weg sein werde, überlegte sie. Serina die in der Ecke, des gekachelten Raumes saß, schluchzte leise. Gweny stieg aus dem Trog und hüllte sich in ihren Leinenmantel. Dann drehte sie sich zu ihr um. Sie ging zu ihr und nahm sie, das erste Mal, seit sie in Asgard war, in den Arm.

„Ich kann dich verstehen. Ich werde dich auch vermissen. Aber wir werden uns wiedersehen." Gweny hielt sie ein Stück von sich weg und lächelte sie an. Serina lächelte dankbar zurück.

Ihre Abfahrt war für den späten Vormittag vorgesehen, sodass das heutige Frühstück ihre letzte Mahlzeit im Schloss sein würde.

Als sie die große Halle betrat, waren viele Gäste anwesend. Es herrschte auch hier eine traurige Grundstimmung, denn alle waren traurig, ihre liebgewonnene Prinzessin auf unbestimmte Zeit gehen zu lassen. Als sie durch die Reihen schritt, musste sie immer wieder stehen bleiben, weil sich jemand von ihr verabschieden wollte und ihr alles Gute für ihre Prüfung wünschte.

Nach einer ganzen Weile kam sie endlich an ihrem Platz an. Sie sah die beiden Brüder und ihr stiegen Tränen in die Augen. Beide hatten rote Augen, ihnen fiel der Abschied besonders schwer. Sie setzte sich zwischen sie und sah sie mit einem tränenerfüllten Blick an.

In diesem Moment sagten ihre Blicke mehr als tausend Worte und sie wusste, was sie beiden dachten. Sie drehte sich schnell weg, sonst hätte sie nicht mehr aufgehört zu weinen. Als das Essen aufgetragen wurde, stocherte sie nur traurig darin herum. Sie konnte nichts essen.

Thor legte ihr seine Hand auf den Arm. Sie sah nach oben und in seine blauen Augen, in denen sie sich so gerne verlor. „Ich könnte mich in deiner Kutsche verstecken?", sagte er mit einem gequälten Lächeln, in der Hoffnung sie und sich etwas aufheitern zu können.

Das Gefühl von so einem Verlust hatte er noch nie erlebt. Er wollte doch nur, dass sie bei ihm blieb und es war ihm in diesem Moment, in dem er in ihr wunderschönes Gesicht blickte, egal welche Konsequenzen es hatte. Aber er wusste auch, dass dies etwas war, das sie allein tun musste. „Das wäre schön", sagte sie traurig und war dankbar, für seinen Versuch sie abzulenken.

Sie drehte sich wieder zu ihrem Teller. Als das Essen abgeräumt wurde, sah sie zu Loki hinüber. Er saß nur mit gesenktem Kopf vor seinem Teller und weinte leise. Sie legte ihm eine Hand auf den Arm und schickte ihm so ein paar glückliche Gedanken über ihre gemeinsame Zeit. Es waren Bilder von ihrer ersten Reise zu zweit, direkt nach ihrer Hochzeit. Nach ein paar Augenblicken drehte er den Kopf zu ihr um, sie sah seine grünen Augen, die rot unterlaufen waren. Es traf sie, ihn so zu sehen. Er war ihre erste große Liebe und ihn so traurig zu sehen, brach ihr das Herz. Sie nahm seine Hand und versuchte ihm, ihre ganze Liebe für ihn zu schicken, damit er wusste, dass es ihr genauso ging wie ihm. Er lächelte sie dankbar an. „Ich brauche kurz einen Moment für mich", sagte er mit erstickter Stimme.

„Wir holen dich ab, wenn du zur Kutsche musst" „In Ordnung", sagte sie sanft. Sie hatte sich an diesem Vormittag noch mit Arida verabredet. Hinter sich hört sie ein Räuspern. „Mir geht es genauso", sagte Thor mit angeschlagener

Stimme. Gweny lächelte die beiden noch einmal an, bevor sie aufstanden und gemeinsam aus der großen Halle gingen. Nun blieb sie allein zurück, gerade, als sie aufgestanden war, um noch ein letztes Mal zu Sianca zu gehen, tauchte das Königspaar hinter ihr auf. Sie drehte sich um und konnte auch in den Augen der Königin eine Trauer sehen, die sie so nicht von einer Mutter kannte. Die Bauchschmerzen von heute Morgen kamen wieder.

Als der König jetzt zu ihr sprach, merkte sie, dass auch ihm der Abschied nicht leichtfiel. „Gweny, unsere liebste Schwiegertochter", sagte er mit einem Hauch von Erstickung in der Stimme. „Der heutige Tag, ist für uns alle nicht leicht. Wir werden dich sehr vermissen und freuen uns, auf den Tag, an dem du endlich wieder an unserer Seite stehst. Wir wünschen dir alles Glück und Wohlwollen, während du auf Midgard bist." „Danke", sagte Gweny und konnte ihre Tränen gerade noch so zurückhalten. Doch als sie nun die Königin nochmal ansah, füllten sich ihre Augen doch wieder mit Tränen und die Königin konnte nicht anders, als ein Schritt auf sie zuzugehen und sie noch ein letztes Mal in die Arme zu schließen.

Als sie beim Stall ankam, wartet dort schon Arida auf sie. Als Gweny sie sah, kam ihr mulmiges Gefühl zurück. Sie hatte das Gefühl in den letzten Tagen, so viele Tränen vergossen zu haben, dass es ein Wunder war, dass immer Neue kamen.

Aber als sie näherkam, war in Aridas Gesicht keine einzige Spur von Trauer zu sehen. Als Arida sie in den Arm nahm, flüsterte sie ihr zu: „Wegen mir brauchst du nicht zu weinen, wir werden uns schneller wiedersehen, als du glaubst."

Gweny löste sich von ihr und schaute sie an. Arida grinste und nun grinste auch Gweny. „Wo?", fragte sie. Arida legte den Finger an den Mund und sagte geheimnisvoll: „Du wirst mich schon erkennen." Diese Worte erleichterten sie ein wenig.

46

Einige Zeit später kam Gweny wieder in ihrem Gemach an, um sich für Midgard umzukleiden. Ihre neuen Sachen lagen schon auf dem Bett und sie hielt sie in die Höhe.

Es waren eine Jeans, ein T-Shirt und ein paar Sneakers. Gweny fühlte sich in dieser Hose ungewohnt und als sie sich vor dem großen Spiegel herumdrehte, war sie sich nicht sicher, ob sie sich an diesen Kleidungsstil gewöhnen würde.

Auch ihre Haare waren nur, zu einem einfachen Pferdeschwanz gebunden. So wenig Zeit, habe ich noch nie für das Zurechtmachen gebraucht, dachte sie, gut, es muss auch Vorteile geben.

Just in diesem Moment klopfte es an die Tür. Serina ging zur Tür, um sie zu öffnen. Gweny drehte sich ein letztes Mal um sich selbst und nahm ihre Tasche, die sie von den Botschaftern bekommen hatte. Diese enthielt alle Sachen, die sie für die ersten Tage benötigte. Ihr weiteres Gepäck war schon zur Kutsche gebracht worden.

Serina kam zu ihr zurück und sagte mit trauriger Stimme: „Es ist Zeit, Königliche Hoheit" und verabschiedete sie mit einer letzten, tiefen Verbeugung. „Danke", sagte Gweny zu ihr und ging zur Tür.

Davor warteten die beiden Brüder. Beide in ihren Rüstungen. Sie sahen sehr gut aus und dieser Anblick machte es Gweny umso schwerer, mit ihnen diesen letzten Weg zu gehen.

Sie nahmen sie in ihre Mitte und gingen schweigend zum Schlossportal. Als sie draußen ankamen, stand dort eine einfache Reisekutsche, es war wichtig, dass sie in Midgard nicht zu viel Aufmerksamkeit auf sich zog. Und auch Pukka saß schon bereit in der Kutsche und wartete geduldig auf sie. Als sie nach draußen trat, standen dort einige Leute, die sie verabschieden wollten. Auch die Königin stand dort, neben ihr stand Arida und auch ihr Vater war gekommen, um ihr ein letztes Mal viel Glück für ihre zu bestehende Prüfung zu wünschen.

Als sie alle ein letztes Mal für eine lange Zeit umarmt hatte, stand sie mit den beiden Brüdern, direkt vor der Kutsche.

Sie drehte sich als Erstes zu Thor und sah ihm in die Augen. Diese waren jetzt mit Tränen gefüllt und er machte ein schmerzerfülltes Gesicht. Sie trat direkt vor ihm. Dann nahm er ihr Gesicht in seine Hände und gab ihr einen letzten Kuss. Er schmeckte, ihre salzigen Tränen und merkte ein Kloß in seinem Hals. Als sie sich von ihm löste, blieb in ihm nur ein Gefühl der Leere, das sie zurückließ. Zwar wusste er, dass sie sich bald wiedersehen würden, aber das machte den Verlust an diesem Tag nicht erträglicher. Sie sah ihn ein letztes Mal an.

Nun drehte sie sich zu Loki. Auch er weinte bei diesem Abschied, er hatte das Gefühl, als würde sein Herz zerbrechen, wenn sie jetzt wegfuhr. Er nahm ihre Hand und sie schloss ihre Augen. Sie durchlebten so, noch einmal gemeinsam den glücklichen Moment ihrer Vereinigung. Sie merkte seine Hand an ihrer Wange und die Trauer überwältigte sie.

Nach einem weiteren Moment hatte sie sich wieder etwas gefangen und öffnete die Augen. Sie sah seine wunderschönen grünen Augen in der Mittagssonne glänzen. „Ich liebe dich", sagte sie zu ihm und als Antwort küsste auch er sie ein letztes Mal. Sie sah von der Seite ein Schatten auf sie zukommen. Es war Thor, der beide nun ein letztes Mal umarmte.

„Es ist Zeit", rief ihr Vater von etwas weiter weg. Als sie sich nun lösten, sah sie die Brüder ein letztes Mal an und sagte: „Wir sehen uns beim nächsten Vollmond."

Dann stieg sie in die Kutsche ein. Sie konnte schon den versiegelten Umschlag sehen, der auf der Bank lag.

Die Tür wurde hinter ihr geschlossen. Der Wolf legte sich tröstenden auf ihren Schoß. Die Kutsche zog an und fuhr in Richtung Bifröst davon. Sie drehte sich nochmal um und schaute aus dem hinteren Fenster auf die Brüder und winkte ihnen zu. Die Tränen liefen ihre Wangen hinunter. Sie drehte sich erst wieder um, als sie die beiden schon eine lange Zeit nicht mehr sehen konnte.

Als sie sich wieder setzte, nahm sie den Umschlag in die eine Hand und kraulte mit der anderen Pukka, der wieder auf ihrem Schoß lag. Sie schaute ihn sich erst von außen genau an, dann zerbrach sie das Siegel und holte eine Karte, aus schwerem Papier, heraus.

Nun ist es so weit, dachte sie und las den Namen der Stadt, in der ihre erste Aufgabe lag.

Es war Milfin.